FÜR DIE BIKER BESTIMMT

EINE UMGEKEHRTE HAREM-ROMANZE

STEPHANIE BROTHER

FÜR DIE BIKER BESTIMMT
Translation Copyright © 2023
Stephanie Brother
Alle Rechte vorbehalten. Dieses Buch oder Teile davon dürfen ohne ausdrückliche Genehmigung des Verlags weder reproduziert, noch in irgendeiner Weise verwendet werden, mit Ausnahme von kurzen Zitaten in Buchbesprechungen.

Dieses Buch ist ein Werk der Fiktion. Jegliche Ähnlichkeiten mit lebenden oder toten Personen oder mit Orten oder Ereignissen sind rein zufällig. Alle Personen wurden von der Autorin erfunden.

Bitte beachten Sie, dass dieses Buch nur für Erwachsene über 18 Jahre gedacht ist und dass alle Charaktere in diesem Buch als 18 Jahre oder älter dargestellt werden.

ISBN: 9798867443023

1

ALPHA

„Alpha! Ripper! Blade! Kommt verdammt noch mal her!"

Wir drei werfen unsere Karten weg und nehmen die Treppe jeweils in zwei Stufen auf einmal zu Eagle-eyes Büro hinauf. Wenn der Präsident des Screaming Eagles MC deinen Namen ruft, hörst du verdammt noch mal. Wenn er ihn in einer Explosion aus Drachenfeuer herausbrüllt, bist du bei ihm, bevor sich die Asche auf dem verdammten Boden absetzt.

„Hier, Präs." Ripper ist der Erste, der durch die Tür geht und mit dem Arm, der kurz über dem Handgelenk in einem schwarzen Tattoo endet, salutiert. „Was brauchst du?"

„Was auch immer es ist, wir sind dabei", füge ich hinzu und verschränke die Arme vor der Brust.

Blade bleibt in der Tür stehen, lehnt sich gegen den Rahmen und spielt untätig mit einem der Messer in seinem Ärmel. Es schnippt wie von Zauberhand in seine Handfläche und verschwindet dann so schnell, dass man kaum glauben würde, dass es jemals da war. Er nickt knapp, sein dunkler Blick ist auf Eagle-eye gerichtet.

Der Präsident ist Anfang fünfzig. Solide wie ein Fels, auch wenn das Silber in seinem dunklen Haar gerade anfängt, den Kampf zu gewinnen. Eines seiner Augen ist milchig weiß, das andere hart wie Stahl, als es nacheinander über jeden von uns gleitet. „Schaut zu." Er hält sein Handy hoch und startet ein Video.

Eine hübsche junge Frau erscheint mit einem zugeklebten Pappkarton vor sich. Es sieht aus, als stünde sie hinter einem Ladentisch. Sie hält eine Schere in der Hand und redet davon, dass sie herausfinden will, was darin ist.

Ripper wirft Eagle-eye einen verwirrten Blick zu. „Ich bin sicher, das wird lustig, aber du hättest es einfach in den Gruppenchat schicken können. Ich dachte schon, wir würden wieder in den verdammten Lockdown gehen."

„Halt die Klappe und schau zu."

Das ist keine Schwierigkeit. Sie ist ein wunderschönes kleines Ding mit der Ausstrahlung einer sexy Bibliothekarin. Dickes Haar, das in sanften Wellen fällt, dunkel, aber im Licht rot leuchtend, eine niedliche Stupsnase, schöne, volle Blowjob-Lippen und ein Paar große, haselnussbraune Augen, die durch ihre schrullige Brille mit dem dicken Rahmen noch größer wirken. Ich habe noch nie viel auf Streberinnen geachtet, aber ich müsste schon blind sein, um den Reiz nicht zu erkennen.

Ripper stößt einen leisen Pfiff aus. „Ich würde sie auf eine Fahrt mitnehmen, keine Frage."

„Ganz meine Meinung", stimme ich zu. Ich weiß nicht, ob mich jemals zuvor jemand so schnell in seinen Bann gezogen hat. Es ist wie ein tierischer Magnetismus.

Hinter uns macht Blade ein würgendes Geräusch und stößt mich in die Seite.

„Was soll der Scheiß, Mann?"

„Lass ihn in der Hose oder ich schneide dir die Eier ab. Das ist Faith, ihr Arschlöcher." Eagle-eyes Stimme ist tief, langsam und tödlich rau. Jupiter, sein Boxer, hat sich zu den Füßen seines Herrchens zusammengerollt, hebt den Kopf und winselt.

Scheiße. „Ist deine Tochter nicht zwölf?" Ich hätte schwören können, dass seine Tochter noch, na ja, ein Kind ist.

„Nein, klar, ja." Ripper ist kein Feigling, aber ich kann es ihm nicht verübeln, dass er einen Rückzieher macht, als würde sein Leben davon abhängen, oder zumindest seine Eier. „Du hast eine wunderschöne Tochter, Boss. Ich wette, sie ist reizend. Ich würde nie auf die Idee kommen, sie anzufassen."

Eagle-eye starrt uns an, als würde er darüber nachdenken, ob er es dabei belassen oder uns eine Kugel zwischen die Augen jagen soll. „Sie ist zwölf auf dem verdammten *Bild* auf meinem Schreibtisch, das schon länger da ist als jeder von euch Schwachköpfen. Rechne mal nach, verdammt."

„Tut mir leid." Ich nicke respektvoll, aber vielleicht sollte er darüber nachdenken, dieses verdammte Bild auszutauschen, damit der Rest von uns gewarnt ist, bevor er uns mit so einem Scheiß überfällt.

Das Grunzen, das er in unsere Richtung von sich gibt, ist nicht sehr gnädig, aber ich denke, er wird uns nicht in den Rücken schießen, wenn wir sein Büro verlassen. „Schau einfach zu."

Es ist einfacher, ihr Aufmerksamkeit zu schenken, jetzt, da ich weiß, dass sie tabu ist, aber das bedeutet nicht, dass ich aufhöre, an sie zu denken. Faiths Stimme ist tief. Temperamentvoll, mit einem schönen, vollen Klang. Die Art von Mädchen, deren Stöhnen du in deiner Brust spürst. „Hallo, ihr Bücherwürmer!" Sie lächelt und erhellt den Bildschirm von Eagle-eye. „Gehört das einem von euch? Ich kann mich nicht erinnern, in letzter Zeit etwas für den Laden bestellt zu haben, aber lasst es uns gemeinsam öffnen und herausfinden."

Es würde mir nichts ausmachen, gemeinsam mit ihr eine Menge Dinge herauszufinden.

Scheiße. Sie ist die Tochter von Eagle-eye. Das muss ich in meinem Kopf behalten.

Faith schneidet das Klebeband durch und wir zucken alle zusammen, als sie sich in den Daumen schneidet und ein scharfes Zischen von sich gibt. „Scheiße." Das Video wackelt, als sie sich ein Taschentuch um den Finger wickelt. Den letzten Schnitt macht sie sehr viel sorgfältiger als den ersten. Die Schachtel springt auf und enthüllt einen Haufen alten Kram. Die Art von Zeug, die man auf einem Dachboden findet und sich fragt, warum sich jemand die Mühe gemacht hat.

Sie holt ein paar Messer heraus, ein paar Papiere und ... Ist das eine verdammte VHS-Kassette? Aus welchem Jahrhundert stammt diese Kiste?

„Hah! Das nenne ich mal retro." Sie nimmt die Kassette in die Hand und untersucht sie vor der Kamera, wobei sie diese in alle Richtungen dreht. „Keine Beschriftung oder so. Denkt ihr, es ist ein geheimes Video von jemandem? Ich glaube, ich habe noch nie so etwas in der Hand gehabt. Sogar Mamas alte DVDs sind irgendwo in ihrem Keller verpackt. Warum auch, wenn man alles streamen kann?", fragt sie in die Kamera und wendet sich dann wieder der Kassette zu. „Aber es macht mich neugierig. Ich hoffe, es ist etwas Lustiges, wie eine Hochzeit und nicht die Flitterwochen, wenn ihr wisst, was ich meine." Ihr Lachen ist so hell und ansteckend, dass ich spüre, wie meine Mundwinkel ein wenig zucken. „Ich werde ein Abspielgerät finden. Im Secondhand-Laden gibt es immer einen Haufen alter Elektronik."

Sie legt das Klebeband auf den Tresen und richtet die Kamera wieder auf die Kiste. Unter einem Stapel alter Ordner liegt etwas, das wie eine schwarze Lederjacke aussieht, ganz rissig und zusammengefaltet. Faith zieht sie heraus und dreht sie um. Zum Vorschein kommt ein MC-Aufnäher mit einem Totenkopf, durch dessen Augen sich eine Schlange windet. Darunter ist in verblasster, blutroter Schrift „Pit Vipers" aufgestickt.

„Fuck", zischt Blade. Offensichtlich sagt es ihm mehr als mir. Ich habe schon von ihnen gehört, aber ich weiß nichts über sie.

„Ja", knurrt Eagle-eye. „Genau."

Faith ist völlig erstarrt. Ich kann sie nicht sehen, da die Kamera auf die Box gerichtet ist, aber ich höre sie atmen und es klingt verdammt entsetzt. Das Video bricht plötzlich ab, ohne den üblichen ‚Gebt mir ein Herz'- und ‚Folgt mir'-Mist.

„Sie hat diesen Scheiß ins Internet gestellt?" Blades Stimme ist tödlich ruhig, aber sie hat etwas Bedrohliches an sich. „Ich weiß, dass sie und deine Ex sich vom Club getrennt haben, aber..."

„Genug." Eagle-eye wischt sich mit einer verwitterten Hand über sein Gesicht und fährt sich durch den Bart. „Sie hat das live gemacht. Du hast ihre verdammte Reaktion gesehen. Der Schaden war schon angerichtet, bevor sie es wusste."

Eagle-eye schaltet sein Handy aus. „Ich will, dass ihr Wichser das Videoband in die Hände bekommt und keine Fragen stellt. Ihr fahrt heute Nacht los und haltet nicht eher an, bis ihr da seid. Solange sie das Band hat, ist sie in Gefahr. Holt es und bringt es mir zurück, damit ich mich vergewissern kann, dass es das richtige ist, bevor ich das verdammte Ding schreddere."

„Was ist da drauf?", fragt Ripper.

„Das geht dich einen Scheißdreck an", knurrt Eagle-eye. Jupiter, der die Stimmung mitbekommt, legt seinen Kopf auf Eagle-eyes Schoß und dieser krault den Boxer abgelenkt hinter den Ohren.

„Hey, kein Problem." Ripper tritt zurück, hält seine Hände nach oben. „Ich frage ja nur. Wir werden es für dich besorgen. Was sollen wir Faith sagen?"

„Nichts. Es ist besser, wenn sie euch gar nicht sieht. Steigt einfach ein, holt das Band und verpisst euch wieder, verstanden? Sie hat ihr eigenes Leben und kann es nicht gebrauchen, dass ich mich einmische."

„Alles klar. Strike Team Motherfucking Alpha ist dran." Ich grinse ihn an, um ihn zu beruhigen, obwohl ich hoffe, dass wir seine hübsche Tochter vielleicht doch noch zu Gesicht bekommen werden. Ich nicke den Jungs zu, damit sie mir folgen. „Wir sind wieder da, bevor du es merkst."

Kaum eine Viertelstunde später sitzen wir auf unseren Bikes und fahren durch die Tore des Clubhauses. Die Sonne steht hoch, der Sommer ist warm und der Highway lockt. Wir haben eine verdammt lange Fahrt vor uns.

1

FAITH

Als ich meinen Schlüssel ins Schloss stecken will, schiebe ich stattdessen die Haustür auf. Was ist hier los? Ich weiß, dass ich sie abgeschlossen hatte. Ich vergesse das nie. Ich schaue jedes Mal dreimal nach, also kann ich es auf keinen Fall vergessen haben.

Das heißt, jemand anderes hat die Tür geöffnet.

Ein kalter Schauer kriecht meine eingefrorenen, dünnen Beine wie eine eisige Spinne bis zu meinem Rücken hinauf. Als ich vierzehn war und meine Mutter davon überzeugen konnte, dass ich mit der Therapie durch war, schwor ich mir, dass ich nie wieder Angst haben würde, aber ich war eine Lügnerin. Auch nach so vielen Jahren überkommt mich die Panik manchmal noch aus heiterem Himmel, aber dieses Mal bin ich wenigstens vorbereitet. Ich richte meine Brille und stoße die Haustür leise auf.

Books & Crannies ist nicht nur mein Laden, es ist auch mein Zuhause. Ich betreibe mein Geschäft im Erdgeschoss, und meine Wohnung befindet sich darüber. Normalerweise liebe ich das Labyrinth des Buchladens mit den vielen versteckten Sitzecken und den mit Büchern vollgestopften Regalen, aber im Moment wünschte ich, er wäre offen und übersichtlich, damit ich den ganzen Laden überblicken könnte. Ich muss praktisch auf Zehenspitzen durch den ganzen Raum gehen, um nach hinten zu gelangen.

Ich benutze den Tresen neben der Tür als Deckung und hocke mich hin, um den Code für meinen Waffensafe unter der Kasse einzugeben. Meine Finger zittern so sehr, dass es schwierig ist, die kleinen Knöpfe zu drücken. Diese Waffe ist die einzige, die ich besitze, aber in jedem Raum gibt es irgendetwas, das ich zu meiner Verteidigung benutzen könnte. Wie der Schürhaken neben meinem kleinen Holzofen oder der Baseballschläger unter meinem Bett.

Es macht mich wütend, dass ich überhaupt über so etwas nachdenke. Ich habe Waffen noch nie gemocht und ich kenne alle Statistiken über Waffengewalt, aber die Welt ist nicht perfekt, und wenn mein Vater mir eines beigebracht hat, dann, wie man richtig schießt. Auch wenn ich noch nie auf etwas anderes als Blechdosen und Papierzielscheiben geschossen habe, bin ich dankbar dafür. Die Pistole fühlt sich in meinen Händen schwer und gleichzeitig beruhigend an.

Ich schleiche durch das Erdgeschoss, wie die Hauptfigur in einem Spionagefilm. Oder vielleicht traue ich mir zu viel zu. Ich weiß es nicht, aber ich gehe so leise, wie ich kann. Das Einzige, was ich höre, ist mein eigener, flacher Atem. Vielleicht habe ich wirklich vergessen, die Tür abzuschließen? Oder die Person, die es war, ist schon weg.

Oben ertönt ein dumpfer Schlag und gedämpfte Stimmen sind zu hören. Mist.

Normalerweise hängt ein Schild mit der Aufschrift „PRIVAT" an einer Kette, die über die Treppe gespannt ist, aber es ist abgehängt worden. Jemand ist da oben.

Sie sind *in meiner Wohnung.*

Das schwüle Sommerwetter reicht nicht als Ausrede dafür, wie viel ich schwitze, und mein Herz schlägt, als wollte es sich den Weg nach draußen bahnen und weglaufen.

Ich habe keine Angst. Ich habe keine Angst, sage ich mir und versuche mir einzureden, dass es keine Lüge ist. Dann mache ich den ersten leisen Schritt auf die Treppe.

Nicky würde mir sagen, ich solle die Polizei rufen, aber das ist eine weitere Lektion, die ich früh gelernt habe. Vielleicht ist das an anderen Orten anders, aber hier würden sie einen Blick auf meine Familie werfen und uns als Biker-Abschaum abtun. Das hier ist *mein* Zuhause, *mein* Laden. Und jemand ist dort eingedrungen. Ich werde nie wieder zulassen, dass mir jemand mein Reich wegnimmt. Vielleicht muss ich mich später im Schrank einschließen und weinen, aber ich werde jetzt nicht nachgeben.

Ich steige die Treppe hinauf wie ein Geist und weiß genau, welche Stufen knarren und welche nicht. Ein Geist mit einer Waffe in beiden Händen und einem entschlossen zusammengepressten Kiefer.

Ein weiterer Schlag, und jemand flucht. Es sind mindestens zwei Männer, aber ich kann nicht verstehen, was sie sagen.

Ich sollte weglaufen. Ich möchte weglaufen. Aber ich will noch mehr, dass sie aus meinem Haus verschwinden. Den Pistolengriff fest umklammert, gehe ich die letzten paar Schritte bis zur Wohnungstür. Ich stoße sie mit dem Fuß an und öffne sie leicht, wobei ich den Lauf der Pistole vor mir herschiebe.

Niemand ist in dem kleinen Flur oder im Wohnzimmer dahinter. Alles scheint in Ordnung zu sein, außer den Stimmen, die aus dem Schlafzimmer kommen – meinem *Schlafzimmer*. Wenn es einen Ort gibt, der mein innerster Schutzschild vor der großen Welt ist, dann ist es das Schlafzimmer, und wer auch immer diese Bastarde sind, sie sind dort eingedrungen.

Meine Angst mischt sich mit schierer Wut, und jeder Schritt wird entschlossener, je näher ich meinem Zimmer komme.

„Du hast es verdammt noch mal kaputtgemacht", knurrt einer der Männer da drinnen. „Keine Spuren hinterlassen, erinnerst du dich?"

„Es ist nicht kaputt. Es ist nur herausgefallen. Gib mir eine Sekunde. Scheiße."

Ich hocke mich hinter den Türrahmen und schaue mich um, um zu sehen, womit ich es zu tun habe. Ein kurzer Blick zeigt mir zwei Männer, die mir den Rücken zuwenden. Mein Puls beschleunigt sich bei dem Anblick von Leder und MC-Patches. Ich hätte wissen müssen, dass die Kiste mir Ärger bereiten würde.

Ich richte meine Waffe auf den Hinterkopf des Ersten, betrete den Raum und stelle mich zum Schießen auf. Papa hat immer gesagt, dass man wie der größte Hund im Park bellen soll, wenn man nichts zu verlieren hat, also gebe ich mein Bestes. „Pfoten weg von meiner Unterwäsche, bevor ich die Wand mit euren Gehirnen bespritze, ihr Wichser! Nehmt die Hände hoch!"

Meine Stimme ist in der Mitte ein wenig gebrochen, aber ich glaube, er wäre stolz.

Die Biker bleiben stehen. Der Breitere der beiden hebt ganz langsam die Hände. In seiner Hand ist Ollie, der kleine lila Stoffelefant, den ich schon hatte, solange ich mich erinnern kann. Irgendwie fühlt sich das noch schlimmer an. Persönlicher als die BHs, die auf dem Boden liegen.

Derjenige, der die Schublade hält, nickt. „Ich lege die jetzt ab. Keine plötzlichen Bewegungen, okay?" Er klingt nicht wirklich ängstlich, sondern eher vorsichtig.

„Tu es", sage ich. „Und lass den Elefanten fallen."

Der große Mann wirft Ollie sanft auf mein Bett, während der andere langsam in die Hocke geht und die Schublade auf den Boden stellt. Dann heben sie beide die Hände. „Wir sind nicht hier, um dir wehzutun."

„Entschuldige bitte, wenn ich dir nicht glaube, vielen Dank auch", schnauze ich. Der Lauf meiner Waffe bleibt gerade auf sie gerichtet, aber das Ende wackelt ein wenig. Diese Typen sind viel größer als ich. Wenn ich es vermassle, habe ich keine Chance. „Dreht euch um.

Sie tun es, langsam. Gott, ich bin so am Arsch. Was soll ich jetzt tun? Sie nach draußen marschieren lassen? Ihnen sagen, sie sollen aus dem Fenster springen?

Ein dicker Arm legt sich von hinten um meine Kehle, als sich eine Hand um beide meiner Handgelenke legt und meine Arme nach oben reißt, sodass die Waffe an die

Decke zeigt. Ich gebe ein panisches Japsen von mir und wehre mich mit all meiner Kraft, aber sein Griff ist wie Stahl.

Ich kann nicht atmen.

Schwarze Punkte tanzen am Rande meiner Sicht und ein Summen erfüllt meine Ohren.

Nicht jetzt. Ich kann das jetzt nicht zulassen. Meine Hände werden taub und mein Kiefer schmerzt an der Stelle, an der mir vor vielen Jahren zwei Milchzähne ausgeschlagen wurden. Ich versuche, mich auf das zu konzentrieren, was ich sehe, und nicht auf den Horrorfilm in meinem Kopf, aber es ähnelt zu sehr der schlimmsten Nacht meines Lebens. Keine noch so achtsame Atemtechnik wird mich da durchbringen.

„Du erwürgst sie, verdammt!" Einer der Männer vor mir tritt näher und reißt mir die Waffe aus den gefühllosen Fingern.

„Nein, *verdammt*! Faith! Faith!", sagt eine raue Stimme direkt neben meinem Ohr. Ich weiß nicht, wie oft er meinen Namen wiederholen muss, bevor ich ihn wirklich höre. „Atme. Dein Vater hat uns geschickt."

Ich wimmere und er versucht mich loszulassen, aber als meine Knie nachgeben, drückt er mich noch fester an sich. Ich hasse ihn dafür, dass er weiß, wie schwach ich im Moment bin und das macht mich wütend. „Verdammt netter Versuch. Du erwartest von mir, dass ich glaube, dass Papa dich geschickt hat, um in mein Schlafzimmer einzubrechen und mich zu überfallen? Das ist ein Haufen Scheiße." Egal, was für Probleme wir beide haben, mein Vater würde nie jemanden schicken, um mich zu verletzen oder mir Angst zu machen.

„Zu überfallen? Du bist diejenige, die uns angegriffen hat! Oh Gott. Entspann dich, Mädchen."

„Entspannen? Ich kann mich nicht entspannen, wenn drei Arschlöcher in meinem Schlafzimmer sind." Ich hole tief Luft, um zu schreien, und der größte der drei stürzt sich auf mich.

Sein dunkles Haar ist kurz geschnitten, aber sein rötlich-brauner Bart ist dicht und wild. Er drückt mir eine Hand auf den Mund und zwingt mich, in seine Augen zu schauen, die so blassblau sind, dass sie grau wirken. Es ist ungerecht, dass so viel gutes Aussehen an jemanden wie ihn verschwendet wird. Ich schüttle den Kopf und starre ihn an, obwohl die ungeweinten Tränen meine Sicht verschwimmen lassen.

„Ganz ruhig", sagt er mit einer tiefen, beruhigenden Stimme, als würde er ein wildes Tier besänftigen. „Ich weiß, das ist beschissen, aber wir sind nicht hier, um Ärger zu machen. Wir werden dir nicht wehtun. Wenn ich loslasse, wirst du dann schreien?"

Ich schüttle' den Kopf und zwinge mich dazu, mich zu beruhigen. Langsam lässt er los und der Typ, der mich festhält, entspannt sich ein wenig. Ich will nur, dass sie aufhören, mich anzufassen. „Wenn ihr nicht hier seid, um mir wehzutun, dann geht. Ich werde niemandem sagen, dass ihr hier wart, geht einfach." Meine Stimme zittert, ich kann sie kaum kontrollieren. Mein Herz klopft unkontrolliert und mein Gehirn läuft auf Hochtouren, indem es sich unaufhörliche Horrorszenarien ausmalt und verzweifelt nach Fluchtwegen sucht, während mein ursprünglicher Instinkt verrückt spielt.

„Blade", sagt der große Kerl und nickt. Einen Moment später lockert sich der Griff um mich. Diesmal bin ich bereit, und er lässt mich los. Ich wirble herum, damit ich sie alle sehen kann. Sie wirken nicht bedrohlich, aber ihre schiere Anwesenheit und die Situation reichen aus, um mich angespannt wie eine Bogensehne zu halten.

„Ich bin Alpha", sagt der große Mann mit den grauen Augen. Sein Gesichtsausdruck ist weicher geworden. Jetzt, wo ein bisschen Abstand zwischen uns ist, gebe ich sogar zu, dass er gut aussieht, zumindest wenn man den Biker-Typ mag, was ich definitiv nicht tue. Wenn ich ihn in einer Bar kennengelernt hätte, wäre ich vielleicht versucht gewesen, es anders zu sehen, aber sie sind *in mein Haus eingebrochen*. Also: Nein, danke.

Derjenige, der mich festhielt, hat langes schwarzes Haar, stechend blaue Augen und eine durchbrochene Augenbraue. Es ist kein modischer kleiner Schlitz, sondern das Ergebnis einer alten Narbe, die eine schwache Linie über seine Stirn zieht. Sein Blick fühlt sich an, als würde er direkt in mein Innerstes schauen, wo sich all meine Unsicherheiten verstecken. Er nickt kurz. „Blade."

„Ripper", sagt der Letzte mit einem Grinsen, dem man nur schwer widerstehen könnte, wenn er nicht meine Waffe in der Hand hätte. Er ist der Einzige ohne Bart und hat dunkelblonde Haare. Sie hängen ihm leicht ins Gesicht und über seine moosgrünen Augen.

Ich schnaube. Nur Biker würden denken, dass es beruhigend ist, sich mit Namen vorzustellen, die wie die von Boxern in der Donnerkuppel klingen. „Woher weiß ich, dass Papa euch wirklich geschickt hat? Warum sollte ich euch vertrauen? Warum würde er es mir nicht sagen? Wir haben seit Weihnachten nicht mehr miteinander gesprochen."

Ripper zuckt mit den Schultern. „Ich schwöre, es ist wahr. Er ist ein alter Kerl, um die fünfzig, aber nicht *schlimm* alt, weißt du? Abgesehen von seinem kaputten Auge ist er gut in Form. Äh... buschiger Schnurrbart?"

„Glückwunsch, du hast ihn mal gesehen. *Das* kann mir jeder sagen."

„Der Name seines Hundes ist Jupiter", fügt Blade hinzu. Er lässt seinen Nacken knacken und ich sehe eine weitere Narbe, die sich um seinen Hals und bis in sein Hemd schlängelt. Ich wette, die hat wehgetan, woher sie auch immer stammt. Mit dem kräftigen Kiefer und den hohen Wangenknochen eines Models ist er immer noch schön, aber er sieht aus wie ein Panther mit Kampfnarben. Jeder Zentimeter an ihm sagt aus, dass er genug Scheiße für zwei Leben gesehen hat.

Ein Messer erscheint aus dem Nichts und er dreht es um seine Finger, während er spricht. Ich glaube, er merkt nicht einmal, dass er das tut, was wirklich verdammt gruselig ist.

„Wie auch immer, vielleicht hast du sie beim Spazierengehen gesehen."

„Der Name seiner Frau ist Miriam", sagt Ripper. „Sie halten es geheim, aber sie lebte in einer richtigen Villa."

„Ich wusste es!", schreie ich und zeige auf Ripper, als wäre er derjenige, der mir die Wahrheit vorenthalten hat. „Ich habe ihn gefragt, ob etwas mit dieser Frau läuft, und er hat nein gesagt. Ja, als ob, oder?"

Alpha zieht eine Grimasse. „Genug gequatscht." Er zieht seine schwarze Lederjacke von seinen Schultern und ich bemerke, dass sie auf links gedreht war. Auf der anderen Seite ist ein Logo, das ich schon einmal gesehen habe: das von Papas MC, den Screaming Eagles. „Dein Vater wollte dich beschützen, aber wir haben es versaut."

„Es geht um die Kiste, nicht wahr?" Ich setze mich auf mein Bett, erschöpft von der Angst und dem Adrenalinrausch der letzten Minuten.

„Die VHS-Kassette", sagt Ripper. „Er wollte, dass wir sie holen."

Er dreht seine eigene Jacke um, und erst dann bemerke ich, dass ihm eine Hand fehlt. Seine Arme sind nackt und jeder Zentimeter seiner Haut bis hinunter zu der Stelle, wo seine rechte Hand sein sollte, ist mit Tinte bedeckt. Abstrakte schwarze Formen wirbeln um seinen Bizeps und werden immer dichter und dunkler, bis die Haut am Stumpf ganz schwarz ist.

Ich starre ihn an.

Verlegen schaue ich auf und stelle fest, dass er mir ein schiefes Grinsen schenkt. Das muss ich ihm lassen, es ist ein wirklich nettes Lächeln. Ich würde es noch mehr zu schätzen wissen, wenn er nicht gerade in mein Haus eingebrochen wäre. Trotzdem hat er volle Lippen, die jemand, der freundlicher ist, als umwerfend küssbar bezeichnen würde.

„Tut mir leid. Ich wollte nicht ..."

„Mach dir keine Sorgen." Er hält seinen Arm hoch. „Arbeitsrisiko. Ich habe sie im Kampf gegen Piraten vor der Küste von Tortuga verloren. Aber du hättest den anderen Kerl sehen sollen."

„Es tut mir so leid – warte, was?" Dann sehe ich sein Grinsen. Idiot.

„Ripper." Alpha stößt ihn mit dem Ellbogen in die Seite. „Hör auf mit dem Scheiß."

„Warum wollt ihr die Kassette? Und warum seid ihr eingebrochen? Hätte er nicht einfach anrufen können? Was zum Teufel ist da drauf?"

Alpha schüttelt den Kopf. „Das geht uns nichts an."

Und weil er ihr Präsident ist, reicht das für sie aus; sie sind einfach gesprungen, in das Haus eines Mädchens eingebrochen und haben ihre Unterwäsche durchwühlt. Meine Unterwäsche. Ich bin das Mädchen. Ich kann damit nicht umgehen.

Vielleicht ist Papas neuer Club nicht so schlimm wie die Pit Vipers, aber das ist ein kalter Schlag ins Geisicht, der einen in die Realität, zurückholt und zeigt, warum Mama mich vor all den Jahren mitgenommen hat und weggelaufen ist. Trotz des netten Lächelns sind das keine leicht angeschlagenen Pfadfinder, sondern erwachsene Männer, die Befehle befolgen.

Ich richte mich auf und schüttle mit aller Kraft, die ich habe, den Kopf. „Geht und sagt meinem Vater, dass ihr es vermasselt habt und dass er, wenn er etwas aus der Kiste haben will, mit mir persönlich darüber reden muss. Und verpisst euch aus meinem Haus!"

„Schau, Mädchen…"

Ich drehe mich um und werfe Blade einen scharfen Blick zu. Ich habe nicht vergessen, dass er derjenige war, der mich gepackt hat. „Raus! Oder willst du mich wieder angreifen?"

Alpha sträubt sich. „Wir haben nicht …"

„Dann beweist es und *geht*."

Die Jungs meckern ununterbrochen, während ich die Ladentür hinter ihnen zuschlage, doch nachdem ich jedes einzelne Schloss verriegelt habe, fühle ich mich etwas besser. Nicht, dass das vorher viel geholfen hat, denke ich mir. Ich muss mir eine Alarmanlage zulegen, sobald ich sie mir leisten kann.

Meine Füße sind schwer, als ich die Treppe hochstapfe. Abgesehen von der Unterwäscheschublade auf dem Boden und meiner Waffe auf der Kommode sieht alles normal aus, aber ich weiß es besser. Es ist wieder passiert. Auch wenn mein Verstand weiß, dass Alpha, Ripper und Blade nicht hier waren, um mir etwas anzutun, versteht mein Körper das nicht.

Mit einem Summen in den Ohren schnappe ich mir meine Pistole und meinen armen Plüschelefanten und ziehe mich in den Schrank zurück. Ollie war immer mein tapferer Beschützer, der einzige kleine Kerl, auf den ich mich verlassen konnte, um mich zu trösten. Er ist das Einzige, was ich noch aus meiner Zeit bei den Pit Vipers habe, zumindest bis diese blöde Kiste vor meiner Tür auftauchte. So sehr habe ich ihn schon lange nicht mehr gebraucht.

Mit Ollie in der einen und der Waffe in der anderen Hand drücke ich mich in die Ecke und lasse die Panik über mich hereinbrechen.

3

BLADE

„Was habt ihr Wichser euch dabei gedacht?" Eagle-eye sieht aus, als wollte er durch Alphas Telefon springen und uns mit seinen bloßen Händen erwürgen. Der Wikinger macht Witze darüber, dass sein blindes Auge wie das des nordischen Gottes Odins ist, das für das Wissen geopfert wurde, und wenn er direkt durch mich hindurchschaut, glaube ich das auch verdammt noch mal.

Wir haben uns in einem beschissenen Motelzimmer verkrochen, als unser erster Versuch, die VHS-Kassette zu bekommen, scheiterte. Ohne die verdammte Kassette können wir nicht zurück, aber wir werden auch nicht die Tochter von Eagle-eye mit Gewalt dazu zwingen, also mussten wir den Schwanz einziehen und um weitere Anweisungen bitten.

„Du hast gesagt, dass wir nicht mit ihr reden sollen, also was hast du von uns erwartet?" Alpha lehnt sich zurück und nimmt einen Schluck von seinem Bier. „Sie hätte schon seit Stunden weg sein sollen."

Eagle-eye grunzt frustriert. „Nun, sie war es nicht und ich hatte gerade ein sehr lautes und verdammt wütendes Gespräch mit Faith. Ihr seid verdammt noch mal nicht willkommen bei ihr, und sie ist sauer, dass mein ‚Biker-Scheiß', wie sie es nennt, wieder in ihr Leben eingedrungen ist. Und sie hat versprochen, dass sie das nächste Mal keine Fragen stellt, bevor sie schießt. So macht man einen verdammt guten Eindruck." Sein Kiefer bewegt sich, als würde er auf Steinen herumkauen, und die Vene in seinem Nacken pulsiert.

„Es hätte besser laufen können", räumt Ripper ein. „Heißt das, wir können nach Hause fahren?"

„Scheiße, nein. Ich weiß nicht, wer ihr die kleine Zeitkapsel vor die Tür gelegt hat, aber direkt, nachdem sie es öffentlich gemacht hat, hat sie eine Zielscheibe auf den Rücken bekommen. Ich nehme ihren Hass hin und lächle brav, wenn das bedeutet, dass sie am Leben bleibt und mich für das größte Arschloch auf dem Planeten hält."

„Und was sollen wir jetzt machen?", frage ich.

„Für den Moment? Schnappt euch das Band, wenn ihr die Gelegenheit dazu habt, aber ihr seid gerade zum Babysitter befördert worden."

„Wie bitte?" Alpha sträubt sich.

„Was verschweigst du uns?" Ich beuge mich vor, damit ich Eagle-eye direkt ins Gesicht schauen kann.

Es ist nicht öffentlich bekannt, aber wir kennen uns bereits seit langer Zeit, schon vor den Screaming Eagles. Ich weiß besser als jeder andere, wozu Eagle-eye fähig ist, und er kann das Gleiche von mir behaupten. Wir haben beide den Aufnäher der Pit Vipers in dem Video gesehen. Und auch wenn die anderen nicht die ganze Bedeutung erkannt haben: ich schon. Es kann nicht sein, dass es nicht zusammenhängt. Ich weiß nicht genau, was auf der Kassette zu sehen ist, aber ich habe ein paar Ideen.

„Hier." Eagle-eye nimmt sein Handy in die Hand, tippt ein paar Dinge an und dann ersetzt eine neue Aufnahme seinen Anblick. Ein Gesicht, das nur eine Mutter lieben könnte, erscheint auf dem Bildschirm. Der Typ hat Piercings in den Ohren, der Lippe, der Nase und der Augenbraue, sowie ein verblasstes Tattoo entlang seines Kiefers. Sein langes, drahtiges Haar ist zurückgebunden. Seine Lippen sind zu einem einseitigen Grinsen verzogen und er starrt in die Kamera.

Ich kenne diesen Wichser, und er hat noch nie etwas anderes als schlechte Nachrichten gebracht.

Crow.

„Eagle-eye", beginnt Crow. „Es ist schon lange her. Ich hoffe, du bist inzwischen so alt, dass du dir in die Hose scheißt und Hilfe beim Abwischen brauchst. Oder vielleicht hat dir jemand das andere Auge ausgestochen. Das wäre eine verdammte Gerechtigkeit. Was auch immer los ist, ich hoffe, dein Leben ist absolut beschissen. Und wenn nicht, dann werde ich das jetzt ändern. Die Welt ist klein heutzutage, alter Mann, und rate mal, wen ich neulich gesehen habe, wie sie die Büchse der Pandora geöffnet hat? Dein kleines Mädchen ist ziemlich heiß geworden. Das muss sie von ihrer Mutter haben."

Im Hintergrund ist das Knurren von Eagle-eye laut und deutlich zu hören. Keine Ahnung, ob er weiß, dass es übertragen wird, aber es würde mich nicht überraschen, wenn er buchstäblich vor Wut kocht.

„Wir haben nicht lange gebraucht, um herauszufinden, wo sie ist", fährt Crow fort, seine ölige Stimme ist noch genauso fies, wie ich sie in Erinnerung habe. Er war schon immer ein schleimiger kleiner Scheißer und das Älterwerden hat daran nichts geändert. „Das stört dich doch nicht, oder? Sie hat einen süßen kleinen Laden." Er hält ein Buch hoch und blättert es durch, wobei er ein Lesezeichen mit dem Books & Crannies-Logo zeigt. „Ich wette, du willst das Video so sehr, dass du es förmlich schmecken kannst, aber wenn du willst, dass die kleine Faith ihre Illusionen über ihren Daddy behält, musst du ihr die Kassette abnehmen und sie mir geben. Sonst hält mich nichts davon ab, die Geschichte zu wiederholen."

Das Video wird unterbrochen und Eagle-eye erscheint wieder auf dem Bildschirm. Ich dachte, dass er wütend war, bevor wir das Video gesehen haben, aber nun... verdammt, ich bin froh, dass jetzt sechshundert Meilen zwischen uns liegen.

„Was für eine Position hat dieses hinkende Arschloch heutzutage?"

„Präsident", knurrt Eagle-eye.

„Fick mich."

Ripper schnaubt. „Nein, danke, aber würde einer von euch den Rest von uns aufklären? Wer ist dieser Crow-Ficker und warum steht er so auf ein Stück altes Plastik?"

Ich halte meinen Mund. Eagle-eye entscheidet, wie viel er preisgibt. Ich kenne vielleicht ein paar seiner Geheimnisse, aber er ist derjenige, der seinen Schwanz im Feuer hat.

Er grunzt, offensichtlich nicht sehr erpicht darauf, uns aufzuklären. „Vor den Screaming Eagles ist in meinem Leben einiges schiefgelaufen, und die Pit Vipers sind ein großer Teil davon. Darauf bin ich verdammt noch mal nicht stolz und sagen wir einfach, dass wir uns nicht unter den besten Bedingungen getrennt haben. Crow war damals gerade erst Mitglied geworden, aber sein Vater und ich hatten eine Auseinandersetzung. Seitdem hegt er einen Groll gegen mich. Und jemand hat Faith gerade die perfekte Möglichkeit gegeben, damit er es mir heimzahlen kann."

„Das ist ein verdammt großer Groll", sagt Ripper, aber Eagle-eye geht nicht weiter darauf ein, also tue ich es auch nicht.

Alpha schaut in meine Richtung. „Und du? Was hast du damit zu tun?"

„Gar nichts. Jedenfalls nicht direkt. Ich war ein Anwärter, als die Scheiße losging. Ich bin ungefähr zu der Zeit ausgestiegen, als Eagle-eye ausstieg, und bin eine Zeit lang meinen eigenen Weg gegangen. Dann sind wir uns wieder begegnet."

Alpha sieht nicht glücklich darüber aus, wie wenig wir ihm verraten, aber niemand in diesem Leben ist völlig sauber. Solange nicht jeder von uns alles preisgeben will, dürfen manche Dinge auch im Dunkeln bleiben. „Und uns zu sagen, was auf der Kassette ist, kommt immer noch nicht infrage?"

„Richtig. Ihr müsst das nicht wissen, um zu handeln. Passt einfach auf Faith auf und besorgt das verdammte Band, wenn ihr könnt. Ich werde ein paar Fäden ziehen und sehen, ob ich etwas erfahren kann. Ich habe noch ein paar Kontakte von damals. Vielleicht kann ich etwas herausfinden. Und jetzt beeilt euch, verdammt. Wenn Faith verletzt wird, werde ich euch drei kielholen, bevor ich die Patches von dem abreiße, was noch übrig ist. Kapiert?"

„Kristallklar", sagt Alpha. „Wir sind dabei."

„Gut. Ich verlasse mich auf euch."

Ich bin immer noch am Nicken, als der Bildschirm dunkel wird. Auch ohne Eagle-eye wäre es mir ein Vergnügen, Crow das Leben schwer zu machen. Er war auch damals schon ein fieses Arschloch, das immer mit seinem Status als Sohn eines Mitglieds um sich warf, um aus den scheiß Jobs herauszukommen.

Alpha zielt mit seinem leeren Bier auf den Müll und wirft es in einem Bogen in den Korb. „Verdammt, ich hatte gehofft, dass ich es heute Abend noch einmal versuchen könnte. Wollen wir Wetten abschließen, wen sie als Erstes erschießt?"

„Ich melde mich freiwillig, wenn sie mir danach ein Küsschen auf die Wunde gibt", sagt Ripper mit einem Grinsen. „Sie ist zwar die Tochter vom Präsidenten, aber das wäre es doch wert, oder?"

„Halt's Maul", knurrt Alpha, aber er lacht nur. „Du traust dich nicht, das Eagle-eye ins Gesicht zu sagen."

Wenigstens einer von ihnen hat Verstand. Jesus Christus.

Ripper zuckt mit den Schultern. „Das sagst du, aber ich habe gesehen, wie du sie mit deinen Augen gefickt hast, als sie dich im Visier hatte. Sie war nur zu verängstigt, um es zu merken." Er zeigt auf mich. „Und du hast sie nicht gerade von dir gestoßen."

„Scheißkerle!", rufe ich, gerade als Alpha Ripper eine verpassen will.

Ripper lacht und weicht einem Schlag aus, der ihn durch den verdammten Raum schleudern könnte. „Ich bin nur ehrlich. Ihr solltet das auch mal probieren."

„Sie ist das kleine Mädchen vom Präsidenten", knurre ich. „Eagle-eyes verdammte Tochter. Wir mischen uns nicht in die Familie ein und es ist mir egal, wie hübsch sie ist, aber ich riskiere nicht meinen Hals für einen heißen Arsch."

Ripper grinst. „Siehst du, du hast ihn bemerkt."

„Ach, verpiss dich. Lasst uns für eine Gelegenheit sorgen."

4

FAITH

"Wie kommt es, dass du mir nie etwas davon erzählt hast?" Nicky umklammert den kleinen Tisch zwischen uns im Café, als würde sie wegfliegen, wenn sie ihn losließe.

„Weil ich genau weiß, was du denkst. Du stellst dir vor, was du im Fernsehen oder in Filmen gesehen hast, wo sie verwundete Seelen sind, gefährlich und sexy, aber immer nur eine Frau von der Erlösung entfernt."

Ich weiß es besser.

Sie winkt meine berechtigten Bedenken ab. „Und dein Vater ist immer noch in so einer Gang? Das ist so cool!"

„Siehst du, genau darauf will ich hinaus."

Nicky ist meine beste Freundin und einzige Mitarbeiterin bei Books & Crannies. Die Buchhandlung bringt nicht genug ein, um das öfter zu tun, aber nach gestern habe ich uns zum Mittagessen in unser

Lieblingscafé eingeladen. Nach dem gestrigen Schock schien mir etwas Normales und Ruhiges eine gute Idee zu sein.

Eines der Dinge, die ich an meinem Standort liebe, ist, dass der Laden zwar nicht im Stadtzentrum liegt, aber genau an der Grenze zwischen Wohngebieten und dem Geschäftsviertel, sodass ich das Beste aus beiden Welten habe. Ich kann die meisten Dinge zu Fuß oder mit dem Bus erreichen, aber ohne den Verkehr oder den Wahnsinn des Zentrums. Ich liebe das Leben, das ich mir hier aufgebaut habe, und dass mein altes Leben in mein neues eingedrungen ist, hat mich aus dem Gleichgewicht gebracht.

Ich nehme einen Schluck von meinem Milchkaffee und zucke zusammen, als sich der Schaum löst und meine Zunge verbrennt. Immer noch zu heiß. „Du würdest nicht sagen, dass es cool ist, wenn du wüsstest, wie es wirklich ist. Ich hasse meinen Dad nicht oder so, aber unser Leben ist so unterschiedlich. Wenn dieses blöde Video nicht irgendwie viral gegangen wäre, hätte ich wahrscheinlich bis nächstes Weihnachten nichts mehr von ihm gehört." Ich seufze. „Das Bikerleben ist nicht so wie im Fernsehen. Menschen sterben. Schlimme Dinge passieren. Schlägereien, Drogen, Waffen, all so etwas. Ich bin mit dem Gedanken aufgewachsen, dass es normal ist, immer mindestens ein paar ‚Onkel' hinter Gittern zu haben."

„Aber du hast dich so normal entwickelt. Du bist eines der besten Dinge, die mir je passiert sind. Beste Freundin und beste Chefin in einem." Sie lächelt, während sie an ihrem Lieblingskaffee nippt, einem doppelten Mokka mit einem Schuss Vanille und Himbeere, gekrönt von

Schlagsahne und Streuseln. Genauso süß und übertrieben wie sie selbst.

Genau deshalb hätte ich ihr nichts erzählen sollen – auch wenn ich das meiste Schreckliche weggelassen habe – aber ich musste mit jemandem reden und konnte meine Mutter gestern nach dem Vorfall nicht mehr anrufen. Sie wäre ausgeflippt. Wenn Nicky nicht gerade Kunden im Laden bedient, steckt sie immer mit der Nase in einem Buch, vertieft in eine Geschichte aus dem Liebesromanregal. Das macht mir nichts aus. Ich wünschte, ich hätte ihre Unschuld in Bezug auf sogenannte ‚Alphamänner'. Sie ist vielleicht ein wenig naiv, aber ich weiß, dass ich mich auf sie verlassen kann, wenn ich sie brauche.

„Igitt, das ist natürlich nicht gut, aber sind die *alle* so? Drei knackige Biker in meinem Schlafzimmer vorzufinden, klingt wie der Beginn eines lesezeichenwürdigen Kapitels."

„Nicht, wenn sie nicht da sein sollten und du sie dabei erwischst, wie sie deine Unterwäscheschublade durchwühlen." Oder wenn das Kapitel damit endet, dass sich die Hauptfigur schluchzend an eine Waffe und ein Plüschtier aus ihrer Kindheit klammert.

Ohne diese Details zu kennen, lacht sie. „Haben sie da drin etwas Gutes gefunden?"

„Nein, und lass uns das Thema wechseln, okay? Hast du mit diesem Fantasy-Autor über eine Lesung gesprochen?"

„Wir arbeiten noch an dem Datum... Sag mal, Faith, wie sahen die Biker aus?"

„Warum? Damit du sie dir später besser vorstellen kannst?" Ich strecke ihr die Zunge raus, bevor ich an meinem Milchkaffee nippe. Oh Mann, jetzt ist er kalt.

„Tu mir den Gefallen."

"Ähm, groß? Leder, Jeans, Muskeln. Einer war wirklich groß und ein anderer hatte einen Haufen Narben. Der letzte hatte richtig grüne Augen und ihm..."

„Fehlte eine Hand?"

Ich sehe sie stirnrunzelnd an. „Woher willst du das wissen?"

„Dreh dich nicht um, es sei denn, du möchtest es herausfinden."

So ein Mist.

Die Bewegung hinter mir spiegelt sich als Schatten am Rand meiner Brille. Ich kann sie spüren, auch wenn ich mir so sehr wünsche, dass sie nicht da wären.

„Ist hier noch frei?", erkundigt sich Alpha mit tiefer Stimme. Sie muss durch den ganzen Brustkorb widerhallen.

„Nein", sage ich. Ich werde mir mein gemütliches Mittagessen nicht von diesen Typen ruinieren lassen.

Nickys Augen sind so groß wie Untertassen, und wenn sie nicht so loyal wäre, würde sie bestimmt schon die Stühle rausrücken.

Alpha dreht einen Stuhl um und setzt sich rittlings an die Rückenlehne. Ich achte darauf, ihm nicht in die Augen zu schauen, aber Nicky ist wie ein Reh, das in seinen sexy Scheinwerfern gefangen ist. Sie macht ein leises Geräusch, als der Stuhl unter seinem Gewicht knarrt. Ripper setzt sich auf die andere Seite und nimmt zwischen uns Platz. Blade bleibt hinter ihm stehen und verschränkt die Arme vor der Brust.

„Was macht ihr hier? Ich meinte nicht nur raus aus meinem Haus, ich meinte raus aus meinem Leben." Meine

Stimme ist so frostig, dass man auf meinen Worten Schlittschuh laufen könnte.

„Nun, das war mir nicht ganz klar", sagt Ripper mit sanfter Überzeugung. Er wendet sich an Alpha. „Was ist mit dir?"

„Mir auch nicht. Wir haben uns auf dem falschen Fuß erwischt und das tut uns leid, Schatz. Lass es uns noch einmal versuchen."

„Kein Interesse."

„Das liegt nicht in unserer Hand", sagt Blade. „Wir sind ohnehin hier."

„Dann nehmt es wieder in die Hand!"

Ripper hält seinen Stumpf mit einem Stirnrunzeln hoch. „Soll das ein Witz sein?"

„Was? Nein! Ich-"

Er bricht vor Lachen in Tränen aus. „Der wird nie alt."

„Du bist so ein Arschloch."

„Es tut mir leid. Humor ist einer meiner Bewältigungsmechanismen." Ripper blickt wehmütig auf sein Handgelenk hinunter.

„Ich..."

„Hör auf, sie zu ärgern", knurrt Blade. „Wir sind nicht hier, um Freunde zu finden."

Offensichtlich.

Ich ziehe Nicky wegen ihrer Vorliebe für Liebesromane auf, aber meine eigene Vorliebe sind die Bücher mit Drachen, Magie und Elfen, die unschuldige menschliche Prinzessinnen auf lustvolle Abenteuer entführen. Es ist ärgerlich, dass Blade, wenn man ihm spitze Ohren verpassen würde, als mein aktueller Buchliebhaber durchgehen könnte. Er ist stark, aber schlank, hat hohe Wangenknochen, langes, glänzendes schwarzes Haar und tiefblaue Augen. Er hat sogar die gefährliche Aura und die selbstgefällige Haltung drauf, aber in der echten Welt braucht es mehr als tolle Augen, damit ich ihm verzeihe, dass er mich in meinem Schlafzimmer überfallen hat.

„Ich bin Nicky", sagt meine Freundin und schaut zwischen den dreien hin und her, wie ein Kind, das an Halloween gerade eine ganze Schokoladentafel bekommen hat.

„Alpha." Er streckt seine Hand aus und sie nimmt sie viel zu enthusiastisch.

„Ich bin Ripper."

Nicky will ihm die Hand schütteln und wird rot, als sie den Arm wechseln muss.

Ripper zwinkert. „Nur ein Souvenir aus meiner Zeit bei der Spaceforce. Der Globnark hat mir die Hand genommen, aber ich habe seinen Tentakel über meinem Bett aufgehangen. Die Spaßbremse da drüben ist Blade."

Blade steht zu weit weg für einen Händedruck, aber er nickt ihr zu, als sie ihm Hallo sagt.

Ich unterbreche sie, bevor sie sich von ihrem unschuldigen Lächeln komplett täuschen lässt. „Im Ernst, ich habe gestern Abend mit Papagesprochen. Es ist mir egal, was in dieser Kiste ist. Geht nach Hause."

Ripper lehnt sich zu mir rüber und fixiert mich mit seinen leuchtend grünen Augen. Purer Stahl verbirgt sich hinter dem Funken Humor, den er zur Ablenkung aufrechterhält. „Tut mir leid, Schönheit. Wir bleiben hier, bis wir wissen, dass du in Sicherheit bist."

Nicky schmilzt förmlich in ihrem Sitz. „Ist Faith wirklich in Gefahr?"

„Ja, durch sie", grummele ich.

Alpha schüttelt den Kopf. „Ich mache dir keinen Vorwurf, dass du uns nicht vertraust, aber wir sind hier nicht die Bösen." Er stützt seine Ellbogen auf den Tisch und lehnt sich nach vorn, sodass mir seine stämmige Gestalt viel zu nah ist, um mich wohlzufühlen.

„Ach wirklich? Wenn ihr es nicht seid, wegen wem dann?"

„Willst du das wirklich wissen?", fragt Blade kühl. „Oder wärst du glücklicher, wenn wir uns die Hände schmutzig machen, während du so tust, als hättest du nichts damit zu tun?"

„Hör zu, so sieht es verdammt noch mal aus", schnaubt Alpha. „Ich wette, es kommt dir unfair vor, aber du steckst gerade bis zum Hals in einer beschissenen Situation und wir sind hier, um dafür zu sorgen, dass du nicht darin versinkst. Es reicht nicht aus, uns die Kassette zu geben. Wir gehen nirgendwohin, ob es dir gefällt oder nicht, also gewöhn dich lieber an uns."

Ich warte darauf, dass Ripper einen Scherz macht, aber er nickt nur. So sehr ich ihn auch dafür hassen möchte, ich weiß, dass mein Vater nicht einfach so ein Trio von Leibwächtern schicken würde, wenn sich nicht etwas geändert hätte. Etwas, das mit dem Aufnäher auf der Jacke zu tun hat, der mich direkt in die Zeit meiner Albträume zurückbringt, als ich ein unschuldiges Kind war – oder so unschuldig, wie eine Zehnjährige, die in der Biker-Kultur aufwächst, eben sein kann – und sich mein ganzes Leben verändert hat.

„Lass uns gehen. Wir müssen den Laden öffnen." Ich stehe auf und gehe auf die Tür zu. Nicky stellt sich neben mich und wirft einen Blick über ihre Schulter auf die Männer.

Die Jungs folgen uns aus dem Café. Draußen sind drei große Motorräder geparkt. Kein Zweifel, zu wem die gehören. Ich schaue demonstrativ weg und marschiere in Richtung Buchladen. Nicky muss alle paar Schritte einen kleinen Hüpfer machen, um mit mir Schritt zu halten. Ich bin nicht sehr groß, aber ich bin entschlossen.

Hinter uns heulen die Motoren auf, drei tiefe Geräusche, die eine ganze Reihe von Erinnerungen wachrufen, auf die ich verzichten könnte. Sowohl gute als auch schlechte. Anderthalb Häuserblocks lang folgen sie uns, das Brummen ihrer Motoren immer nur ein paar Meter hinter uns.

Ernsthaft?

Ich kann es nicht mehr ertragen und halte an, um mich den Jungs zu stellen. Sie halten ebenfalls an und stellen ihre Füße ab, um die Bikes auszubalancieren. „Hört auf, mir zu folgen!"

„Steig auf, wir können dich schneller hinbringen", schlägt Alpha vor. „Wir haben noch Platz."

„Ich bin noch nie auf einem Motorrad gefahren", flüstert Nicky mit flehenden Augen. Und ich dachte, sie sei meine Freundin.

Ich zeige mit dem Finger anklagend auf Alpha. „Nein. Wenn du eine Old Lady hast, will ich mich nicht zur Zielscheibe machen, und wenn du keine hast, will ich niemanden auf dumme Gedanken bringen."

„Old Lady?" Nicky sieht mich stirnrunzelnd an.

„Sie will wissen, ob ich zu Hause eine Frau habe. Die Antwort ist nein, Schatz."

„Ich habe nicht gefragt! Old Ladys sind die Einzigen, die hinten auf ihren Bikes mitfahren dürfen. Die sind wie

Ehefrauen, aber es ist weniger romantisch, als es klingt. Sie sind eher wie Besitztümer."

„Scheiße, Mädchen. Wer hat dich verletzt?", erkundigt sich Ripper kichernd.

Alpha schüttelt den Kopf. „Nur eine Fahrt, ich schwöre es. Du bist die Tochter des Präsidenten. Das wird einen Scheißdreck bedeuten."

Nicky sieht mich an, als wäre ich die schlechteste Freundin in der Geschichte der Freundinnen, wenn ich nicht zustimme. Und wir *sind* spät dran. Ich stoße einen kurzen Seufzer aus und bin mir sicher, dass ich einen Fehler mache. „Gut."

„Ja!" Nicky stößt eine Faust in die Luft.

Blade hilft ihr hinten auf sein Bike, und mit vielen Bedenken und ein bisschen Vorfreude springe ich hinter Alpha auf. Wenige Augenblicke später rasen wir die Straße hinunter in Richtung Books & Crannies. Ich lege meine Hände um Alphas breite Brust, schließe die Augen und denke an den rosafarbenen Helm, den Papa mir als Kind gekauft hat, und an den Geruch von Sommer, Meer und Asphalt, als wir zu zweit die Küste hinauffuhren.

Nicht alle meine Erinnerungen sind schlecht, und das macht es manchmal noch schwerer.

5

FAITH

„Sie sind immer noch da draußen", flüstert Nicky und späht aus dem Fenster.

Tatsächlich stehen Ripper und Blade auf der anderen Straßenseite und spielen Karten an einem Picknicktisch in dem kleinen Park. „Ich bin überrascht, dass noch niemand die Polizei gerufen hat. Das ist nicht gerade eine gefährliche Gegend. Sie fallen auf wie bunte Hunde."

„Willst du mich verarschen? Die Mütter am Sandkasten beobachten sie genauso wie diese Typen uns."

Ich lehne mich mit dem Rücken zum Fenster und tue so, als würde ich sie nicht sehen oder mich nicht darum scheren. „Zurück an die Arbeit. Wir haben Aufträge zu erledigen."

Nicky seufzt und reißt sich los. „Ich wette, wenn wir einen Aufsteller mit einer Motorrad-Romantik-Reihe aufstellen würden, würden die Bücher aus den Regalen fliegen. Die Kunden würden sie da draußen sehen, dann durch die Tür kommen und *Bam!*, „Von den Bikern entführt" direkt vor ihrer Nase. Wer könnte da widerstehen?"

„Ich. Pass ein wenig auf den Laden auf. Ich bringe Frau. Albert ihre Bücher."

„Bist du sicher? Ich kann hingehen, damit sie dir nicht das Leben schwer machen."

„Nein, ist schon gut. Ich werde die Hintertür nehmen. Ich muss mir die Beine kurz vertreten. Wenn sie am Laden herumlungern, macht mich das ganz verrückt." Ich hebe die Tasche mit den Krimis, die Frau Albert für ihren Buchclub gekauft hat. Sie ist fünfundachtzig und wohnt gleich um die Ecke. Normalerweise liefern wir nicht, aber sie ist eine gute Kundin. „Sie werden mich nicht einmal gehen sehen."

„Ich werde sie im Auge behalten und dir Bescheid sagen, wenn sie etwas merken." Nicky zeigt mit demgibt mir einen Daumen hoch.

„Du Arme." Ich rolle mit den Augen und sie lacht. Wie auch immer. Sie kann ihren Spaß haben, solange er anhält, denn ich werde Papa heute Abend noch einmal anrufen und sie uns vom Hals schaffen. Die Pit Vipers haben mir Angst eingejagt, aber die einzige wirkliche Bedrohung, die ich bisher erlebt habe, kam von seinen eigenen Leuten.

Nicky winkt mir zu, als ich gehe, und wendet ihren Blick kaum von der Frontscheibe. Ich liebe sie über alles und hoffe, dass sie nie die gleichen Lektionen lernen muss, wie ich, und dass sie nie erfährt, wie Biker wirklich sind. Im Gegensatz zu Elfen, Vampiren und Werwölfen gibt es

Biker wirklich, und die Realität ist nicht so romantisch wie die Fiktion.

Die Hintertür fällt hinter mir zu, und ich mache mir schon Sorgen um den Boden der Papiertüte, in die ich die Bücher gesteckt habe. Ich könnte den Trolley holen, aber das wäre übertrieben für ein paar Blocks. Mit der gleichen Energie, die mich immer davon abhält, wegen meiner Einkaufstaschen zweimal zu laufen, nehme ich sie in die Arme und gehe los. Ich bin kaum aus der Gasse heraus, als eine tiefe Stimme hinter mir ertönt.

„Wo zum Teufel willst du hin?"

So ein Mist.

„Wohin ich will. Hör auf, mir zu folgen." Ich packe die Tüte fester und beschleunige meine Schritte. „Ich brauche deinen Schutz nicht."

„Natürlich tust du das." Alpha hält mit seinen langen Beinen locker mit mir Schritt. „Dachtest du, wir würden nicht auf die verdammte Hintertür aufpassen?"

„Ein Mädchen darf träumen. Ich werde Papa nach der Arbeit anrufen, also kannst du genauso gut jetzt aufgeben. Heute Abend bist du wieder auf dem Weg nach Hause."

Er lacht lautstark auf. „Du bist verdammt stur, das muss ich dir lassen. Aber der Apfel fällt nicht weit vom Stamm, Babygirl. Dein Daddy wird uns erst zurückpfeifen, wenn *er* weiß, dass du in Sicherheit bist. Und bis dahin gewöhnst du dich besser an uns."

„Hey!" Ich stolpere, als das Gewicht der Tüte plötzlich verschwindet.

„Hab sie." Er klemmt sich die Tüte unter den Arm, als würde sie nichts wiegen.

Das reicht.

Ich wirble auf ihn zu und drücke ihm einen anklagenden Finger in die Brust. Er rührt sich nicht. „Gib sie zurück. Ich habe dich nie um Hilfe gebeten und ich will dich hier nicht haben."

„Sei nicht dumm. Sie ist schwer und ich bin stärker."

„Ich denke, ich weiß, wie viel ich tragen kann, danke. Das ist mein Job. Ich habe ihn schon gemacht, bevor du gekommen bist, und ich werde ihn auch noch machen, wenn du weg bist."

„Schön für dich, aber nimm gelegentlich ein bisschen Hilfe an. Und du verschwendest deinen Atem. Ich gehe nirgendwo hin."

Argh! Es ist, als würde man mit einer Ziegelmauer streiten. „Gut! Halt einfach die Klappe und versuche, niemanden zu erschrecken."

Seine Lippen kräuseln sich vor Belustigung, aber er sagt nichts und überlässt mir den Vortritt. Ich stapfe den Rest des Weges zu Frau Alberts Haus. Je schneller ich zurück bin, desto schneller bin ich ihn los.

So ungern ich es auch zugebe, aber mit Alphas Hilfe geht der Weg viel schneller. Wenn ich schon mit diesen Typen festsitze, die vorgeben, Helden zu sein, dann kann ich auch ihre Stärke nutzen. Wie es sich für einen Haufen Muskelprotze gehört.

Frau Albert wirft Alpha einen seltsamen Blick zu, als wir auf ihrer Türschwelle stehen. „Faith, Liebling. Hast du jemand Neues eingestellt?" Sie schaut über ihre Brille hinweg, ein wenig skeptisch, aber auch ein bisschen zu interessiert, wenn man mich fragt. Sie ist alt genug, um seine Großmutter zu sein!

„Nein, Maam", sagt Alpha und versprüht dabei so viel Charme, dass ich die Augen zusammenkneife. „Nur ein Freund der Familie."

Sie lächelt, als er die Bücher in ihrem Wohnzimmer abstellt. „Oh, das ist aber schön. Vielleicht sehen wir uns ja bei meinem nächsten Besuch im Laden."

Er neigt seinen Kopf. „Vielleicht."

Ich möchte schreien, aber stattdessen verabschiede ich mich und gehe zurück in den Laden, ohne mich zu vergewissern, ob Alpha hinter mir ist.

Natürlich ist er das.

„Warum machen wir dich so wütend?"

Die Frage ist beiläufig, aber sie bringt so viel in mir zum Vorschein, dass ich keine gute Antwort geben könnte, selbst wenn ich es wollte. Offensichtlich weiß Alpha, wer mein Vater ist, aber ich wette, er weiß nicht, was mit uns passiert ist.

Mein Vater ist nach dem Angriff jahrelang aus meinem Leben verschwunden. Er weiß nichts von den Albträumen oder den Panikattacken. Als er sich wieder meldete, hatte er ein ganz neues Leben und wir auch.

Aber ich entscheide mich für die direkte Antwort. „Ihr seid in mein Haus eingebrochen. Ich dachte... Ich dachte viele Dinge, okay?"

„Und das tut mir wirklich verdammt leid. Wir haben versucht, schnell rein und wieder rauszukommen, damit es nicht so weit kommt. Das Mindeste, was du tun kannst, wäre, höflich zu sein."

„*Höflich*? Wenn ich das nicht wäre, würdest du es merken. Ich habe doch noch nicht auf dich geschossen, oder?"

Er kichert und bleibt danach ruhig, aber ich kann mich in seiner Gegenwart nicht entspannen. Er ist wie ein tödlicher Schatten, der über mir schwebt, oder meine eigene persönliche Regenwolke, die die Sonne verdunkelt. Logischerweise weiß ich, dass Alpha nichts mit dem zu tun hat, was mit Mama und mir passiert ist, aber das bedeutet nicht, dass ich es mag, wenn er in meiner Nähe ist. Das macht mich unaufmerksamer als sonst und ich nehme nicht einmal das Dröhnen der Motorradmotoren wahr, bis ich das Quietschen der Reifen höre.

„Fuck! Runter!"

Drei Motorräder bremsen hart und schnell und tragen Männer mit geschwärzten Helmen. Noch bevor ich schreien kann, ist Alpha auf mir, nimmt mich in die Arme und schwingt uns beide über einen Zaun in den Garten eines Anwohners. Es gibt einen Knall wie bei einem Blitzschlag – oder einem Schuss, der einen der Zaunpfosten zersplittert. Ein weiterer Schuss donnert in das Haus hinter uns. Es folgen zwei weitere Knalle.

Jetzt schreie ich.

Alpha und ich überschlagen uns zwei- oder dreimal, bevor er mich einhüllt und sich selbst als menschlichen Schutzschild benutzt. „Bleib unten und sei still", zischt er und seine stählernen Augen bohren sich direkt in meine. Ich wusste nicht einmal, dass er eine Waffe trägt, aber in seiner rechten Hand befindet sich eine Pistole. „Du kannst später ausrasten."

Ich wimmere. „Was ist los? Warum schießen sie auf mich?"

Er antwortet nicht, er ist zu sehr damit beschäftigt, nach der Bedrohung Ausschau zu halten. Das Geräusch der Motorräder wird leiser, als die Schützen davonfahren, aber ich stehe erst auf, als er es erlaubt.

Gott, ist er groß. Alpha erhebt sich über mich, sein Gewicht ist seltsam beruhigend. Ich komme mir wie ein Verräter vor, wenn ich nur daran denke, aber er ist so viel besser als Ollie. In einer anderen Situation wäre das ... Hör auf! Sei nicht dumm, Faith. Jemand hat auf uns geschossen.

„Sie sind weg", sagt er, steht auf und streckt eine Hand aus. „Scheißkerle."

„Wer war das? Warum haben sie geschossen?" Als sich seine Finger um meine schließen, merke ich, wie sehr ich zittere. Und zwar am ganzen Körper, als ob ich mitten im Winter nackt unterwegs wäre. Meine Zähne klappern.

„Wir müssen erst mal hier weg. Gefragt wird später." Alpha verstaut seine Waffe hinter seiner Weste und hebt mich über den Zaun, wobei er sich gleich danach selbst hinüberschwingt. Ich bin so verängstigt, dass ich die Hilfe ohne zu fragen annehme. Dann gehen wir zurück in die Gasse, die zu meiner Hintertür führt. Die ganze Zeit über hält er sich zwischen der Straße und mir, während er nach weiteren Problemen Ausschau hält.

Oh Gott, was ist, wenn sie zurückkommen?

Als wir am Laden ankommen, schreien die Leute und in der Ferne heulen Sirenen.

„Rein da." Er gibt mir einen Schubs.

Ich fummele zu lange an den Schlüsseln herum, aber sobald ich die Tür aufgeschlossen habe, eile ich hinein, um nach Nicky zu sehen. Ich lasse Alpha stehen, um die Tür hinter uns zuzuschlagen und abzuschließen.

„Nicky?"

Sie kommt nach hinten gerannt, mit blasser Haut und großen Augen. „Faith. Geht es dir gut?" Dann sieht sie Alpha, der seine Waffe wieder herausgezogen hat, und quietscht vor Schreck.

„Uns geht es gut. Und dir? Ist hier etwas passiert?" Meine Zunge stolpert über die Worte. „Bitte, sag mir, dass alles in Ordnung ist."

„Alles ist in Ordnung, aber ich habe etwas gehört, das wie Schüsse klang." Sie beäugt Alpha mit einer gesunden Portion Misstrauen. Scheinbar ist ein Teil des rosigen Scheins verschwunden. „Was ist passiert?"

Blade und Ripper erscheinen in der Tür und schauen sich um. Sie sehen aus, als wären sie gerade aus einer Kampfzone gekommen. Blade hat ein Messer in der Hand, und Ripper hält seins direkt unter seiner Weste, bereit, jeden Moment zuzuschlagen. Ein junger Mann mit einem Hipster-Bart und Cordhosen schaut zwischen uns hin und her, bevor er beschließt, den Laden schnell zu verlassen. Ich kann es ihm nicht verübeln.

Es dauert nur ein paar Augenblicke, bis Alpha erzählt, was vorgefallen ist. Gerade mal genug Zeit für mich, um in einen gepolsterten Stuhl in einer unserer Leseecken zu sinken. Meine Arme und Beine kribbeln und ich versuche, bewusst zu atmen, so wie sie es mir in der Therapie beigebracht haben.

Alpha sieht mich mit einem frustrierten Gesichtsausdruck an. „Hättest du dieses blöde Video nicht gemacht, wäre das alles nicht passiert."

„Schieb das nicht auf mich", schnauze ich. „Ich habe mein Leben gelebt und plötzlich wart ihr in meinem Haus und habt mir gesagt, ich sei in Gefahr. Soweit ich weiß, haben sie auf *dich geschossen* und ich war nur zufällig da. Ich betreibe eine Buchhandlung, mache kleine Häkeltiere und spiele jeden ersten Freitag im Monat Dungeons & Dragons."

„Du bist aber auch die einzige Tochter des Typen, den der Präsident der Pit Vipers leiden sehen will", sagt Blade ohne eine Spur von Gnade. „Das war eine Warnung. Sie wissen, dass wir hier sind und wollten eine Botschaft senden, die Eagle-eye nicht ignorieren kann."

„Ich habe Angst", haucht Nicky mit zittriger Stimme. Die Realität des MC-Lebens wird ihr bewusst, und ich glaube nicht, dass sie darauf vorbereitet ist.

„Und wenn ich euch das Video gebe? Das ist es doch, wonach ihr gesucht habt, oder? Ist es das, was sie wollen?"

Alpha seufzt. „Ich glaube, so einfach ist es nicht mehr." Die drei tauschen einen Blick aus, der ein ganzes Gespräch beinhaltet, ohne ein Wort zu sagen.

Selbst Ripper sieht nicht so aus, als würde er gleich einen Witz reißen. „Du bist jetzt auf ihrem Radar, Baby. Selbst wenn sie das Video bekommen, werden sie nicht vergessen, dass du hier bist. Am sichersten ist es, wenn du dich von uns zum Club zurückbringen lässt."

„Auf keinen Fall! Ich werde nicht mein ganzes Leben für wer weiß wie lange aufgeben!"

„Willst du es lieber verlieren?", knurrt Blade. „Diese Arschlöcher lassen uns wie Chorknaben aussehen. Was glaubst du, was passiert wäre, wenn Alpha nicht bei dir gewesen wäre? Entweder lägen die Reste deines Hirns auf der Straße oder sie hätten dich geschnappt und du hättest jetzt eine viel schlimmere Unterhaltung."

Eine Träne läuft mir über die Wange und ich wische sie weg, bevor weitere folgen können. Warum fühlt es sich wie Verrat an, wenn sie sich alle gegen mich verbünden?

„Sie hat es verstanden, Mann", sagt Ripper.

„Hat sie das?"

Alpha begibt sich auf meine Höhe, legt eine Hand auf mein Bein und zwingt mich mit der anderen, ihm direkt in die Augen zu schauen. Es ist zu intim, aber ich kann nicht wegschauen. „Wir werden uns eine Unterkunft nehmen und dir ein paar Tage Zeit geben, um dich zu entscheiden, aber wir gehen nirgendwo hin. Ob du schuld bist oder nicht, dein Leben hat sich verändert und du kannst es nicht einfach so zurückwünschen, wie es war."

„Das ist ein Fehler", murrt Blade, aber mit einer Handbewegung verschwindet sein Messer in seinem Ärmel.

„Lasst euch beim Rausgehen nicht von der Tür schlagen", rufe ich ihnen mit einem Anflug von falschem Mut hinterher, als sie gehen. Sie werden wiederkommen – und das fühlt sich tatsächlich ein klitzekleines bisschen beruhigend an.

„Kommst du zurecht?" Nicky zittert, aber sie umarmt mich fest. Sie ist wie ein Mädchen aus einer romantischen Komödie, das stattdessen in eine düstere Romanze hineingeworfen wurde, und das ist ein bisschen aufregender, als sie erwartet hätte. Nicht, dass es hier irgendeine Art von Romanze gäbe. Nicht mit diesen Idioten. „Möchtest du, dass ich heute Nacht bei dir bleibe?"

Für einen Moment lässt mich die Erinnerung daran, wie Alpha sich um mich schlang, um mich zu beschützen, als er uns über den Zaun rollte, wünschen, er wäre derjenige, der diese Frage stellt. Er hat mir das Leben gerettet. Ich hätte mich bei ihm bedanken sollen. Wäre es sicherer, sie mit im Haus zu haben?

Nein, es gibt keine Garantie, dass sie nicht auch Ziele sind. Vielleicht sogar noch mehr als ich. Soweit die Pit Vipers wissen, habe ich bereits alles übergeben. Die Schüsse waren nur eine Warnung. Es wird schon gut gehen.

„Danke, aber ich komme schon klar. Ich glaube, ich mache den Laden für heute zu. Du solltest nach Hause gehen."

„Was? Faith, wenn die Typen zurückkommen…"

„Geh nach Hause. Ich würde es mir nie verzeihen, wenn du da mit reingezogen wirst, okay? Tut mir leid, dass ich dir die Biker-Fantasie ruiniert habe."

Nicky schnaubt. „Ich stand sowieso schon immer mehr auf Cowboys. Aber im Ernst, vielleicht solltest du sie bei dir übernachten lassen, und damit meine ich nicht nur, dass sie dich abwechselnd unterhalten können, wenn du weißt, was ich meine." Sie grinst ein wenig. „Sie machen vielleicht mehr Ärger, als sie wert sind, aber diese Jungs sind wie Sex auf zwei Beinen."

Da hat sie nicht unrecht. Mein allererster Schwarm war einer der jüngsten MC-Anwärter, bevor alles den Bach runterging, und die Intensität dieser Vorschulalter-Gefühle hat etwas, das sich in deinem Gehirn festsetzt. Ich habe vielleicht die letzten zehn Jahre damit verbracht, es zu verdrängen, aber ich bin nicht blind.

Ich bin zu klug, um zu vergessen.

6

RIPPER

„Was ist denn jetzt der Plan?" Ich ducke mich um die Ecke von Faiths Haus, wo wir unsere Bikes versteckt haben, und drehe mich zu Blade und Alpha um. „Es wäre viel einfacher, sie am Leben zu erhalten, wenn sie uns in ihrer Nähe bleiben lassen würde. Konntest du die Arschlöcher sehen, die auf dich geschossen haben?"

Alpha schüttelt den Kopf. „Nein, aber wir wissen, dass es die Vipers sind. Die Frage ist, ob sie es auf mich oder auf sie abgesehen haben. Wie auch immer, wir können das nicht zulassen."

„Dem Präsidenten gefällt das vielleicht nicht, aber du hast gehört, was er uns gesagt hat. Er würde Faith lieber verärgern, als sie zu begraben. Unsere oberste Priorität ist ihre Sicherheit, dann das Video. Ich schlage vor, wir platzieren ihren Arsch auf einem Bike und fahren zurück zum Club." Blade verschränkt seine Arme vor der Brust.

„Das ist ein schöner Arsch." Ich grinse, aber Blade starrt mich nur böse an. „Was? Ich sage nur, was ihr beide gedacht habt."

Er stößt mich gegen die Wand. „Das ist Eagle-eyes verdammte Tochter, erinnerst du dich? Sie ist nicht nur ein heißer Arsch. Kannst du dir verdammt noch mal vorstellen, was er tun würde, wenn er das herausfindet? Er würde uns unsere verdammten Kutten abnehmen und uns dann kielholen."

„Weil er ein *Vater* ist. In seinem Kopf ist sie noch ein Kind." Ich schiebe seine Hände von mir weg. „Ich mag sie. Sie ist sprunghaft, aber sie hat Mumm."

Blade knurrt und wendet sich an Alpha. „Bring ihn zur Vernunft."

„Sie ist tabu", stimmt Alpha zu, aber er sieht nicht so verärgert aus wie Blade.

„Ich sage nur, wenn sie Interesse zeigt, würde ich sie nicht von der Bettkante stoßen"

„Sie ist verdammt noch mal nicht interessiert. Das hat sie verdammt deutlich gemacht."

„Hat sie?" Ich lehne mich gegen mein Bike. „Sie hat irgendetwas gegen Biker, das ist ziemlich offensichtlich. Aber gegen uns persönlich? Davon bin ich nicht überzeugt."

Blade schüttelt den Kopf. „Manchmal fühle ich mich mehr als nur ein paar Jahre älter als ihr Vollidioten. Faith ist die Tochter von Eagle-eye und es ist mir egal, ob sie dich verkleiden und dir eine Schleife um den Schwanz binden will. Wir sind hier, um unseren Job zu machen und dann zu gehen. Außerdem sieht sie vielleicht aus wie eine kleine Maus, aber sie ist mit Arschlöchern wie dem Typen aufgewachsen, der auf Alpha geschossen hat. Sie hat unser Leben von innen gesehen und ist ausgestiegen. Was glaubst du? Inwiefern wird diese Scheiße sie dazu bringen, ihre Meinung zu ändern?"

„Arschlöcher wie du, meinst du? Warst du damals nicht bei den Vipers?"

„Genau", knurrt Blade. „Arschlöcher wie ich."

„Ganz ruhig, Bro", sagt Alpha und legt Blade eine Hand auf die Schulter. „Wir wären nicht hier, wenn wir Eagle-eye gegenüber nicht loyal wären. Das weißt du doch. Faith ist ein kleiner, sexy Hitzkopf, es ist nichts falsch daran, das Offensichtliche zu erkennen. Das heißt aber nicht, dass wir mit ihr rummachen werden." Er wirft mir einen ernsten Blick zu. „Stimmt's?"

Ich seufze. „Genau. Aber wenn die Nächte lang und unheimlich werden und sie anklopft..."

„Ihr habt Glück, dass ich euch weniger hasse als den Rest der Bande." Ein Messer gleitet in Blades Hand und er macht eine Show daraus, damit seine Nägel zu reinigen.

„Warum ist das so eine große Sache für dich? Ich verstehe, dass er sauer ist, aber sie ist ein großes Mädchen und vielleicht ist er froh, wenn wir sie wieder in den Club aufnehmen. Eine große, glückliche Familie."

Blade schaut auf, seine verrückten blauen Augen sind noch durchdringender als sonst. „Dieser Mann hat mir das Leben gerettet. Er hat mir eine Chance gegeben, als die meisten Leute mir eine Kugel in den Kopf gejagt hätten. Das ist nichts, was ich für einen heißen Arsch wegwerfen würde."

„Trau mir ein wenig was zu, Mann. Ich weiß, dass sie keine Club-Bitch ist."

„Du würdest sie also gut behandeln? Sie zu deiner Old Lady machen? Oder willst du vielleicht, dass sie mit uns dreien zusammenlebt, wie Emily oder Alessa?"

Ich drehe den Spieß um und verpasse Blade einen Stoß gegen die Brust. „Wäre das so schlimm? Sag mir nicht, dass du nicht willst, was die haben. Vielleicht bin ich voreingenommen, weil sie genau die Art von Mädchen ist, die meine Aufmerksamkeit erregt, aber zumindest bin ich verdammt noch mal ehrlich. Was ist so schlimm an uns? Alpha sieht aus wie Captain Americas schurkischer Zwilling und ich bin offensichtlich lustig und leicht zu reizen, aber vielleicht hast du einfach Angst, dass niemand deine verdammte Aura der drohenden Gefahr durchschauen kann."

„Halt's Maul, Ripper." Blade dreht mir den Rücken zu, ohne auf die Frage zu antworten. „Aura der drohenden Gefahr? Du bist ein Arschloch. Wir haben einen Job, und wir werden ihn verdammt noch mal durchziehen. Wir müssen sie beschützen, auch wenn sie uns abgrundtief hasst, also hör auf, darüber zu fantasieren, wie wir eine glückliche Familie werden, und behalte das Ziel im Auge."

Eine glückliche Familie? Ich habe nicht wirklich so weit vorausgedacht, aber jetzt, wo er mich dazu bringt, kann ich nicht anders, als mir vorzustellen, wie es wäre, mehr als den Club und diese beiden Idioten in meinem Leben zu haben. Als ich aus der Armee kam, war ich froh, dass ich noch mein Leben und die meisten meiner Gliedmaßen hatte. Alles andere war ein Bonus, aber irgendwann will man einfach mehr.

„Blade hat recht." Alpha richtet sich auf und nickt. „Ohne einen von uns geht sie nirgendwo hin. Ob sie es weiß oder nicht, Crow stiftet bereits Unruhe und es liegt an uns, das im Keim zu ersticken. Ripper, du übernimmst die erste Schicht. Lasst eure Handys eingeschaltet und aufgeladen. Lasst euch von ihrem Arsch nicht zu sehr ablenken. Wir werden einen Platz in der Nähe finden, wo wir pennen können. Wenn du auch nur einen Pieps hörst, schick uns eine Nachricht und wir kommen."

Blade nickt und stimmt schließlich zu. „Ich bin der Zweite."

Verdammt! „Willst du tauschen? Ich habe eine Schwäche für schöne nackte Silhouetten. Vielleicht können wir einen Romeo-und-Julia-Moment durch das Fenster erleben."

„Wovon zum Teufel redest du?", fragt Blade. Ich sollte ihn nicht ärgern, aber er macht es mir so leicht. Es macht einfach zu viel Spaß.

Alpha packt ihn an der Schulter und schubst ihn zu seinem Bike. „Ignoriere ihn. Wer sind wir?"

„Strike Team Alpha", antworten Blade und ich.

„Ich kann euch nicht hören."

„Strike Team Motherfucking Alpha!"

Alpha grinst. „Das ist schon besser. Wir haben noch nie eine Frau zwischen uns kommen lassen und…"

„Das hängt von deiner Definition von ‚zwischen uns kommen' ab", unterbreche ich ihn.

Blade schnaubt so leise, dass ich es fast überhöre.

„Du auch?" Alpha wirft ihm einen Blick zu.

„Da bist du direkt reingelaufen."

7

FAITH

„Ruhig, Mädchen, wir haben dich", flüstert Alphas tiefe Stimme in mein Ohr.

Statt Angst durchströmt Freude meinen Körper, zusammen mit den Berührungen von mehr Händen, als einer einzigen Person gehören könnten. Sie sind schön warm und streicheln meine nackte Haut, über meine Arme, meinen Bauch, meine Schenkel...

Oh Gott, ich bin völlig nackt und mein Bett, das sich normalerweise so groß anfühlt, weil nur ich darin liege, ist völlig überfüllt.

Lippen kitzeln meine Schulter und ich habe Angst, die Augen zu öffnen, denn ich weiß nicht, ob ich wissen will, ob es ein Traum ist oder ob jemand wirklich mit mir im Bett liegt.

Eine Zunge gleitet an der Innenseite meines Oberschenkels hinauf und als ich versuche, sie zusammenzudrücken, halten mich starke Hände auf. „Lass es. Lass uns dafür sorgen, dass du dich gut fühlst." Das ist definitiv Blade, also muss das ein Traum sein, denn er ist der letzte Mann, den ich zwischen meinen Beinen erwartet hätte.

Seine Küsse wandern immer weiter nach oben, bis er fast ganz *da ist,* und mein Unterbewusstsein hat nicht die Absicht, sich zu wehren.

Heißer Atem geistert über meine Klitoris und ich stöhne.

Ein Mund umschließt meine Brustwarze und eine Zunge streicht über die anschwellende Knospe, was mich sofort auf Touren und meinen Körper zum Glühen bringt.

Die Lippen auf meiner Schulter küssen meinen Hals hinauf, bis sie gegen meine eigenen drücken. Solange ich nicht die Augen öffne, muss ich nicht darüber nachdenken, zu wem sie gehören könnten oder was das bedeutet. Meine Zunge trifft begierig auf seine.

Geschickte Finger erfassen meine freie Brustwarze und reizen sie, bis sie hart wie ein Kieselstein ist. Eine Hand streichelt meinen Nacken, der Daumen liegt unter meinem Kinn, während sich lange Finger in meinem Haar vergraben. Und dann, während ein Mund meine Brust liebkost und ein anderer mich atemlos küsst, landen Blades Lippen genau auf meiner empfindlichsten Stelle und seine Zunge streicht mit genau der Art von Geschick und Aufmerksamkeit über meinen geschwollenen Kitzler, die ich von meinem dunklen Geliebten erwarten würde.

Ich strecke meine Hände aus, um die Männer zu erforschen, traue mich aber immer noch nicht, hinzusehen.

Harte Körper umzingeln mich auf beiden Seiten, oberkörperfrei. Brusthaare kitzeln meine Handflächen und meine Finger gleiten über erhabene Narben, während ich über breite Brustmuskeln, Waschbrettbäuche und weiche Haarspuren den Weg zum Hauptereignis finde.

Und dann erreiche ich, wonach ich gesucht habe, stahlhart und mit Samt überzogen, beide so dick, dass ich meine Finger nicht um sie schließen kann.

„Fuck." Alpha stoppt die Liebkosungen meiner Brust gerade lange genug, um ein lustvolles Zischen auszustoßen. Das bedeutet also, dass derjenige, den ich küsse, Ripper ist. Mit seinen vollen Lippen und seinem geschickten Mundwerk ist es nur logisch, dass er auch in anderer Hinsicht gut ist.

Aber er ist nicht der Einzige. Blade gleitet mit seiner Zunge zwischen meine weichen und feuchten Schamlippen, teilt sie und lässt seine Zunge in gleichmäßigen, festen Bewegungen über meinen Kitzler kreisen. Ich schreie auf, direkt in Rippers Mund, als Alpha meine Brustwarze mit seinen Zähnen einfängt und ein wenig daran saugt.

Es passiert so vieles gleichzeitig. Ich bin keine scheue Jungfrau, aber alle meine sexuellen Erfahrungen waren sicher und vernünftig. Ich wusste, dass ich ihnen vertrauen konnte, und das auch erst nach einer langen Zeit.

Drei auf einmal?

Niemals.

Nicht, dass ich nicht schon davon geträumt hätte. Hat das nicht jeder? Ich habe es gelegentlich gesehen, als ich jünger war. Nicht den eigentlichen Akt, aber mal eine Gruppe von Bikern mit einem der Mädchen im Club. Das ist wahrscheinlich der Grund, warum ich jetzt von ihnen träume. Es ist alles nur eine unterbewusste Fantasie, die mich an die Zeit zurückerinnert, als...

Mein Gedankengang wird unterbrochen, als Blades Finger mich offen halten und seine Zunge in mich eindringt. Er fickt mich mit seinen Händen und seinem Mund, bis ich kurz vorm Kommen bin. Meine Hände bearbeiten die beiden Schwänze an meinen Seiten, deren Sperma an den Schäften herunterläuft und sie glitschig macht.

Blade zieht sich zurück.

Ich wimmere und schiebe meine Hüften in einem verzweifelten Versuch nach oben, um ihn wiederzufinden. Alpha löst sich aus meinem Griff, sein dicker Schwanz gleitet zwischen meinen Fingern hindurch, aber ich kann ihm nicht folgen. Ripper hält mich fest, sein Mund drängt sich an meinen.

Doch bevor ich Zeit habe, die anderen Männer zu vermissen, schiebt sich ein massiger Körper zwischen meine Beine und ein dicker Schwanz dringt in meine klatschnasse Muschi ein. Ich stöhne auf, wölbe den Rücken und spreize meine Beine so weit wie möglich, um ihn zu empfangen.

Ist es Blade? Alpha? Meine Augen sind zugekniffen, also weiß ich es nicht und es ist mir auch egal.

Ripper zieht sich zurück und die Körper verschieben sich um mich herum auf dem Bett, bis sich jemand über meine Brüste beugt und ein Schwanz gegen meine Lippen drückt. Ich strecke meine Zunge raus und schmecke die salzige Glätte, bevor er sich nach vorn schiebt und ich meine Lippen öffne, um ihn aufzunehmen.

Zwischen meinen Beinen beginnt die dicke Eichel von Alphas Schwanz, sich in mich zu drücken. Ich kann es nicht ertragen. Ich sollte ihn nicht einlassen. In meinem Kopf läuten die Alarmglocken. Das fühlt sich zu echt an, zu gut.

Ich sollte das nicht tun.

Schon gar nicht mit ihnen!

Der Alarm wird einfach immer lauter und lauter.

Als ich endlich die Augen aufschlage, bin ich allein. Nur ich, mein Schlafzimmer, Ollie neben mir auf dem Kissen und mein Handyalarm, der auf der Kommode ertönt.

Das Gefühl von Blade, Ripper und Alpha ist bereits verflogen, die Körper, die vor einem Moment noch so real waren, sind jetzt nur noch ein Phantomgefühl, ihre Berührung ist so flüchtig wie Rauchschwaden zwischen meinen Fingern. Meine Brustwarzen sind steinhart, und als ich meine Schenkel zusammenpresse, sind sie glitschig und heiß von meinen eigenen Säften. Es ist niemand hier. Nur ich und meine Frustration.

„Stopp!", schreie ich und der Alarm schaltet sich sofort ab.

Neben mir starren Ollies kohlschwarze Augen in meine schuldbewusste Seele. „Tut mir leid."

Es gibt Dinge, für die ein Freund aus Kindertagen nicht da sein sollte, selbst wenn sie aus Stoff sind. Gott, nach allem, was letzte Nacht passiert ist, könnte man meinen, ich würde einen Albtraum haben und nicht… was auch immer das war.

Ich schüttele den Kopf und versuche, die allzu reale Erinnerung daran zu verdrängen, von drei Männern gleichzeitig befriedigt worden zu sein.

Wie soll ich ihnen nach so einem Traum gegenübertreten? Jedes Mal, wenn ich sie jetzt sehe, werde ich mich nur noch an den blöden Traum erinnern. Und ich dachte, schlimmer kann es nicht mehr werden.

Als ich dusche und nach unten gehe, steht Nicky schon an der Kasse und bereitet sich auf das Öffnen vor. Sie hat den Schlüssel für den Ladenteil des Hauses.

„Hey, Schlafmütze. Geht es dir gut? Normalerweise bin ich nie zuerst hier."

„Ähm, ja. Klar." Die letzten Ranken der Biker-Fantasie sind schon vor einer Weile verflogen, und ich bin bereit, tatsächlich etwas zu arbeiten. Zumindest glaube ich das. „Sind die Jungs immer noch da draußen?"

„Aber sicher doch. Nun, nur einer von ihnen, als ich auftauchte. Alpha. Die anderen waren nicht da, also haben sie vielleicht ein bisschen geschlafen. Selbst harte Kerle wie sie müssen sich manchmal ausruhen, denke ich." Sie kaut auf ihrer Unterlippe und wirft einen Blick aus dem Fenster. „Ich hatte überlegt, ihm einen Kaffee zu bringen, aber nach gestern…"

„Ist schon gut. Wie wäre es, wenn du dich um die Kriminalabteilung kümmerst? Herr Ericsson war gestern da und hat sie wieder neu organisiert."

„Nach Verlag?"

„Nein, dieses Mal nach Farbe."

„Das macht immerhin mehr Sinn als geografisch."

„Ich glaube, das hatte er aufgegeben, weil er sich nicht entscheiden konnte, was er mit den Büchern machen soll, die in mehreren Ländern spielen."

Sie lacht. „Wenigstens kauft er immer etwas, also können wir uns wohl nicht allzu sehr beschweren."

Ich starre aus dem Fenster auf Alpha, der sein Bestes tut, um nicht bedrohlich zu wirken. *Er hat mir das Leben gerettet.* Aber ich war auch nicht in Gefahr, bis sie auftauchten… Argh. Ich stapfe nach hinten und benutze die Kapselmaschine, um ihm einen Kaffee zu machen.

Nicky sieht mich auf dem Weg nach draußen. „Bist du sicher, dass du ihn ermutigen willst?"

„Das ist nicht ermutigend. Es ist einfach nur höflich."

„Dein Mund sagt das eine, aber deine Augen sagen etwas ganz anderes. Ich kenne dich."

„Dann kennst du mich besser als ich mich selbst, denn das ist nur gewöhnliche Höflichkeit."

„Rede dir das nur ein, Faith. Ich wette, du träumst bald von ihnen, wenn du so weitermachst."

Mist, das war ein bisschen zu nah an der Wahrheit. Vielleicht kennt sie mich wirklich zu gut. „Niemals."

„Das war nur ein Scherz." Ihr Ton wechselt innerhalb eines Herzschlags von leicht zu ernst. „Ich mache mir Sorgen um dich. Jemand hat gestern auf dich geschossen. Wenn du schon nicht zur Polizei gehst, dann behalte sie wenigstens in deiner Nähe, um dich zu beschützen. Was willst du tun, wenn die anderen Typen mit den Waffen hier reinkommen? Wenigstens scheinen die hier auf deiner Seite zu sein."

Vielleicht hat sie ja recht? Ich weiß es nicht einmal. Ich hasse es, mich manipuliert zu fühlen. Alles begann mit dieser blöden Kassette. Ich muss einen funktionierenden VHS-Player auftreiben und nachsehen, ob etwas da drauf ist. Ich stecke meinen Kopf aus der Tür und schaue hin und her, aber bevor ich die Straße überqueren kann, kommt mir Alpha auf dem Bürgersteig entgegen.

„Hey", sage ich unbeholfen und versuche verzweifelt, nicht daran zu denken, wie sich sein Traumschwanz in mir angefühlt hat.

„Geht es dir gut? Du klingst heute Morgen so komisch."

„Was? Ja! Gut. Gut..." Ich huste und schiebe den Pappbecher zwischen uns. „Ich dachte, du magst den vielleicht."

„Danke", sagt er mit einem knappen Nicken und nimmt den Kaffee an.

„Ich wusste nicht, wie du deinen Kaffee trinkst, also habe ich einfach ein bisschen Milch und Zucker reingetan. War das in Ordnung? Du magst ihn wahrscheinlich schwarz. Ich werde dir einen neuen machen." Ich will ihn zurücknehmen, aber er legt eine Hand auf meinen Arm.

„Entspann dich, es ist in Ordnung. Ich bin nicht wählerisch."

„Ich wollte sagen..."

„Ja?"

„Danke. Für gestern, meine ich. Ich weiß nicht wirklich, was los ist, aber du hast dich zwischen den Schützen und mich gestellt, also..."

Er leckt sich über die Lippen und fährt mit einem Finger durch sein dunkles, kurz geschnittenes Haar. Seine eisgrauen Augen mustern mich genau. „Der Präs hätte mich fertiggemacht, wenn dir etwas zugestoßen wäre."

Richtig. Es geht nur um den Club. Ich trete zurück und nicke. „Trotzdem, danke. Hoffentlich musst du nicht lange bleiben." Ich weiß nicht, was er in meiner Körpersprache liest, aber er streckt seine Hand aus und streicht über meinen Arm.

„Das ist kein Problem, Schatz."

8

FAITH

Ich drehe die VHS-Kassette in meinen Händen und schaue sie an, als ob sie all meine Fragen beantworten könnte. Gerade ist es ruhig, aber Nicky leiht sich einen alten VHS-Player von ihren Eltern und wir werden ihn morgen einrichten, um die Wahrheit herauszufinden. Wird der Player überhaupt funktionieren? Ich schließe die Klappe an der Decke meines Kleiderschranks, die zu dem geheimen Fach führt, in dem ich die Kiste versteckt habe, und schiebe sie dann mit dem Fuß in Richtung Bett. Ich muss zugeben, dass ich mich ein bisschen darüber freue, dass die Jungs sie nicht finden konnten.

Ich sollte schlafen gehen. Es ist schon nach Mitternacht und ich öffne den Laden morgen um acht, aber mein Verstand weigert sich, mit dem Denken aufzuhören. Im Bett sitzend, Ollie an meine Hüfte gekuschelt und die

Waffe auf dem Nachttisch, lasse ich meinen Gedanken freien Lauf.

Wer hat mir diese blöde Kiste vor die Tür gestellt?

Papa will das Video so sehr, dass er seine Männer schickt, um in mein Haus einzubrechen und es zu stehlen. Offensichtlich will er nicht, dass ich davon weiß, sonst hätte er einfach gefragt. Es muss etwas wirklich Belastendes darauf sein, aber es ist uralt. Was hat er getan? Was könnte so schlimm sein, dass es noch nicht ans Licht gekommen ist?

Ein Teil von mir will es gar nicht wissen. Der größte Teil von mir, wirklich.

Die dunkle Seite des Bikerlebens ist mir nicht fremd. Als meine Mutter beschloss, dass sie genug hatte, war ich elf Jahre alt. Ich erinnere mich noch gut daran, wie sie mich mitten in der Nacht in ein Taxi drängte und wegfuhr, während sie Papa zurückließ. Damals dachte ich, es sei aufregend. Wie ein Film. Es dauerte eine Weile, bis ich verstand, dass es für immer war.

Es dauerte sogar noch länger, bis ich merkte, dass es das Beste so war.

Schweren Herzens nehme ich die alte Jacke in die Hand und rieche daran, in der Erwartung, den Duft von Papas Parfüm zu riechen, an den ich mich erinnere, aber es ist nur staubiges Leder. Wenn mich jemand gebeten hätte, all die verschiedenen Aufnäher aus dem Gedächtnis zu zeichnen, hätte ich es nicht geschafft, aber während ich hier mit der Jacke in der Hand sitze, kann ich mich an jeden Einzelnen erinnern.

Meine Gefühle sind ganz durcheinander, denn ich habe meinen Vater mit meinem ganzen kleinen Herzen geliebt, aber er war ein Offizier in dem Club, der uns fast umgebracht hat. Ich habe ihn nie als einen der Bösen angesehen. Er war ruppig und konnte sich in einem Kampf behaupten, aber er war nicht böse. Wir Kinder wussten alle, von wem wir uns fernhalten mussten, wenn der Club für die Familie geöffnet war, und selbst wenn wir es nicht wussten, erinnere ich mich, dass Mama und die anderen Old Ladys immer ein Auge offen hielten.

Es war nicht beängstigend. Es war einfach das Leben.

Die meisten der Jungs ignorierten uns, einige waren lustige Onkel und andere machten dem Namen Viper alle Ehre: Bereit, ohne Vorwarnung zuzuschlagen.

Ich hätte ihnen das Video sofort geben sollen. Ich hätte es wegbringen und mit meinem Leben weitermachen sollen. Noch besser wäre es gewesen, wenn ich bemerkt hätte, dass auf dem Karton kein normales Lieferetikett war und vorsichtiger gewesen wäre, aber mein Leben ist schon so lange so normal.

In der Innentasche der Jacke ist etwas. Neugierig stecke ich meine Finger hinein und ziehe es heraus. Es ist eine kleine rosa Weste.

Mein Herz klopft in meiner Brust. Ich reiße Ollie vom Bett und stecke seine Ärmchen durch die Armlöcher. Oh mein Gott! Ich hatte ganz vergessen, dass es die überhaupt gibt. Das war der Grund, warum Papa ihn überhaupt für mich gekauft hat. Ich habe sie nicht mehr gesehen, seit wir weggegangen sind. Wie lange hat Papa sie mit sich herumgetragen?

Etwas knallt im Erdgeschoss.

Ich springe vom Bett. Jemand ist hier! In aller Eile schiebe ich alles zurück in die Kiste und schiebe sie unter mein Bett. Als Nächstes schnappe ich mir die Pistole vom Nachttisch, dann schlüpfe ich langsam und vorsichtig in meine Häschenpantoffeln und laufe leise über den Boden. Ich wohne seit vier Jahren hier und habe meine Waffe bis gestern Abend nie angerührt, außer wenn ich sie zum Üben auf den Schießstand mitgenommen habe, um sicherzugehen, dass sie noch in gutem Zustand ist.

Wenn das die Jungs sind, die wieder bei mir einbrechen, werde ich stinksauer sein.

Ein weiterer Schlag, gefolgt von Flüchen.

Jemand ist definitiv hier. Stimmen. Genau wie beim letzten Mal. Mein Herz springt mir in die Kehle und in meinen Ohren beginnt ein Summen. Ich schlucke meine Angst herunter und mache mich auf den Weg zum oberen Ende der Treppe.

Es sind nur Alpha, Ripper und Blade.

Alpha, Ripper und Blade.

Ich werde sie fertigmachen, wenn sie mich wieder grundlos erschrecken, aber irgendetwas hält mich davon ab, ihre Namen zu schreien. Es fühlt sich nicht richtig an. Sie haben jetzt meine Nummer. Sie wissen, dass ich zu Hause bin.

Ein Gespräch. Da unten ist definitiv mehr als ein Typ. Die Stimmen sind undeutlich, aber weder Alphas Grollen noch Blades tiefes Raspeln sind zu hören.

Sind das dieselben Typen, die auf uns geschossen haben?

Die untere Treppe knarrt, weil jemand Schweres sein Gewicht darauf setzt.

Scheiße, scheiße, scheiße.

Ich weiche vom Flur zurück und gehe hinter meiner Couch in Deckung. Mit dem Lauf direkt auf die Tür gerichtet, zähle ich beim Ein- und Ausatmen mit, um nicht zu hyperventilieren. Ich will niemanden erschießen. Ich habe noch nie jemanden erschossen. Ich hätte diese Pistole gar nicht, wenn Papa nicht darauf bestanden hätte, aber ich fühle mich dadurch ein bisschen sicherer. Aber nicht viel.

Die Tür, die meine Wohnung vom Laden trennt, klappert, als jemand versucht, sie zu öffnen. „Fuck", knurrt jemand.

„Ich habe eine Waffe!", schreie ich. „Ich habe schon die Polizei gerufen!"

Blödsinn, aber das wissen sie ja nicht.

Sie sind nicht beeindruckt. Ein schweres Gewicht knallt gegen die Tür und das plötzliche Geräusch lässt mich so stark zusammenzucken, dass ich fast den Abzug drücke. Beim vierten Schlag, als die Tür fast aus den Angeln gehoben wird, drücke ich ab. Ich ziele hoch genug, um niemanden zu treffen, aber es könnte ihnen zu erkennen geben, dass ich es ernst meine.

Das tut es nicht.

Eine Sekunde später knallt die Tür auf und ein langhaariger Typ in Jeans und Leder rollt herein, tief am Boden.

Ich schieße noch einmal, aber der Schuss geht daneben und dann liegt er auf mir, seine große Hand hat sich um meine Handgelenke gelegt und drückt sie fest zusammen. Es tut weh.

„Netter Versuch, Schlampe." Mit einem Ruck knallt er meine Handgelenke wieder auf den Boden und ich lasse die Pistole los, ohne es zu wollen. Sie klappert von mir weg, nutzlos. Mir war gar nicht bewusst, wie sanft Blade letzte Nacht mit mir umgegangen ist. Zu dem Zeitpunkt fühlte es sich beängstigend und gewalttätig an, aber das hier ist etwas ganz anderes. Dieser Mann beabsichtigt, mich zu verletzen.

Drei weitere Männer kommen herein und verteilen sich, um die Räume nach weiteren Personen zu durchsuchen. Es dauert nicht lange, bis sie zu mir kommen. „Alles klar."

Ein fünfter Mann schreitet herein, als gehöre ihm der Laden. Das ist einfach, wenn nur ich hier bin, hilflos und gefangen auf dem Boden liegend. Sein Gesicht sieht übel aus. Irgendetwas hat ihn irgendwann hart getroffen und eine tiefe, kreideweiße Narbe über seinem linken Auge, durch ein tiefes Loch in seiner Nase und dann an der Seite seines Mundes entlang gezogen, bevor sie an seiner Wange endet. Seine dunklen Augenbrauen sind zu einem furchterregenden Fratzengesicht gefurcht und die unversehrte Seite seines Mundes verzieht sich zu einem hässlichen Grinsen. Er ist kantig und kräftig gebaut, in eine Jeansweste gezwängt und seine tätowierten Arme sind nackt. Als seine Augen mich anstarren, glaube ich nicht, dass ich jemals in meinem Leben so viel Abscheu in einem Blick gesehen habe.

„Du bist also Eagle-eye's Balg?" Seine Stimme ist ein mürrisches Knurren, als ob das, was sein Gesicht erwischt hat, auch seine Kehle erwischt hat. „Das Arschloch muss weich geworden sein, wenn es dich so leben lässt. Wo ist sie?"

Ich zwinge mich, ihm direkt in die Augen zu sehen und nicht in Richtung Schlafzimmer zu blicken. Die Kiste ist nicht gut genug versteckt, um auch nur eine flüchtige Suche zu überstehen, aber ich muss jede Sekunde nutzen, die ich kann. Ich brauche mir nicht schönzureden, was sie tun werden, wenn sie mich nicht mehr brauchen.

„Wo ist was?", stottere ich und mache mir keine Mühe, das Klappern meiner Zähne zu unterdrücken.

Der Typ, der mich festhält, verpasst mir eine Ohrfeige, die mein Gesicht zur Seite reißt. Meine Brille klappert auf den Boden. Es brennt, aber es macht mich auch wütend.

So viel Angst ich auch habe, ich bin kein Kind mehr.

„Ich würde mir die nächste Antwort gut überlegen, kleines Mädchen. Die nächste wird kein liebevolles Tätscheln mehr sein. Wir wollen das Band, aber noch mehr wollen wir deinem Daddy eine Nachricht schicken. Wenn du kooperierst, lasse ich vielleicht genug von dir übrig, um dich wieder zusammenzusetzen." Ihr Anführer spuckt auf den Boden, während seine Jungs sich zum Suchen ausbreiten.

Ich versuche sehr, sehr, sehr hart, nicht darüber nachzudenken, was er meinen könnte.

„Shovelhead, hier drinnen!", ruft einer der Jungs aus meinem Schlafzimmer. Der spöttische Ausdruck des Anführers verwandelt sich in ein hässliches Grinsen, als er sich von mir abwendet. Ohne meine Brille kann ich die Details ihrer kleineren Aufnäher nicht sehen, aber ich erkenne eindeutig das Logo der Pit Vipers.

So ein Mist.

Die Zeit ist um. Wenn sie bekommen, wonach sie gesucht haben, stehen meine Chancen nicht gut. Ich wehre mich gegen den Kerl, der auf mir liegt, aber er ist zu schwer. Er lacht und knallt meine Handgelenke wieder auf den Boden. „Ruhig, ruhig."

Plötzlich ist er von mir runter, fliegt durch die Luft und rollt über den Boden. Fassungslos bewege ich mich nicht einmal.

„Du magst es, auf Frauen rumzuhacken, Arschloch?" Eine riesige, aber vertraute Gestalt tritt dem Mann direkt in die Rippen und etwas knackt.

Alpha.

„Pass auf!", schreie ich, als einer der Pit Vipers mit gezogener Waffe auf uns zu kommt.

Ripper, der mit einer der größten Handfeuerwaffen, die ich je gesehen habe, in der Tür steht, zielt und schießt, noch bevor mir die Luft aus den Lungen weicht. Der Nacken des Mannes färbt sich rot und er fällt mit einem gequälten Stöhnen zu Boden.

Direkt hinter ihm kommt ein weiterer Mann ins Blickfeld, der bereits verwirrt auf die beiden Griffe hinunterblickt, die aus seiner Brust herausragen. Blade hat bereits zwei weitere Messer in seinen Händen. Wo bewahrt er sie alle auf?

Die Pistole des Mannes fällt mit einem Klirren zu Boden, geht los und sprengt eines meiner Fenster in die Luft. Ich schreie und schlage mir die Hände über die Ohren.

„Keine verdammte Bewegung!", schreit Ripper.

„Bist du okay?" Alpha stellt sich zwischen das Schlafzimmer und mich, seine Waffe bereit.

Ich muss überlegen, bevor ich nicke, aber abgesehen von einer schmerzenden Wange und schmerzenden Handgelenken geht es mir gut. „Ja. Danke."

„Wollt ihr Scheißer rauskommen und spielen? Oder soll ich meinen Kumpel hier auf euch loslassen?" Ripper neigt seinen Kopf in Richtung Blade. „Er ist verdammt widerspenstig und hat seit Tagen niemanden mehr aufgeschlitzt."

Mit einem wilden Lachen wirft er sich gerade noch rechtzeitig zur Seite, um dem antwortenden Schuss auszuweichen. Splitter regnen von der Rückwand meines

Wohnzimmers, so nah, dass ich sie mir wohl danach aus den Haaren klauben muss.

Wenn es ein Danach gibt.

„Bleib unten", knurrt Alpha und drückt mich mit einer großen Hand auf meinem Rücken nach unten, während er über die Couch späht und den Türrahmen anvisiert.

Ripper kommt heraus und schießt um die Ecke, und ich schwöre, dass ein Blitz in mein Haus eingeschlagen ist, weil es so laut donnert. Ich rolle mich zusammen, um so klein wie möglich zu sein und wimmere vor mich hin. Was ist so wichtig, dass es wert ist, mein Leben zu zerstören?

Sie schießen hin und her, und jedes Mal zucke ich ein bisschen weniger. Ist es möglich, sich daran zu gewöhnen, im Kreuzfeuer zu stehen? Vielleicht bin ich nur betäubt. Ich kann meine Brille von hier aus sehen, aber ich werde auf keinen Fall aus der Deckung gehen, um sie zu holen.

Eine der Kugeln zischt in die Küche und es ertönt ein hohes Heulen, gefolgt von dem Geruch nach faulen Eiern.

Oh nein.

„Nicht schießen", schreie ich. „Das Gas ist..."

Zu spät.

Jemandes Kugel schlägt mit einem Klirren in die Metallplatte hinter meinem Herd ein, was sich sofort in eine Feuerwalze verwandelt, die durch den Raum rollt und mich zu Boden wirft. Alpha fliegt trotz seiner massiven Statur über die Rückenlehne der Couch. Ich kann nicht sehen, was mit den anderen passiert, weil ich zu sehr damit beschäftigt bin, mein Gesicht vor den fliegenden Trümmern zu schützen.

„Fuck!", schreit jemand.

Die Schockwelle geht vorbei, aber es folgt eine unerträgliche Hitze. Ich muss nicht über meine Schulter schauen, um zu erkennen, dass die Küche in Flammen steht, aber ich tue es trotzdem, um zu sehen, wie schlimm es ist.

Schlimm.

Wirklich schlimm.

Die Flammen klettern den Türrahmen hoch und schwarzer Rauch strömt in den Raum. Natürlich ist mein Feuerlöscher bei dem Feuer drin, und in so einem Ausmaß würde er sowieso nicht ausreichen.

„Verdammt noch mal, raus mit euch!" Ich erkenne die Stimme von Shovelhead. Ich reiße meinen Kopf hoch und sehe ihn in den Raum rennen, das Videoband in der einen und seine Waffe in der anderen Hand. Ripper stürmt auf ihn zu und wirft sich gegen ihn, bevor er die Treppe erreicht. Sie überschlagen sich zweimal, bevor er es schafft, Ripper wegzuschlagen. „Mein Gott, hier brennt es ja schon. Wir können uns später gegenseitig umbringen!"

Shovelhead kommt auf die Beine, gefolgt von seinen beiden überlebenden Lakaien. Mit einem ekelhaften Geräusch rammt Blade einem von ihnen ein Messer in die Schulter. Der Kerl prallt mit einem schmerzhaften Grunzen gegen die Wand, aber das bremst sie nicht lange aus.

„Verdammt, sie hauen ab", zischt Blade und läuft hinterher.

„Warte. Ich habe das Band. Das verdammte Haus brennt." Ripper hält die Kassette mit seiner guten Hand hoch. „Hol Faith."

„Ich brauche meine Brille!" Ich rapple mich auf. Mein Oberschenkel schmerzt wie verrückt und etwas rinnt an meinem Gesicht herunter, aber ich manövriere mich um die Glasscherben auf dem Boden herum, um sie zu holen. Zum Glück ist sie nicht zerbrochen.

„Scheiße, der Kerl lebt noch", sagt Alpha und legt seine Finger auf den Puls des Kerls mit den Messern in der Brust. Der Pit Viper keucht heiser.

„Lass ihn", schnappt Blade. „Wir müssen hier weg."

Es ist mir egal, ob sie es blöd finden, aber eines werde ich nicht zulassen. Ich renne an den Jungs vorbei in mein Schlafzimmer und reiße Ollie vom Bett. Ich schmeiße ihn in einen Rucksack aus meinem Schrank, zusammen mit einer kleinen Schatzkiste mit Erinnerungsstücken und meinem Handy. Ripper ist mir dicht auf den Fersen, mit einem mörderischen Blick im Gesicht.

„Ich bin fertig! Ich bin fertig!", schreie ich ihn an und stürme zurück ins Wohnzimmer. Alpha steht an der Treppe, mit dem Pit Viper über der Schulter, während Blade ihn anglotzt.

„Beweg dich!", grollt Ripper und stößt mich mit seinem Stumpf in den Rücken. „Jetzt!"

Ich bin kaum auf der letzten Stufe, als die Küche mit einem lauten Knall explodiert. Fenster zerspringen, ein Feuerball reißt durch das Wohnzimmer und erhellt das Treppenhaus wie ein apokalyptischer Sonnenaufgang. Die Druckwelle knallt mich gegen die Wand.

„Scheiße", schreit Alpha. Blade ist schon an der Haustür und zwingt uns durch.

Alle meine Bücher. Die Buchhandlung, die mein Traum war. Mein ganzes verdammtes Zuhause – es wird alles verbrennen und ich kann nichts dagegen tun. Ich greife nach den wenigen Dingen, die ich retten kann, und renne um mein Leben.

9

ALPHA

„Zu den Bikes!", brüllt Alpha, als wir aus dem brennenden Gebäude stürmen. Er lässt den Mann, den er bei sich trägt, in die Gosse fallen und überlässt ihn seinem Schicksal. Mir dreht sich der Magen um, als Blade nach seinen Messern greift und sie an seiner Jeans abwischt, bevor er sie wieder wegsteckt.

„Solltest du sie nicht drin lassen? Ich dachte..."

Er sieht mich mit gefährlich intensiven Augen an. „Hörst du das? Die Feuerwehr ist schon unterwegs. Machst du dir mehr Sorgen um diesen Scheißkerl, der dir weiß Gott was antun wollte, als um uns?"

„N-nein. Ich wollte nur..." Ich weiß nicht, was ich denke. Ich versuche, es nicht zu tun.

In allen Gebäuden um uns herum gehen die Lichter an und die Leute stehen schon auf dem Bürgersteig, schauen zu und sprechen in ihre Handys. In ein paar Minuten wird die ganze Nachbarschaft im Chaos versinken.

„Wir müssen hier weg", schnauzt Blade.

Zumindest darin sind wir uns einig. Ich reiße Ripper das Video aus der Hand und stecke es in meine Tasche. „Lass uns gehen."

„Faith..."

„Lass sie es haben", sagt Alpha. „Wir können später darüber reden. Wir haben keine Zeit zu streiten. Soweit ich weiß, mögen die Bullen keine Messerstechereien oder Schießereien, und wir haben ein bisschen von A UND von B gemacht."

Blade ist der Erste, der auf seinem Motorrad sitzt. Es ist rein schwarz mit silbernem Chromrand und brummt wie ein wütendes Raubtier, als er es startet. „Steig auf."

Ich habe keine Zeit, mir Gedanken darüber zu machen, was es bedeutet, hinter ihm zu fahren. Ich schwinge mein Bein über sein Bike und halte mich an ihm fest, gerade als Alpha den Ständer seines Bikes zurückkickt und Ripper sein Handgelenk in die Halterung steckt, mit der er sein Motorrad ganz einfach steuern kann wie jemand, der noch beide Hände hat.

Zwei Dinge passieren gleichzeitig: Ein Schuss donnert, das Geräusch durchdringt den aufsteigenden Rauch, und Alpha stöhnt, während seine Schulter zur Seite gerissen wird und er fast vom Motorrad fällt.

„Scheiße!", schreit Ripper. „Wir fahren, jetzt!"

Die Leute schreien und rennen weg, als weitere Schüsse fallen. Ein wütendes Summen, das definitiv keine Biene ist, schwirrt an meinem Ohr vorbei, und mit einem Schrei vergrabe ich mein Gesicht in Blades Weste. Seine Muskeln spannen sich unter meinen Händen an, während wir uns zu viert von den feurigen Überresten meines Lebens entfernen.

Sobald wir auf der Straße sind, geben die Jungs Gas. Die Motorräder brüllen wie ein Rudel wütender Löwen und ich klammere mich an Blade, als ginge es um mein Leben, was auch zutrifft. Wir sausen vorwärts, und ich kann mich nur mit Mühe festhalten. So oft wie ich schon auf einem Motorrad mitgefahren bin, aber es war noch nie so wie jetzt. Wir sind auf der Flucht vor einem Verbrechen, nicht auf dem Weg zu einem Sonntagsausflug.

Meine Augen tränen und die Landschaft verschwimmt, während der Wind mir ins Gesicht peitscht. Sie kümmern sich nicht um die Verkehrsregeln. Wenn jetzt ein Auto aus einer Seitenstraße kommt, sind wir aufgeschmissen, aber wenigstens ist es mitten in der Nacht. Vielleicht haben wir einfach Glück.

Ich kralle meine Nägel in Blade und riskiere einen Blick über meine Schulter. Die Flammen schießen hoch und werfen einen Schein in den Himmel, der die ganze Nachbarschaft überstrahlt. Das lässt sich nicht mehr retten. Alles, was ich nicht bei mir habe, ist weg oder wird weg sein, bis sie es geschafft haben, das Feuer zu löschen. Jetzt kann ich nur noch hoffen, dass es sich nicht ausbreitet. Ich will mich nicht dafür verantwortlich fühlen, dass meine Nachbarn auch ihre Häuser und Geschäfte verlieren.

Hinter uns gehen die Scheinwerfer an. Zuerst denke ich mir nichts dabei, aber die Art, wie sie sich bewegen, scheint irgendwie falsch zu sein. Es sind keine Autos. Es sind einzelne Lichter, die sich bewegen, wie es nur Motorräder können. Sie kommen auf uns zu.

„Blade", schreie ich in den tosenden Wind, so nah an sein Ohr, wie ich es nur kann. „Sie kommen!"

Er wirft einen kurzen Blick nach hinten. „Arschlöcher." Zumindest nehme ich an, dass er das gesagt hat. Ich sehe, wie sich seine Lippen bewegen, aber unsere Geschwindigkeit verschluckt das Geräusch. Dann macht er das Unmögliche möglich: Er fordert noch mehr Geschwindigkeit von seinem Motorrad und bekommt sie auch.

Wir rasen an Alpha und Ripper vorbei, die uns schnell einholen, und dann fliegen wir so schnell die Straße hinunter, dass ich überzeugt bin, dass wir gleich sterben.

An der nächsten Kreuzung leuchtet eine rote Ampel auf, aber die Jungs machen keine Anstalten, langsamer zu werden. Alpha gibt mit einem Arm ein Zeichen nach rechts, und schon biegen wir ab. Ich schreie aus voller Kehle, als der Asphalt immer näher kommt. Verzweifelt versuche ich, mich mit Blade in die Kurve zu legen, weil ich weiß, was ein Beifahrer tun sollte, aber meine Instinkte sagen mir, dass ich genau das Gegenteil tun sollte. Der Asphalt rauscht vorbei und droht nur wenige Zentimeter entfernt mit einem grausamen Tod.

Blade zieht das Motorrad wieder aufrecht und gibt Gas. Das Echo unserer Motoren verfolgt uns die Straße entlang, während wir weiterfahren. Die Innenstadt geht in niedrigere Geschäftsgebäude und schließlich in Wohngebiete über, als wir uns der Stadtgrenze nähern. Es scheint nicht möglich zu sein, dass wir es so weit geschafft haben, aber das passiert wohl, wenn man mit überhöhter Geschwindigkeit die Hauptstraße entlangfährt. Ich riskiere einen weiteren Blick hinter uns und wir haben die Pit

Vipers nicht abgehängt. Wenn überhaupt, dann kommen sie uns näher.

Wir fliegen über eine weitere rote Ampel und eine Sirene heult auf, als ob wir nicht schon genug Ärger hätten. Blinkende Blaulichter färben die Nacht, als ein Polizeifahrzeug die Verfolgung aufnimmt. Ich bin mir sicher, dass unsere Personenbeschreibungen schon im Umlauf sind. Wie lange wird es dauern, bis aus dem einen Streifenwagen eine Großfahndung wird?

Eine Kugel zischt vorbei, kurz bevor das Geräusch des Schusses zu hören ist. Ripper zieht seine Pistole und feuert zurück. Die Reifen quietschen und eines der nachfolgenden Motorräder macht eine plötzliche Wendung, bevor es gegen eine Wand knallt. Ich schließe zuckend die Augen und wünschte, ich hätte das gerade nicht gesehen.

Alles ist ein einziges Chaos. Es wird geschossen und aus einer Sirene werden zwei. Ich bekomme es nicht einmal mit. Es ist zu viel los und wir bewegen uns zu schnell. Jede Sekunde, die ich noch lebe, kommt mir wie ein Wunder vor, aber wir sind der Flucht nicht näher gekommen.

Vor uns mischt sich ein neues Geräusch in den Mix. Eines, das niemand während der Fahrt hören will, außer vielleicht kleine Kinder. Ein Bahnübergang, und in dieser Gegend brauchen die Güterzüge *ewig*. Jedes Jahr gibt es mindestens eine Meldung über einen dummen Menschen, der nach dem Absenken der Schranke weitergefahren ist. Normalerweise war es dann nur eine knappe Sache. Normalerweise.

Die Jungs werden schneller, anstatt langsamer. Ich schlage Blade auf die Schulter. „Zug!"

Dort, in der Dunkelheit der Gleise, lugt der Scheinwerfer einer Lokomotive zwischen ein paar Lagerhäusern hindurch und ihre Hupe ertönt. Die Jungs schenken ihr jedoch keine Beachtung. Ich schicke ein Gebet an alle, die möglicherweise zuhören. Jeder Gott ist eingeladen.

Gelbes Licht erhellt die Gleise, als wir die blinkende Schranke erreichen. Blade weicht ihr geschickt aus und fährt auf die Gleise. Die anderen folgen. Der Fahrer hupt und die Bremsen kreischen, Metall auf Metall, aber es gibt keine Chance, rechtzeitig anzuhalten.

„Bist du verrückt?"

Meine Zähne klappern, als unsere Reifen über die Schienen rollen und das Licht des Zuges so nah ist, dass es blendet.

In Erwartung des Unvermeidlichen schließe ich meine Augen und wünsche mir, ich hätte dieses blöde Band nie gefunden.

10

FAITH

Der Bahnübergang ist uneben, mit Schlaglöchern zwischen den Schienen und alten Holzplanken, die krachen, als Blade über sie drüber fährt. Alle drei Motorräder schaffen es knapp und rasen über die tödliche Lücke auf den glatten Asphalt, gerade bevor der Wind des vorbeifahrenden Zuges sie erfasst. Sie halten lange genug an, um zu schauen, ob es den jeweils anderen gut geht. Alpha stellt sich auf die Fußrasten, streckt einen Arm in die Luft und stößt einen Siegesschrei aus. Blade und Ripper stimmen mit ein, und selbst ich kann mir ein zittriges Lachen nicht verkneifen.

Die Pit Vipers sitzen mit den Polizisten auf der anderen Seite fest, und der Zug ist immer noch nicht zum Stehen gekommen. Mit ein bisschen Glück blockiert er die Straße und gibt der Polizei genug Zeit, sich um unsere Verfolger zu kümmern.

„Lasst uns fahren", sagt Ripper, seine Stimme ist kräftig, aber ein bisschen außer Atem. „Das ist genug Aufregung für eine Nacht. Sogar für mich."

Wir fahren weiter, schnell, aber nichts im Vergleich zu eben. Blade übernimmt die Führung, Alpha und Ripper folgen uns rechts und links, sodass ich genau in der Mitte bin, geschützt von allen Seiten. Sobald wir auf dem Highway sind, verschwindet die Stadt schnell, und dann auch die Vorstädte. Ich weiß nicht, wohin wir fahren, aber solange wir am Leben sind, ist das auch egal. Mein Zuhause ist ein rauchendes Wrack. Ich fühle mich innerlich wie betäubt, aber ich bin noch am Leben.

Eine Zeit lang halten mich das Adrenalin und der Wind, der durch meinen dünnen Schlafanzug bläst, wach, aber das hält nicht ewig an. Die Zeit vergeht, und als ich mich mit dem Gesicht an Blades Rücken lehne und meine Hände in seine Jackentaschen stecke, um mich zu wärmen, fallen mir die Augenlider zu. Ich versuche, dagegen anzukämpfen, aber als ich zum zweiten Mal wach werde, schlage ich Blade auf die Schulter. Ich habe das alles nicht überlebt, nur um bei voller Fahrt von seinem Motorrad zu stürzen.

„Ich schlafe ein!" Ich schreie so laut ich kann in sein Ohr, in der Hoffnung, dass er mich über das Rauschen des Windes hinweg hören kann.

Er nickt immerhin und gibt den anderen ein Handzeichen. Ein blinkendes Schild in der Nähe der nächsten Ausfahrt wirbt für „Lov est M tel", und in der Not schmeckt jedes Brot.

Wir halten an. Blade hilft mir vom Bike und ich breche fast auf der Stelle zusammen, weil meine Beine nachgeben. Ich kann meine mit Pantoffeln bedeckten Füße kaum noch spüren. Er schnauft und hebt mich in seine Arme.

„Lass mich runter. Ich brauche nur eine Sekunde", protestiere ich, aber er hält mich fest und macht keine Anzeichen, dass er mich überhaupt gehört hat. Ich bin zu müde, um mich zu streiten.

Alpha schwingt sein Bein von seinem Bike. „Blade, besorg uns Zimmer. Ripper, du kommst mit mir, damit wir die Bikes abdecken können."

Blade schüttelt den Kopf. „Faith fällt gleich um."

„Ja, und ich habe überall Blut auf meiner Jacke."

„Hast du dir mal meine Jeans angeschaut?"

Sie schauen beide zu Ripper.

Er seufzt. „Gut. Gib mir Geld. Es ist ein trauriger Tag, wenn *ich* hier der Anständige bin."

Alpha fischt behutsam eine Brieftasche aus seiner Jacke und da fällt mir seine Schulter auf. Das Leder ist zerrissen und in dem Loch befindet sich dunkles, getrocknetes Blut. Die Pit Vipers haben ihn erwischt.

Er wurde meinetwegen angeschossen.

Ich winde mich in Blades Armen, bis er mich schließlich entweder absetzen oder fallen lassen muss. „Geht es dir gut?"

Alpha zuckt mit den Schultern, dann zuckt er zusammen. „Es wird mich nicht umbringen. Wir müssen die Motorräder außer Sichtweite bringen."

Das einzig Gute an diesem schäbigen Motel am Straßenrand ist, dass sie nicht viel Geld für die Gartengestaltung verschwenden. Große, überwucherte Büsche säumen die Rückseite und bieten einen guten

Sichtschutz. Blade holt eine Plane hervor, die sie über alle Bikes ausbreiten, sodass ein unförmiger Klumpen entsteht. Wenn ich es nicht besser wüsste, würde ich denken, dass hier ein kleines Auto oder vielleicht ein Haufen Baumaterial abgedeckt wurde.

Als wir zurückgehen, kommt uns Ripper mit zwei Schlüsseln entgegen. „Ich habe zwei nebeneinander am Ende."

„Haben sie dir Ärger bereitet?"

Ripper schnaubt. „Machst du Witze? Ich habe Bargeld und den doppelten Stundensatz bezahlt, damit er die Ausweiskontrolle überspringt."

Alpha streckt seinen guten Arm aus und Ripper wirft ihm einen Schlüssel zu. „Ich werde das Zimmer mit Faith nehmen."

„Warte. Warum muss ich mir eins teilen? Du hast doch gesagt, du hast zwei Zimmer." Ich stehe nur noch aufrecht, weil mich das alles noch nicht eingeholt hat. Sobald ich zur Ruhe komme, habe ich Angst davor, wie schlimm es werden wird. Das Letzte, was ich will, ist diesen Jungs zu zeigen, wie zerbrechlich ich wirklich bin.

„Wenn du glaubst, dass wir dich über Nacht allein lassen, bist du nicht annähernd so schlau, wie dein Daddy dich darstellt", grunzt Alpha und deutet auf eine der Türen. „Diese hier."

Die Tür fällt hinter uns zu, und ich schalte das Licht an. „Es gibt nur ein Bett."

„Nimm es", sagt er. „Ich nehme den Stuhl oder den Boden oder so."

„Richtig." Der Stuhl sieht aus, als hätte ihn jemand aus einem Wartezimmer in den Siebzigerjahren gestohlen. Ich würde nicht darauf passen, ohne mich zusammenzurollen, ganz zu schweigen von jemandem, der so groß ist wie Alpha. „Soll ich mir deine Schulter ansehen?"

Er lässt eine Tasche, die er von seinem Bike mitgebracht hat, auf die Couch fallen. „Ich gehe duschen und schaue mir den Schaden an. Sie lässt sich gut bewegen, also ist es wahrscheinlich nur ein Kratzer. In der Tasche ist ein Erste-Hilfe-Kasten. Such ihn und du kannst mir danach helfen."

Es dauert ungefähr fünf Sekunden, bis ich gefunden habe, wonach ich suche, denn das ist so ziemlich alles, was da drin ist. Ich setze mich auf das Bett und halte den kleinen Koffer in meinen zitternden Händen. Es gab eine Schießerei. Eine wilde Motorradverfolgungsjagd. Und jetzt ist Books & Crannies weg. Mein ganzer Besitz. Es ist unmöglich, dass noch etwas übrig ist, selbst wenn die Feuerwehr gleich nach unserer Flucht eingetroffen wäre.

Ich weiß nicht, was aus mir werden soll. Wo soll ich überhaupt anfangen?

Ich höre die Dusche und es ist offensichtlich, als das Wasser seine Schulter trifft. „Mother-*fucker*", spuckt er aus. Die Tür ist so dünn, dass ich sogar sein scharfes, tiefes Atmen danach höre.

Der Erste-Hilfe-Kasten ist klein, aber gut gefüllt, mit Verbänden, antiseptischen Tüchern, Pinzetten, Scheren und sogar Nadel und Faden. Es gibt ein paar Tütchen mit Pillen, die rezeptpflichtig zu sein scheinen. Jemand hat „Antibiotika" auf die eine und „Schmerzen" auf die andere gekritzelt. Praktisch, aber das sagt auch etwas über ihren Lebensstil aus.

Das Wasser hört auf und ein paar Augenblicke später erscheint Alpha nur mit einem Handtuch um die Hüfte.

Heiliger Strohsack.

Wo soll ich hinschauen, wenn jede Stelle ein bisschen schöner ist als die andere? Seine Brust ist eine große Fläche glatter Haut, die an einigen Stellen mit Haaren bedeckt ist, aber nicht so dicht wie bei Blade und Ripper. Ein heulender Wolf ziert seine linke Brustwarze. Eine Spur von flaumigen Haaren führt von seinem straffen Bauchnabel hinunter in das Handtuch. Seine Brustwarzen richten sich in der kühlen Luft auf, und ein tiefes, kräftiges V aus Muskeln drückt gegen die Vorderseite des Handtuchs. Bei jedem Schritt drohen seine kräftigen Oberschenkel den Spalt im Tuch aufzudrücken und einen Bereich seines Körpers zu enthüllen, an den ich nicht so intensiv denken sollte, wie ich es tue.

Der Traum, den ich neulich morgens hatte? Mein Gehirn spielt ihn gerade in Farbe vor meinem inneren Auge erneut ab.

Oooooh Mann.

Er zieht eine Augenbraue hoch, dunkel mit roten Strähnen, genau wie in seinem Bart.

Ich tätschele das Bett. „Setz dich hierhin, ich schaue es mir an."

„Ja, Ma'am." Er grinst schief und ich finde das nicht schlimm. Es mildert seinen Gesichtsausdruck so sehr, dass man für einen Moment fast vergessen könnte, dass er groß und tödlich ist. Fast.

Das Bett sinkt ein, als er sich setzt und ich bin nicht darauf vorbereitet. Ich kippe um und rolle direkt in seinen Schoß. „Tut mir leid!" Als ich mich wieder aufsetzen will, greife ich nach seinem Oberschenkel und lege eine Hand auf seine Brust. Seine Haut ist heiß und feucht von der Dusche. „Tut mir leid! Oh mein Gott!"

Er fängt an, zu lachen. „Ich beschwere mich nicht, Schatz."

Ich reiße meine Hände weg. Mein Herz hat kein Recht, so schnell zu rasen. Dann werfe ich erneut einen Blick auf seinen griechischen Götterkörper. Oh ja, das ist der Grund. Ich wünschte wirklich, ich hätte nicht die Fantasie, wie er einen großen, dicken Schwanz in mich schiebt, in meinem Kopf.

In Wirklichkeit ist er wahrscheinlich winzig klein. Zumindest versuche ich mir das einzureden, um mich zu beruhigen.

„Willst du irgendetwas tun?"

Ich löse meinen Blick von seinen ausgeprägten Schulterblättern und dem muskulösen Rumpf darunter und stelle fest, dass er mich direkt ansieht und ganz offensichtlich genau weiß, was ich mir anschaue. Seine Augenwinkel verziehen sich vor Belustigung und sein Grinsen ist immer noch da, wissend.

Die Wunde ist nicht so schlimm, wie ich dachte. So wie es aussieht, hat die Jacke das Schlimmste abbekommen, und abgesehen von einer roten Linie, aus der ein wenig Blut sickert, ist sie ziemlich sauber. Irgendwie komme ich mir albern vor, einen großen, bösen Biker wegen eines Kratzers zu pflegen, aber so weit ist es wohl gekommen.

„Das wird brennen", warne ich und reiße eines der antiseptischen Tücher auf.

„Mach schon!"

Abgesehen von einem kurzen, unwillkürlichen Atemzug zuckt er nicht, als ich mit dem Tuch über die Schürfwunde wische, die die Kugel hinterlassen hat. Es hätte so viel schlimmer sein können. Meine Brust beginnt zu schmerzen und mein Gesicht errötet. All die

Emotionen, die ich in den letzten Stunden zurückgehalten habe, kommen jetzt hoch.

„Bist du okay?", fragt er, während er meine Hand nimmt und besorgt aufschaut.

„Ja… mir geht's gut." Ich werfe das Tuch in den Müll und mumifiziere seinen halben Arm mit Mullbinden und Klebeband, um ihn zu fixieren. Es ist nicht schön, aber er ist bedeckt und geht nirgendwo hin. „Wie ist das?"

Er bewegt seinen Arm. Er sieht ein bisschen steif aus, aber der Verband hält. „Nicht schlecht. Danke. Ich muss mich anziehen."

„S-sicher. Ich könnte eine Dusche gebrauchen."

Ich glaube nicht, dass ich es ertragen kann, wenn er sich komplett auszieht, während ich im selben Raum bin. Zu viel. Ich eile ins Bad und schließe die Tür hinter mir, bevor ich mehr sehe, als mir lieb ist.

Das heiße Wasser tut gut. Wirklich schön, trotz des nicht so tollen Drucks und der fragwürdigen dunklen Flecken in den Ecken der Kacheln. Meine eigenen Schrammen und Kratzer brennen ein wenig, aber das ist kaum der Rede wert. Nicht im Vergleich zu Alphas Schusswunde.

Mit gerümpfter Nase ziehe ich anschließend meinen dreckigen Schlafanzug wieder an. Er riecht nach Rauch und ist mit allen möglichen Dingen bedeckt, die ich mir nicht genauer ansehen will, aber er ist alles, was ich habe. Buchstäblich. Alles andere ist weg.

Mist. Was mache ich jetzt?

Als ich wieder rauskomme, ist das Licht aus und Alpha liegt auf dem Boden mit einem der Kissen und der fragwürdigen geblümten Überdecke, die über der richtigen Decke lag. Das sieht lächerlich ungemütlich aus.

Währenddessen habe ich ein großes Bett für mich allein. Zumindest sieht alles sauber aus und die Laken fühlen sich, nach einer der härtesten Nächte meines Lebens, gut an.

Ich schließe meine Augen.

Und obwohl ich erschöpfter bin, als ich es wohl je war, liege ich wach.

Ich habe alles verloren. Alles, was ich noch habe, ist in der Tasche an der Tür und ich bringe es nicht übers Herz, vor Alpha mein Kuscheltier aus der Kindheit rauszuholen.

Oh mein Gott, ich wäre heute fast gestorben.

Das wären wir fast alle. Die Geräusche von Kugeln und Messern, die auf Fleisch treffen, erfüllen meinen Kopf und lassen mich wünschen, dass alles, worüber ich mich sorgen muss, ein feuchter Biker-Traum wäre.

Meine Augenwinkel brennen, als die Tränen hervorbrechen. Mein Gesicht verzieht sich, während ich versuche, mein Schluchzen zu unterdrücken. Es ist keine ausgewachsene Panikattacke, zumindest noch nicht, und ich versuche, mich an Dingen im Raum zu orientieren, die mir Halt geben.

Die Lichter vom Parkplatz drängen durch die Jalousien und lassen sie mich einzeln zählen. Gedämpfte Stimmen kommen aus dem Nebenzimmer, aber ich kann nicht verstehen, worüber die Jungs reden. Ich versuche sogar, mich an jedes Merkmal von Alphas entblößter Haut zu erinnern, während ich ihn verband, aber es klappt nicht. Mein Atem stockt.

Die Decke wird weggerissen und das Bett sinkt ein, bevor sich ein riesiger, muskulöser Arm um mich legt und mich an sich zieht. Mein Rücken drückt gegen Alphas mächtige Brust und meine Oberschenkelrückseiten gegen seinen Rumpf, während er mich zu seinem kleinen Löffel macht. Er drückt mich weiter an sich. Seine Wärme dringt durch den dünnen Stoff meines Schlafanzugs und brennt heiß wie ein Schmelzofen.

„Was machst du da?", flüstere ich, schockiert. „Du solltest nicht hier sein."

„Schlaf endlich", grunzt er.

Ich sollte wahrscheinlich versuchen zu fliehen, aber seinen Arm zu bewegen, ist wie der Versuch, eine Stahlstange zu verbiegen. Und ich gebe zu, dass ich mich nicht besonders anstrenge, denn zum ersten Mal seit Tagen fühle ich mich sicher. Warm. Ich sollte diesen Mann hassen. Er ist in mein Haus eingebrochen und hat mein Leben ruiniert. Aber er hat es auch gerettet und eine Kugel für mich abgefangen. Das haben sie alle getan, sogar Blade.

Seine Wärme vertreibt die aufkommenden Albträume und lässt mich ausgelaugt, erschöpft und warm zurück. Meine Augenlider fallen zu und ich gebe den Versuch auf, mich loszureißen. Ich werde mich morgen früh darum kümmern. Ich kuschle mich sogar an ihn, als sein Atem langsamer wird und in ein leises Schnarchen übergeht, und rede mir ein, dass er es nicht merken wird.

Das wäre dann wenigstens einer von uns.

11

ALPHA

Es gibt schlimmere Arten vor Sonnenaufgang aufzuwachen, als mit einem schönen, prallen Arsch, der sich direkt an meinen steinharten Schwanz schmiegt. Das Haar, das meine Nase kitzelt, hat einen rauchigen Geruch. Etwas ungewöhnlich, aber nichts, was mich abtörnt, vor allem, als ich meine Hand an ihrer Seite hochgleiten lasse und das warme Gewicht ihrer weichen Brust meine Handfläche ausfüllt. Ich finde ihre Brustwarze und spiele mit ihr, indem ich sie mit meinem Finger berühre und spüre, wie sie sich aufrichtet.

Sie stöhnt und dreht sich um. Eigentlich müssten bei mir alle Alarmglocken läuten, denn ich war noch nie ein großer Kuschler, aber das fühlt sich gut an. Richtig. Unsere Lippen treffen sich und sie öffnet sich für mich. Sie wölbt ihren Rücken, als meine Zunge in ihren Mund gleitet.

Verdammt, sie ist ein heißes kleines Ding. Sie streicht mit ihren Händen über meinen Rücken, während ich auf ihr liege und zwischen ihre Beine falle. Sie öffnen sich und heißen mich willkommen. Ich fühle mich etwas angeschlagen, aber vielleicht war die letzte Nacht auch einfach nur energiegeladener als in meiner Erinnerung. Scharfe Fingernägel graben sich in meine Schulterblätter und ich rolle meine Hüften, reibe meinen Schwanz an ihr und spüre die feuchte Hitze ihrer Muschi sogar durch meine Boxershorts und ihren Schlafanzug. Wenn sie letzte Nacht in meinem Bett gelandet ist, warum haben wir dann überhaupt Klamotten an?

Ich unterbreche unseren Kuss und beuge mich vor, um an ihrem Ohrläppchen zu knabbern. Sie keucht und stöhnt, als ich eine Hand in ihre Pyjamahose schiebe und sie heiß und feucht vorfinde. Alles bereit für mich.

Ein verführerisches, weibliches Wimmern ist die einzige Ermutigung, die ich brauche, um meine Finger zwischen ihre Falten zu schieben und sie mit der glitschigen Feuchte bereitzumachen. Vielleicht hatte sie dieselben Träume wie ich, denn sie ist richtig nass. Ich streiche mit der flachen Handfläche über ihren Kitzler und schiebe meine Finger in ihr enges Loch, erst einen, dann zwei auf einmal.

Ihr Atem beschleunigt sich, bis sie direkt in mein Ohr keucht und unsere Körper sich gemeinsam bewegen, um sie an den Rand zu bringen. Ich habe kaum angefangen, sie zu befriedigen, als sie keucht: „So nah dran." Ihre inneren Muskeln pulsieren bereits mit den ersten Anzeichen ihres Höhepunkts.

Die vertraute Stimme durchbricht endlich den Nebel aus Schlaf und Lust. Die Finger noch immer in ihrer

Muschi vergraben, drücke ich mich mit meinem anderen Arm nach oben und schaue auf die Frau in meinem Bett hinunter.

„Scheiße!"

Ihre gefleckten, haselnussbraunen Augen weiten sich und treffen meine. „Alpha! Oh! Ooohh!"

Sie packt mein Handgelenk mit beiden Händen, aber ich glaube, keiner von uns ist sich sicher, ob sie versucht, mich wegzustoßen oder sicherzustellen, dass ich mich nicht zurückziehe, bevor sie fertig ist. Ich sehe Faith aus der ersten Reihe, wie sie sich vor Lust unter mir windet, keucht und stöhnt, als wäre sie besessen.

Verdammter Mist. Das war nicht Teil des Plans.

Sie krabbelt rückwärts und ich lasse sie los. Der Schock steht ihr ins Gesicht geschrieben. „Was tust du mit mir?"

Das kann auf keinen Fall nur meine Schuld sein. „Nichts, was du nicht wolltest."

„Was? Nein." Sie weigert sich, mir in die Augen zu sehen, aber ein Nachbeben durchzuckt sie, als hätte sie sich gerade erkältet. Ihr Gesicht errötet in einem sexy Rosaton. Vielleicht haben wir es nicht absichtlich getan, aber es hat ihr verdammt gut gefallen. „Das ... das ist nicht passiert."

Es wäre leichter zu glauben, dass sie das meint, wenn ihr Blick nicht zu dem Zelt in meinen Boxershorts wandern und dort verweilen würde. Ich lasse sie einen langen Blick darauf werfen, bevor ich eine Hand in die Hose stecke, um mich zurechtzurücken. Meine Eier schreien förmlich nach Befreiung, aber das ist offensichtlich nicht drin. Zumindest jetzt noch nicht. Ich streichle mich trotzdem und grinse über ihr leises Wimmern.

Ist das das Dümmste, was ich seit Langem getan habe? Verdammt noch mal, ja.

Aber es fällt mir schwer, auch nur einen Hauch von Reue zu empfinden.

Ich lehne mich nah heran. „Oh, es ist passiert, Schatz. Wir können es für uns behalten, denn ich weiß, wie sehr du es hassen würdest, wenn herauskäme, dass du dich von einem dreckigen Biker hast anmachen lassen. Aber wir beide? Wir werden es wissen."

Sie knabbert an ihrer Unterlippe und ich beobachte, wie sie sich abmüht, ihre Schilde wieder aufzurichten. „Papa würde dich umbringen, weil du mich angefasst hast. Er ist dein Präsident."

„Ich dachte, du wolltest nichts mit dem Club zu tun haben. Du kannst nicht mit deinem Daddy wie mit einem Schild herumwedeln, nur wenn du Lust dazu hast."

„Das will ich auch nicht! Und das tue ich nicht!"

Faiths Telefon klingelt und sie springt aus dem Bett, als wäre es ein Anruf vom Gouverneur mit einer Begnadigung in letzter Minute. „Hey!"

„Du lebst!" Nickys hoher Schrei ertönt so laut aus Faiths Telefon, dass ich sie von der anderen Seite des Raumes aus deutlich hören kann. „Wo zum Teufel bist du? Geht es dir gut? Ich hatte solche Angst. Das ganze Haus ist ein Trümmerhaufen und die Polizei sucht nach dir! ES GAB TOTE IN DEINEM HAUS!"

Faith hält das Telefon auf Abstand, bis das Geschrei aufhört, und selbst dann höre ich noch ein gedämpftes Schluchzen. „Mir geht es gut. Ich verspreche es. Ein paar böse Leute sind gekommen, aber die Jungs haben mich rechtzeitig rausgeholt. Nein, ich … ich kann noch nicht wirklich darüber reden. Bitte vertrau mir noch eine Weile, okay?"

Ich lehne mich an das Kopfende des Bettes, ein Bein ist ausgestreckt und mein guter Arm ruht auf meinem angehobenen Knie. Eine Probedrehung meiner Schulter beruhigt mich, weil sie in Ordnung scheint. Nicht, dass ich daran gezweifelt hätte, zumal Faith den kleinen Kratzer mit so viel Antiseptikum und Verband behandelt hat, dass ich halb mumifiziert bin.

Ihr Einsatz als Krankenschwester hat mir jedenfalls nichts ausgemacht.

„Ich weiß, es sieht schlimm aus, aber es ist kompliziert. Ich werde nicht verlangen, dass du die Polizei anlügst, aber wenn du Alpha und die anderen einfach nicht erwähnen könntest, wäre ich dir sehr dankbar. Das ist für alle sicherer. Ich rufe dich an, wenn ich kann, okay? Pass auf dich auf. Das werde ich."

Sie legt auf, setzt sich auf die Bettkante und schaut traurig auf ihr Telefon. „Das ist scheiße."

„Ja."

„Du sollst mich aufmuntern oder so. Das ist es, was Leute tun."

„Du willst, dass ich dich anlüge? Dir sagen, dass alles wieder normal wird, sobald sich die Lage beruhigt hat? Dafür bin ich der falsche Mann." Ich stehe auf, hole ein neues T-Shirt aus meiner Satteltasche und ziehe es zusammen mit meiner Jeans an, während Faith so tut, als würde sie nicht hinsehen.

Sie setzt ihre Brille auf, schiebt sie sich auf die Nase und starrt mich über den Rand hinweg an. „Anscheinend."

Theoretisch stimme ich mit Blade überein, dass wir die Finger von ihr lassen sollten, aber Ripper hat auch nicht unrecht und heute Morgen hat mein Denken definitiv mehr mit seinem übereingestimmt. Sie mag zwar Eagle-eyes Tochter sein, aber sie ist eine erwachsene Frau und lässt sich nicht herumschubsen. Wenn sie zurück in mein Bett kriecht, um mehr zu bekommen, werde ich sie nicht rauswerfen.

Aber während sie dort in ihrem mit Blut bespritztem, angesengten Schlafanzug sitzt, mit … Bären drauf? Fühle ich mich ein bisschen schuldig, auch wenn wir nicht diejenigen waren, die diesen Mist gebaut haben. „Wir müssen dir ein paar Klamotten besorgen. Die Teddys sind ja ganz niedlich, aber wir wollen nicht mehr Aufmerksamkeit erregen als nötig, und ich wette, du brauchst Mädchensachen."

Faith schaut an sich herunter, als würde sie ihre Klamotten jetzt erst bemerken. „Mädchenkram?"

„Du weißt schon. Rüschenkram." Ich stehe auf und klopfe an die Tür zwischen unseren Zimmern, um das Schloss zu öffnen, damit die anderen Jungs hereinkommen können. „Wacht auf, ihr Arschlöcher. Zeit, uns auf den Weg zu machen."

Ripper und Blade öffnen die Tür ein paar Augenblicke später. Blade wirft einen Blick auf die beschissene Überdecke, die noch auf dem Boden liegt, und nickt vor sich hin. Ripper sieht die beiden Kissen auf dem Bett und hebt eine Augenbraue. Ich zucke mit den Schultern. Sie können zu jeder Schlussfolgerung kommen, die sie wollen. Ich werde nichts zugeben.

Es sei denn, Faith will es so.

Der Gedanke an uns vier zusammen, lässt meinen Schwanz zucken und erinnert mich daran, was ich heute

Morgen *nicht getan habe*. Ich frage mich, ob sie bereit wäre, die Brille dabei aufzulassen…

„Wir haben den Präs vor einer Stunde angerufen, um ihm mitzuteilen, wie es läuft. Er will mit Faith sprechen, sobald es sicher ist, aber im Moment geht es vor allem darum, uns alle zurück zum Club zu bringen", sagt Blade und unterbricht meinen Gedankengang.

„Nachdem wir etwas gegessen haben. Ich bin am Verhungern", fügt Ripper hinzu.

„Faith braucht Kleidung. Sie kann nicht im Schlafanzug und mit diesen Dingern fahren", sage ich und zeige auf das zerfetzte Paar Hasenpantoffeln, welches sie neben der Tür ausgezogen hat.

„Ich weiß ja nicht. Ich mag die Bären irgendwie", meint Ripper und grinst. „Aber ich verstehe, was du meinst. Grumpy und ich können dir ein paar Sachen zum Anziehen besorgen, bis du einkaufen gehen und das ersetzen kannst, was du im Feuer verloren hast."

„*Du*?", fragt Faith mit mehr als nur einem Hauch von Skepsis.

„Ja, *ich*. Ich habe drei Schwestern. Was glaubst du, warum ich zur Armee gegangen bin? Sag mir einfach deine Größen und ich werde es dir schon recht machen." Er zwinkert.

Blade schnaubt. „Ich werde ihn im Auge behalten."

Eine halbe Stunde später sind sie mit einer Tasche zurück, die Faith sich schnappt und damit ins Bad rennt. Als sie wieder herauskommt, muss ich lachen.

„Das ist nicht lustig!"

„Das ist schon ein bisschen komisch", äußert Ripper, und sogar Blades Mund zuckt.

Faith zieht an dem schwarzen Babydoll-T-Shirt mit dem Schriftzug „Ride Me!" und einem Motorrad auf der Vorderseite. Es ist vielleicht nicht das, was sie sich aussuchen würde, aber es passt gut und schmiegt sich perfekt an ihre Brüste. Die Jeans sieht auch gut aus, aber dieser Hintern würde in so ziemlich allem gut aussehen. Sie haben ihr sogar eine Jeansjacke und ein Paar Stiefel besorgt.

„Wo hast du das alles gefunden?"

„Der Traktorplatz an der Straße."

„Ich sehe aus wie…"

„Eine Mischung aus Vorstadtmama und Bikertussi?", schlägt Ripper vor. „Ja, für meinen Geschmack ist es ein bisschen fade, aber du wirst nicht zu sehr auffallen, wenn du mit uns fährst, und darum geht es doch, oder?"

Sie seufzt. „Gut. Dann lasst uns gehen."

Auf dem Weg zur Tür lehnt sich Ripper zu mir und flüstert mir zu. „Die Unterwäsche ist pink und mit Spitze besetzt."

„Nicht schlecht."

12

FAITH

Wenn wir nur zu viert auf der offenen Straße unterwegs sind, fällt es mir leicht, meinen Gedanken freien Lauf zu lassen und einfach das Gefühl der Freiheit zu genießen, das nur ein Motorrad vermitteln kann. Der Wind in meinen Haaren, die endlose Autobahn und nichts, was mich daran erinnert, dass das Hier und Jetzt alles ist, was ich habe.

Alpha gibt ein Zeichen und wir halten an einem Diner an. Beim ersten Geruch von Essen knurrt mein Magen noch lauter als ihre Motoren.

„Ich bin am Verhungern."

„Ja, das habe ich daran gemerkt, dass dein Bauch praktisch alle paar Minuten grummelt", scherzt Alpha.

Ich strecke ihm die Zunge raus und er grinst. Die Leute drinnen werfen uns Blicke zu, aber niemand sagt etwas, und die Kellnerin scheint freundlich genug zu sein, um unsere Bestellung mit einem Lächeln für die Jungs und einem fragenden Blick für mich aufzunehmen.

„Nehmt ihr eure kleine Schwester mit auf einen Ausflug?", fragt sie ganz unschuldig.

Ich weiß nicht, was in mich gefahren ist, aber dass sie automatisch davon ausgeht, dass ich keine Konkurrenz für sie bin, macht mich wütend. Ich lege einen Arm um Ripper, der neben mir sitzt, und platziere meine Hand auf der von Blade auf der anderen Seite des Tisches. „Ich mache nur einen Ausflug zum Jahrestag mit meinen Männern."

Der Blick auf Blades Gesicht ist es wert. Seine blauen Augen werden groß und seine Hand zuckt, aber er zieht sie nicht weg. Ripper verschluckt sich ein wenig an seiner Limonade, aber er hat kein Problem damit, den Arm, dem eine Hand fehlt, auf meine Schultern zu legen und sich an mich zu lehnen.

Alpha spielt mit. Er lächelt die Kellnerin an. „Nichts ist zu gut für unsere Old Lady, nicht wahr?"

„Richtig", stammelt sie und eilt los, um unsere Bestellung aufzugeben.

„Wir sollten uns beeilen", sagt Blade und zieht seine Hand weg, als sie verschwunden ist. „Wir sind immer noch im Gebiet der Pit Viper. Ihr Territorium ist verdammt groß und es bleiben uns nur ein paar Wege hinaus. Hier wird viel geschmuggelt, und wir wissen nicht, wie weit sich die Nachricht verbreitet hat. Ich bin dafür, so schnell wie der verdammte Wind zu fahren, bis wir auf der anderen Seite sind."

„Wenn jemand etwas versucht, bekommt derjenige eine Kugel in den Kopf", knurrt Ripper. „Wir haben diesen

Krieg nicht angefangen, aber ich weiß genau, dass Eagleeye nichts dagegen hätte, wenn wir ihn beenden."

Alpha nickt mir zu. „Wenn es nur um uns ginge, wäre ich damit einverstanden, uns um den Scheiß zu kümmern, aber wir haben eine wertvolle Fracht dabei."

Es ist dumm, aber als er mich „wertvoll" nennt, lässt mich das ein wenig zittern. Ich muss mich auf all die Gründe konzentrieren, warum ich mich *nicht* mit solchen Typen einlassen sollte. Sicher, sie sehen gut aus, und heute Morgen hat sich gezeigt, dass es verdammt viel Spaß machen würde, zumindest eine Zeit lang.

Gott, heute Morgen.

Was wäre passiert, wenn das Handy nicht geklingelt hätte? Wahrscheinlich nichts, aber mein Gehirn hat seine eigenen Vorstellungen, eine unwahrscheinlicher als die andere, aber alle enden damit, dass wir nackt sind und ich das Monster, das er in mich reinstoßen könnte, viel besser kennenlerne.

Es stellt sich heraus, dass es gar nicht so klein ist.

Außerdem treibt sich extrem viel Dummheit in meinem Kopf herum.

Während die Jungs reden und wir auf unser Essen warten, beobachte ich die Leute durchs Fenster. Nebenan gibt es eine Tankstelle, an der Reisende ihre Autos auftanken. Auch Motorräder.

Ein Schauer läuft mir über den Rücken, als ich einen der Männer genauer anschaue, der mit dem Rücken zu mir steht. Ich kann sein Abzeichen nicht erkennen, aber er ist definitiv Mitglied in einem Club. Ich kenne den Anblick. Ein paar weitere Motorräder halten neben ihm an. Einer der Fahrer nimmt die Pumpe hinter sich und beginnt zu tanken. Dann dreht er sich um und ich erstarre.

Shovelhead. Sein Gesicht hat sich in mein Gehirn eingebrannt, und das nicht nur wegen der Narben. Er zeigt auf die Stelle, wo wir die Motorräder geparkt haben, während er mit den anderen spricht. Einer holt sein Handy heraus und ruft jemanden an.

So ein Mist.

„Jungs! Jungs!" Ich zeige aus dem Fenster.

„Was soll der Scheiß?", stöhnt Alpha. „Sie sind nur zu dritt. Wenn wir..."

Vier weitere Motorräder rasen auf den Parkplatz und schneiden uns den Weg ab. Sie haben Verstärkung angefordert.

„Hinten raus", schnauzt Blade. „Wenn wir schnell sind, können wir vielleicht zu den Motorrädern kommen, bevor sie es merken."

„Und wenn wir das nicht können?" Ripper reißt seine Jacke auf und legt den Griff seiner Pistole frei. „Ich bin verdammt noch mal bereit."

„Spiel nicht den Märtyrer." Alpha stößt sich vom Tisch ab und steht auf. „Faith könnte verletzt werden."

„Ja, aber selbst, wenn wir zu den Motorrädern kommen, bevor sie uns sehen, werden sie es bemerken, wenn wir losfahren, und es wird wieder wie letzte Nacht laufen. Willst du wetten, dass der Zug uns diesmal erwischt? Wir müssen uns beeilen, das ist unsere einzige Chance, sie zu überraschen", sagt Ripper, der ebenfalls aufsteht und grimmig dreinschaut, aber darauf brennt, loszulegen.

„Sie werden verdammt noch mal davon ausgehen, dass wir es wissen und sich auch so verhalten. Welchen verdammten Heldenkomplex du auch immer mit dir rumschleppst, lass ihn los." Die Stimme von Blade ist kühl, ruhig und tödlich.

„Hey", sagt Alpha, als er sich dem Mann hinter dem Tresen nähert. Der Mann sieht nervös aus, als Alpha ihn überragt. „Wo ist die Hintertür?"

Ich habe Mitleid mit ihm. Er ist nur ein Jugendlicher. „Ich darf nicht…"

„Hintertür." Blade lehnt sich auf den Tresen, und plötzlich hat er ein Messer in der Hand. „Jetzt."

Der Mann zeigt auf die Küchentür hinter ihm. „Da durch, aber…"

„Komm schon." Ripper winkt mir, ihm zu folgen.

„Danke! Entschuldigung", sage ich mit einem entschuldigenden Lächeln, aber der Typ sieht überhaupt nicht erleichtert aus. An seiner Stelle würde ich das wohl auch nicht tun.

Die Leute in der Küche werfen uns seltsame Blicke zu, aber anscheinend wird niemand gut genug bezahlt, um etwas zu sagen. Ripper stößt eine Metalltür auf, über der ein grünes Notausgangsschild hängt, und wartet einen Moment, bevor er hinausschaut. „Alles klar." Dann schlüpft er nach draußen und winkt uns mit seinem Stumpf, ihm zu folgen.

Wenn die Pit Vipers nach uns suchen, sind sie noch nicht auf diese Seite gekommen, zumindest noch nicht. „Vielleicht machen sie etwas anderes", flüstere ich hoffnungsvoll.

Die Jungs schütteln den Kopf. Wir bleiben dicht an der Wand, Blade übernimmt die Führung, Ripper und Alpha halten mich zwischen sich.

An der Ecke signalisiert Blade, dass wir anhalten sollen. „Scheiße. Zwei von ihnen kontrollieren unsere Bikes. Ich kann den Rest nicht sehen."

„Drinnen?", frage ich.

„Wahrscheinlich. Oder sie warten da vorn." Ripper zieht eine Grimasse. „Was meinst du, Blade? Können wir die Motorräder kriegen?"

„Ich brauche eine Ablenkung."

„Jetzt sprichst du meine Sprache." Ripper zieht seine Waffe und rennt auf die andere Seite des Gebäudes.

„Scheiße", grunzt Alpha und legt seine schwere Hand auf meine Schulter. Er schubst mich vorwärts, bis ich direkt hinter Blade bin. „Sei bereit, zu rennen, wenn ich es sage. Ich liebe diese Nervensäge, aber jetzt wird es wohl interessant."

Ripper verschwindet um die Ecke, und einen Moment später hören wir ihn schreien: „Hey, sucht ihr uns, ihr Wichser?" Eine Waffe geht mit einem Knall los und ich zucke kaum zusammen. Vor ein paar Tagen wäre ich noch weinend auf dem Boden gelegen. Ist das ein Fortschritt? Es fühlt sich nicht wie die richtige Richtung an.

„Sie rennen", sagt Blade. „Schnell, Faith, auf mein Bike."

Denkt er, dass ich mich sträuben würde? Ich tue alles, was ich tun muss, um nicht erschossen zu werden. „Ist Ripper..." Ich kann den Satz nicht einmal zu Ende bringen.

„Nicht jetzt." Blade übernimmt die Führung und flitzt mit Messern in beiden Händen über den Parkplatz.

Alpha nimmt meine Hand und zieht mich hinter sich her, wobei er seinen großen Körper zwischen mir und den Pit Vipers hält. Ich muss sprinten, um mit seinen großen Schritten mitzuhalten. Ich bin mir ziemlich sicher, dass er mich einfach über seine Schulter werfen würde, wenn ich ins Stolpern geriete.

Sobald wir in die Nähe kommen, riskiere ich einen Blick auf den vorderen Teil der Raststätte. Shovelhead ist dort mit dem Rest der Pit Vipers. Es müssen noch mehr gekommen sein, während wir uns hinten herumgeschlichen haben, aber Ripper hat sie abgelenkt, sodass sie im Moment alle in die andere Richtung schauen.

Blade wirft sich auf sein Bike. Ich steige hinter ihm auf und halte mich an seiner Jacke fest. Die Stoßdämpfer an Alphas Bike knarren leicht, als er sein Gewicht auf den Sitz verlagert.

„Auf eins", sagt Alpha leise. „Drei, zwei, eins."

Sie starten ihre Motorräder gleichzeitig und lassen sie mit hoher Drehzahl aufheulen. Die Pit Vipers wirbeln zu uns herüber, einige haben bereits ihre Waffen gezogen.

Hinter einem Auto auf der anderen Seite des Gebäudes kommt Ripper angerannt. „Los, los, los!", schreit er.

Blades Motorrad stürzt sich nach vorn, wie ein Pferd aus dem Startgatter einer Rennbahn. Er und Alpha schießen geradewegs auf Ripper zu und umfahren ihn, um ihm genug Zeit und Deckung zu verschaffen, um sich auf sein Bike zu schwingen. Ich halte mich an Blades Rücken fest und bete, dass keine der Kugeln ihr Ziel findet. Überall um uns herum schreien Menschen.

„Passt auf, ihr Wichser!", schreit die knurrige Stimme von Shovelhead. „Er will sie lebendig!"

Die Biker springen aus dem Weg, um nicht überfahren zu werden, als wir vorbeirasen. Diejenigen, die weiter weg sind, werfen sich bereits auf ihre Motorräder. Es ist noch lange nicht vorbei. Vielleicht sollte ich froh sein, dass sie mich lebend wollen, aber das bin ich nicht. ‚Lebendig' heißt nicht ‚unversehrt'.

Als wir an ihnen vorbei preschen und auf die Auffahrt zur Autobahn abbiegen, um wieder auf den Highway zu kommen, ertönt links von uns ein lautes Gebrüll. Meine Fingerspitzen krallen sich so fest in Blades Jacke, dass ich spüre, wie sich meine Nägel verbiegen, aber ich wage einen Blick über die Schulter. Es ist Ripper, der wie ein Verrückter grinst, während er sich hinter uns platziert, genau zwischen mir und den Pit Vipers. Ich will einfach nur wieder in Sicherheit sein.

Wir weichen auf den Seitenstreifen aus, um einen Minivan zu überholen, und das Rütteln schüttelt mir fast eine Zahnfüllung heraus. Der Fahrer schaut aus dem Fenster und gerät in Panik. Er steuert in die andere Richtung und stößt dabei fast mit einem Geländewagen auf der anderen Fahrspur zusammen.

Blade übernimmt wie vorhin die Führung, während Alpha und Ripper sich hinter uns einreihen. Mit den beiden hinter mir bin ich die am besten geschützte von uns vier. In dieser beschissenen Situation kümmern sie sich, so gut wie sie können, um mich, und ich schulde ihnen mehr Anerkennung, als ich ihnen zugestehe. Sie nehmen es nicht auf die leichte Schulter. Vielleicht schaffen wir es ja doch noch.

Die Jungs fahren wie die Verrückten, aber das tun die Pit Vipers auch, und da wir uns in ihrem Revier befinden, sind sie uns zahlenmäßig weit überlegen. Eine Masse von Motorrädern, wie ich sie noch nie gesehen habe, erstreckt sich über die Fahrbahnen hinter uns. Es kommt einfach immer mehr Verstärkung. Ich fühle mich so hilflos, während die Jungs sich darauf konzentrieren, unser Leben zu retten, und ich nichts anderes tun kann, als mich krampfhaft festzuhalten und zu versuchen, nicht daran zu denken, wie die Chancen stehen.

„Motherfucker!" Der Wind peitscht den Fluch von Blade an meinen Ohren vorbei.

Ich strecke mich, um zu sehen, was das Problem ist.

Der Highway ist blockiert. Sie haben die Fahrspuren mit Lastwagen vollgestopft, sodass kein Platz mehr zum Ausweichen bleibt. Typen in Lederkluft fahren auf den Seitenstreifen und verhöhnen uns. Wir sitzen in der Klemme und haben keine andere Wahl, als uns von ihnen auf eine Ausfahrt leiten zu lassen und abzufahren.

Sie geben uns keine Chance und lassen uns immer nur eine Richtung übrig, bis links von uns ein Ort auftaucht, der direkt aus Mad Max sein könnte.

Der Pit Viper Club.

Als ich das letzte Mal hier war, war ich noch zu jung, um mich um den Standort zu kümmern, also kannte ich den Weg nicht, aber das Gelände selbst? Das hat sich in mein Gedächtnis eingebrannt. Unser Haus war nur ein paar Kilometer entfernt, außerhalb des Clubgeländes, aber nah genug, damit Papaschnell hin und her fahren konnte.

Es gibt einen Grund, warum ich in jedem Zimmer meines Hauses Waffen und eine Pistole aufbewahrt habe. Warum meine Panikattacken anfingen. Warum ich Bikern nicht traue. Es hat alles hier angefangen. Ich hätte nicht gedacht, dass ich Blade noch fester packen könnte, aber ich zucke zusammen, als einer meiner Nägel abbricht. Trotzdem lasse ich nicht locker. Nicht jetzt, wo meine dunkelsten Albträume an mir nagen.

Alpha, Ripper und Blade haben ihr Bestes getan, um mich zu beschützen, aber sie können keine Wunder vollbringen. Unsere Zeit ist um.

Die Mauern des Geländes werfen einen unheilvollen Schatten auf mich. War es schon immer so furchtbar? Es war nie fröhlich, aber ich kann mich nicht erinnern, dass es sich wie ein Gefängnis angefühlt hat.

„Was wird jetzt passieren?", frage ich Blade und schlucke die aufsteigende Galle herunter. Wir rollen langsam genug, dass ich nicht einmal schreien muss.

„Ich weiß es nicht, verdammt", knurrt er. „Wenn sie dir wehtun wollen, müssen sie an uns vorbei, aber wir müssen es klug anstellen. Wir dürfen sie nicht verärgern. Wenn sich eine Gelegenheit bietet, hier rauszukommen, sollten wir sie nutzen. Wir haben ein paar von ihren Leuten ausgeschaltet, aber sie würden nichts anderes erwarten. Das heißt aber nicht, dass ihre Freunde nicht auch schießwütig sind."

So schlimm sich das auch anhört, Blades konzentrierte Intensität und seine sachliche Art beruhigen mich ein wenig. Wenn es einen Ausweg gibt, dann vertraue ich ihm, dass er ihn findet. Ich hoffe nur, dass es bald passiert, denn wenn mein ganzer Körper im Moment etwas will, dann ist es, von hier wegzukommen.

Wir durchqueren das Tor und rollen in den Hof, eine offene Fläche, die von Gebäuden umgeben ist, die sich in verschiedenen Stadien des Verfalls befinden. In der Mitte steht das größte, ein dreistöckiges Gebäude, das früher einmal ein Herrenhaus gewesen sein könnte, aber jetzt ist das erste Stockwerk mit Brettern vernagelt und die Wände sind mit Metallplatten verstärkt.

Die Tür öffnet sich und ein schlaksiger Mann mit langen Haaren, die mit einem Lederriemen zurückgebunden sind, tritt heraus. Flankiert wird er von ein paar grimmigen Bikern, die fast so groß sind wie Alpha. Sein Gesicht ist mit einer ganzen Reihe von Piercings aus Metall verziert. Seine schwarze Lederjacke hat einen kleinen Pit Viper-Aufnäher auf der Brust und er hat die Hände in den Taschen stecken. Als er uns angrinst, ist es ein hässliches Grinsen.

„Crow", zischt Blade.

13

BLADE

Als sie uns den Weg abschnitten, wusste ich sofort, wohin sie uns schicken würden. Wie Schafe zur Schlachtbank, was hatten wir denn für eine Wahl? Das alte Clubhaus schwebt über mir wie ein böser Traum, eine Erinnerung an einen Teil meines Lebens, den ich lieber vergessen würde. Ich hätte nie gedacht, dass ich jemals zurückkommen würde.

Und ich weiß, dass ich nicht der Einzige bin. Faith klammert sich an mich. Sie hat eine Scheißangst, ihre Augen springen wild von einem Gesicht zum anderen. Sie war noch ein Kind, als ihre Mutter weglief. Scheiße, mit achtzehn war ich das auch. In dieser Welt kann man seine Unschuld nicht lange bewahren, das ist verdammt sicher.

Ich stelle mich direkt vor Faith und schütze sie so gut ich kann, aber wir sind mitten in der Höhle des Löwen. Wir können uns hier nicht einfach rauskämpfen.

„Lasst uns gehen." Alpha tritt vor, seine Stimme ist ruhig und fest. Er steht seinen Mann und hat eine Hand an der Waffe in seinem Gürtel. „Das ist kein Krieg, den ihr anfangen wollt, denn wenn uns etwas zustößt, werden die Screaming Eagles diesen ganzen verdammten Ort dem Erdboden gleichmachen."

Crow lacht und ist sich sicher, dass er gewonnen hat. Die Jahre sind nicht spurlos an ihm vorbeigegangen. Er ist nur ein wenig älter als ich, sieht aber doppelt so alt aus. Wäre das Gleiche mit mir passiert, wenn ich nicht ausgestiegen wäre? Wenn Eagle-eye mir nicht die Chance gegeben hätte, ein neues Leben zu beginnen? Ich mag am Ende sein, aber Crow verrottet scheinbar in alten Rachegelüsten.

Er spuckt auf den Boden. „Sei kein verdammter Idiot. Ich habe dreimal so viele Mitglieder wie die verdammten Eagles und bin kein altersschwaches Weichei wie euer Präsident. Wirf deine Scheißwaffe auf den Boden, bevor wir dich durchlöchern und sie deiner blutenden Leiche abnehmen."

„Alpha…", beginnt Ripper, aber Alpha unterbricht ihn mit einer scharfen Geste, bevor er etwas Dummes sagen kann.

„Es sind zu viele. Halt dich zurück."

„Aber wir können doch nicht einfach…" Ripper sieht mich an, und ich schüttle leicht den Kopf.

„Bleib. Zurück." Alphas harter Gesichtsausdruck lässt keinen Scheiß zu, und zum Glück versteht Ripper das. Er mag es nicht, aber er versteht es. Ich kann mir nur vorstellen, wie sehr es ihn schmerzt, diese verdammte Handkanone zu senken, anstatt sie auf Crow zu richten und ihm seinen elenden Kopf wegzublasen.

Shovelhead kommt an uns vorbei und stellt sich neben Crow. Er ist auch nicht hübscher geworden, seit ich ihn das letzte Mal gesehen habe. Wenn ich nicht schon wüsste, dass es mit den Pit Vipers bergab gegangen ist, seit Crow Präsident ist, dann wäre Shovelhead als Stellvertreter das ausschlaggebende Zeichen dafür. Er ist ein ziemlicher Muskelprotz, aber ungefähr so schlau wie ein Haufen Steine.

„Blade! Wie er leibt und lebt. Was zum Teufel machst du bei diesen Verlierern?" Crow erkennt mich endlich wieder und kichert böse. „Das Letzte, was ich gehört habe, war, dass du Leute für Geld aufs Eis legst. Ein beschissener Job, wenn du mich fragst, aber wenigstens war der anständig. Was zum Teufel ist passiert?"

„Weiser geworden, verdammt noch mal erwachsen geworden. Manche von uns werden das." Meine Handfläche juckt, um ihm einen Dolch zwischen die Augen zu rammen, aber ich kann mein Leben jetzt nicht wegwerfen. Ich kann Faith nicht beschützen, wenn ich auf dem verdammten Boden verblute.

Wie ich schon sagte, ich bin weiser geworden.

„Soll mich das etwa verletzen? Ich bin doch derjenige, der einen ganzen Club unter meinen Fittichen hat, oder nicht? Abgesehen von der beschissenen Wahl deiner Freunde, habe ich nichts gegen dich. Lass deine Arme unten und deine Hände dort, wo ich sie sehen kann, wenn du überleben willst. Ich kümmere mich um das Mädchen und ihren Daddy."

Faith wimmert. Dieser Ort muss sie fertigmachen. Ich war nicht dabei, aber als die Sache mit Eagle-eye passierte, gab es viele Gerüchte. Ich habe gehört, was mit ihr und ihrer Mutter passiert ist, und man muss kein Genie sein, um eins und eins zusammenzuzählen. Ich kann mir nur einen Grund vorstellen, warum Crow immer noch so scharf auf unseren Präsidenten ist.

„Ganz ruhig. Ich bin nicht dumm." Ich halte meine Hände oben, damit er sehen kann, dass sie leer sind. „Wozu brauchst du das Mädchen überhaupt? Lass sie gehen. Wir drei sind ein gutes Druckmittel, wenn es das ist, wonach du suchst."

„Für wie blöd haltet ihr mich eigentlich? Scheißkerle wie dich gibt es wie Sand am Meer, also wie wär's, wenn ihr alle ganz ruhig mitkommt und wir euch nicht vor den Augen eurer Schlampe abknallen." Er deutet auf den Knast, ein niedriges Gebäude neben dem Clubhaus. Ich habe dort ein paar Tage verbracht, nachdem ich als Anwärter in eine Schlägerei mit einem Polizisten geraten war.

„Warum sollten wir dir glauben, dass du ihr nicht wehtust?", knurrt Alpha.

„Es ist mir egal, ob du mir glaubst oder nicht. Solange ihr Daddy auf mich hört, ist sie mir lebendig nützlicher. Was du als Nächstes tust, entscheidet darüber, ob du auch leben darfst. Lasst die Waffen fallen. Allesamt."

Alpha und Ripper starren ihn finster an, aber Crow hat recht. Wir haben nicht die Oberhand. Zumindest jetzt noch nicht.

„Arschloch", zische ich halblaut.

Faith zuckt zusammen, als sie gezwungen ist, meinen Arm loszulassen. Ich kann sehen, wie sie versucht, sich zusammenzureißen, obwohl ihre Pupillen geweitet sind und ihr Körper zittert. Ich löse die Messerhalter von meinen Handgelenken. Sie wurden sorgfältig angepasst und verändert, bis sie perfekt funktionierten. Als ich sie auf den Boden werfe, fühlt es sich an, als würde ich einen Teil von mir verlieren.

Ripper und Alpha nicken sich kurz zu, bevor sie ihre Waffen auf den Schotter werfen.

Darauf zu vertrauen, dass Crow sein Wort hält, ist so, als würde man darauf vertrauen, dass ein Vielfraß nicht zubeißt, wenn man ihn streicheln will, aber im Moment haben wir keine andere Wahl.

„Brave Jungs", sagt Crow abfällig und grinst wie ein verdammter Idiot.

Vielleicht nicht heute, aber bald werde ich ihn dazu bringen, Deck zu fressen. Das ist ein verdammtes Versprechen. Ich denke nicht oft an den Mann, der ich war, bevor ich mich den Screaming Eagles angeschlossen habe, aber für Crow werde ich an diesen dunklen Ort zurückkehren und es genießen.

Seine Männer verspotten und verhöhnen uns, während sie uns in Richtung des Knastes schieben. Wir bilden ein Dreieck um Faith. Sie hat immer noch kein Wort gesagt, und das macht mir Sorgen. Praktisch gesehen wird es viel schwieriger sein, hier rauszukommen, wenn sie zusammenbricht, aber es ist mehr als das. Ihre Rücksichtslosigkeit und ihr Hass auf alles, wofür wir stehen, war von dem Moment an, als sie uns in ihrer Wohnung fand, verdammt nervig, aber trotzdem respektiere ich die Art und Weise, wie sie mit allem umgeht. Sie hat viel von ihrem Vater in sich, auch wenn sie es nicht sehen will.

„Reiß dich zusammen", flüstere ich leise, als sie mich und Alpha in eine der Zellen schieben und die Tür zuschlagen. „Wir holen dich hier raus und sie *werden* bezahlen."

14

FAITH

Die Zellentür knallt wie ein Donnerschlag durch mein Gehirn. Das vertreibt das neblige Nichts zwar nicht, aber rüttelt es ein wenig auf, sodass ich mich wieder zusammenreißen kann. Vor einer Woche dachte ich noch, ich hätte das alles hinter mir. Wäre erwachsen geworden. Ich besaß sogar mein eigenes Unternehmen, aber jetzt bin ich nur noch ein heulendes Häufchen Elend und fühle mich so nutzlos.

„Hey. Alles in Ordnung?"

Ich zwinge mich, Ripper anzusehen, mich auf ihn zu konzentrieren und nicht auf das Grauen. „Nein." Es klingt viel mehr wie ein Schluchzen, als ich beabsichtige. „Ich glaube, ich muss kotzen."

„Ja, ich kann es dir nicht verdenken." Er führt mich zu einer Bank. „Setz dich hin und nimm den Kopf zwischen die Beine. Atme."

Ich halte mich an seinem Arm fest, denn ich fühle mich, als wäre ich aus Wackelpudding. Das Gewicht von uns beiden lässt das klapprige Ding wackeln, aber es hält. „Es tut mir leid, dass ich so nutzlos bin", flüstere ich.

„Halt die Klappe. Nach allem, was du in den letzten Tagen durchgemacht hast? Ich bin überrascht, dass du noch auf den Beinen bist."

Ich werfe ihm einen zynischen Blick zu.

„Bis vor einer Sekunde *warst* du das doch noch, oder? Ich weiß nicht viel über deine Vergangenheit, außer dass du das Mädchen von Eagle-eye bist, also hast du wahrscheinlich schon einiges gesehen. Es war hier, nicht wahr? Was auch immer dich und deine Mutter vertrieben hat." Seine Stimme ist ungewöhnlich sanft, beruhigend, als wüsste er, dass ich am Rand eines Abgrunds balanciere und das falsche Wort mich hinunterstürzen könnte.

Er legt seine Hand auf meinen Rücken und reibt ihn in gleichmäßigen, festen Kreisen. Das ist eine solche Abwechslung zu seinen üblichen Witzen, dass es mich tatsächlich ablenkt. Und im Moment brauche ich jede Ablenkung, die ich bekommen kann.

Ich nicke ihm zu. „Ich versuche, zu vergessen."

„Ja, das Gefühl kenne ich." Er schiebt sich näher an mich heran, die Wärme seines Beins beruhigt mich.

„Vom Piraten bekämpfen?"

Er gluckst. „Ja, vom Piraten Dread Roberts."

„Sprich mit mir. Erzähl mir alles. Bring mich auf andere Gedanken, denn ich glaube nicht, dass ich das allein schaffe."

„Es war eine Landmine", sagt er, ohne eine Spur von Humor in seiner Stimme.

„Was?"

„Keine Piraten oder Globnarks. Kein verdammter Hai. Eine beschissene Landmine."

„Ich dachte ... Ich weiß nicht. Dass es etwas mit Clubkämpfen zu tun hatte." Ist das unhöflich?

Er schüttelt den Kopf und hebt seinen rechten, in einem Stumpf endenden rechten Arm hoch. „Es macht mehr Spaß, sich Geschichten über etwas Glorreiches und Aufregendes auszudenken und nicht nur über eine dreckige Falle, die von ein paar Arschlöchern gestellt wurde, die Menschen verletzen wollten und denen es egal war, wer getroffen wurde. Und es war mein Job, sie zu entwaffnen, also hätte ich es besser wissen müssen." Er klingt eher enttäuscht als alles andere.

„Es tut mir leid." Das fühlt sich lahm an. Ungenügend.

„Warum? Du hast es nicht getan. Willst du wissen, was das Schlimmste ist? Ich habe drei Monate gebraucht, bis ich es geschafft habe, mir mit Lefty wieder einen runterzuholen", spottet er.

Ich setze mich keuchend auf und das ganze Blut schießt mir in den Kopf. „Ist das dein Ernst?"

„Mehr als du denkst." Er grinst und zwinkert. „Wenn ich jetzt nur jemanden hätte, der..."

„Halt die Klappe! Jetzt weiß ich nicht mehr, ob du einen Scherz machst oder nicht." Ich bin dankbar für die Ablenkung, aber ich wünschte, ich wüsste, welcher Ripper der echte ist: der Scherzbold oder der ernste Mann, den ich gerade gesehen habe.

„Ist dir das wichtig?" Für einen Moment hört seine gute Hand auf, auf meinem Rücken zu kreisen, und er klingt aufrichtig überrascht.

„Natürlich! Du musst mir nichts erzählen, wenn du nicht willst, ich dachte nur, dass wir etwas teilen würden. Tut mir leid." Ich drücke mich näher an ihn und er seufzt.

Rippers beruhigende Hand bewegt sich wieder. „Es gab einen Neuling in meiner Gruppe. Frisch aus der Ausbildung. Ein verdammter Dummkopf, wie alle, die neu sind. Es ist leicht zu glauben, dass man alles weiß, bevor man in die wirkliche Welt hinausgeworfen wird. Das Erste, was du wissen musst, ist, dass im Einsatz nie etwas richtig läuft. Wir suchten nach Minen und fuhren durch ein schmutziges Feld, das mehr aus Sand bestand als aus allem anderen, aber es lag in der Nähe von zivilen Farmen. Es war unsere Aufgabe, den Weg freizumachen. Er rammte seinen Stock in den Dreck, als ob er wollte, dass die Minen hochgingen. Als er auf etwas Hartes stieß, verdammt, was war das für ein Gesichtsausdruck? Wir wussten beide, was es war. Ich habe mich noch nie in meinem Leben so schnell geduckt und versucht, das blöde Ding wegzuziehen, als es explodierte. Ich schwöre, ich höre das Klingeln immer noch nachts, wenn es still ist."

„Oh Gott", flüstere ich, lege meine Hand auf sein Bein und hoffe, dass die Berührung ihm etwas von dem Trost gibt, den er mir gibt.

„Ich habe ihn niedergerissen und der größte Teil der Druckwelle ging über uns hinweg, aber als ich abrollte, wusste ich, dass etwas nicht stimmte. Ich bin aufgestanden und wollte nach dem Jungen sehen, aber da war überall Blut. Zuerst dachte ich, ich wäre zu spät gekommen, aber dann schrien plötzlich die Leute und er war derjenige, der versuchte, mich zu retten. Ich hatte meinen Arm ausgestreckt, und das Schrapnell hat mir die ganze Hand abgerissen. Das war verdammt hässlich. Zum Glück war der Sanitäter da, sonst wäre ich verblutet."

„Mein Gott", murmle ich.

„Ja. Verdammte Scheiße." Er seufzt und lehnt seinen Kopf an meinen, wobei sich seine dunkelblonden Strähnen mit meinem kastanienbraunen Haar verwickeln. Sein Atem zerzaust sanft mein Haar. „Danach wurde ich nach Hause geschickt, ehrenhaft entlassen und in die Welt hinausgeworfen, ohne eine Ahnung zu haben, was ich machen sollte. Ich wusste nur, dass ich Scheiße reparieren konnte, dass ich Motorräder mochte und dass ich Miete zahlen musste."

„Ist das der Grund für die Piratenjagd?" Ich necke ihn und staune, wie fest sein Oberschenkel ist.

„Ja, ich musste klein anfangen, bevor ich die Aliens bekämpfen konnte. Ich arbeitete in einer Autowerkstatt und fing an, meine Finger in irgendwelche krummen Sachen zu stecken, als mich jemand deinem Daddy empfahl. Ich kann nicht genau sagen, dass er mich auf den rechten Weg gebracht hat, aber als Anwärter bei den Screaming Eagles hatte ich zum ersten Mal seit meiner Einheit das Gefühl, irgendwo hinzugehören. Und fünf Jahre später? Hier bin ich." Er lässt sich zurück auf die Bank fallen, nimmt mich mit und legt meinen Kopf auf seine Brust.

Die schreckliche Wolke des endlosen Terrors verblasst. Es ist nicht so, dass ich nicht immer noch zu Tode erschrocken wäre, aber ich glaube, mein Mittagessen ist fürs Erste sicher in meinem Magen. Ich könnte mich wahrscheinlich auch ohne seine Arme um mich herum aufsetzen, wenn ich wollte, aber ich würde lieber hier bleiben, seine Wärme aufsaugen und wissen, dass jemand da ist, der auf mich aufpasst.

„Und dir geht es jetzt gut?", frage ich leise. Er hat schon mehr durchgemacht als ich und ich verstecke mich immer noch in meinem Kleiderschrank.

„Ich versuche, mich abzulenken. Ich versuche, mich auf andere Gedanken zu bringen, wenn ich das Gefühl habe, dass es zu viel wird. An manchen Tagen kann ich verdammt noch mal nur an Blut und Explosionen denken, und das sind dann meistens die Tage, an denen mich irgendwann jemand verprügelt."

„Es tut mir leid."

„Braucht es nicht. Ich habe es dann wahrscheinlich auch verdient. Ich will damit nur sagen, dass du dich nicht schämen sollst, wenn du Hilfe von jemandem brauchst, der das alles schon durchgemacht hat." Er gluckst leise. „Frag nur nicht nach Lefty, denn so flexibel bin ich nicht."

Es dauert eine Minute, bis ich verstehe, was er meint. „Oh mein Gott! Du bist furchtbar!" Trotz der Situation, in der wir uns befinden, lache ich an seiner Brust. Dann stoße ich mich ab und sehe zu ihm auf. „Danke."

„Hm? Wofür?" Er sieht wirklich verwirrt aus.

„Dass du mir deine Geschichte anvertraut hast. Dass du mir das Gefühl gibst, sicherer zu sein, als ich es wahrscheinlich bin. Ich habe keine verdammte Ahnung, was die Pit Vipers mit mir machen werden, aber es kann nichts Gutes sein. Du bist ein Held."

Und dann beuge ich mich vor und küsse ihn sanft auf die Wange. Zumindest will ich das, aber er dreht sich in meine Richtung und stattdessen treffen sich unsere Lippen.

Ich erstarre.

Das tut er auch.

Das ist nicht das, was ich geplant hatte, aber ich weiß nicht, wie ich mich jetzt zurückziehen soll. Oder ob ich es will. Wenn es einen Ort gibt, der wirklich nicht der richtige Zeitpunkt ist, dann ist es mit Sicherheit eine Pit Viper-Zelle. Und doch ist die weiche Wärme seiner Lippen auf meinen ein unwiderstehlicher Trost in dieser beängstigenden Situation.

Ripper lässt seine Hand in mein Haar gleiten und kämmt mit seinen Fingern hindurch, bis er meinen Hinterkopf mit der Handfläche berührt. Offensichtlich will er sich auch nicht zurückziehen.

Seine Lippen öffnen sich, und ich mache mit, ohne zu zögern. Unter diesen Umständen zu knutschen ist verrückt, aber was ist das nicht, seit diese Kiste aufgetaucht ist?

Ich verliere mich in dem Kuss und klammere mich an sein Shirt, während er uns aneinanderdrückt. Seine Lippen sind weich, aber die Faust in meinen Haaren zupft an den Wurzeln, hält mich an Ort und Stelle und bringt mich dazu, mich ein wenig zu winden. Sein anderer Arm legt sich um meinen Rücken, streift die freigelegte Haut zwischen dem oberen Teil meiner Jeans und dem unteren Teil meines Shirts und zieht mich an sich.

Als wir uns schließlich, schwer atmend und errötet, voneinander lösen, fickt er mich mit seinen tiefgrünen Augen. Wenn er mich jetzt darum bitten würde, würde ich nackt auf der Bank sitzen und um mehr betteln. Wie können diese Typen mir das antun? Heute Morgen bin ich in Alphas Armen aufgewacht, und jetzt, nur ein paar Stunden später, bin ich direkt in die von Ripper gefallen.

„Wir können das nicht tun." Ich befeuchte meine Lippen und spüre immer noch den Druck der seinen. „Nicht nur, weil wir in einer Zelle sitzen und auf wer weiß was warten, sondern weil ich letzte Nacht mit Alpha geschlafen habe…"

Rippers Augenbrauen schießen nach oben.

„Nicht so! Aber wir … er hat mich auch getröstet, auf dieselbe Art und Weise. Ich will keine Probleme zwischen uns verursachen…"

„Faith, es ist alles in Ordnung. Ich hatte so ein Gefühl. Ich finde es gut, dass du dir so viel Mühe gibst, und dass du nichts vermasseln willst, aber es ist kein Problem. Vertrau mir. Wir drei sind ein Team, uns macht es nichts aus, zu teilen."

Ich blinzle. „Teilen?" Meint er, was ich denke, dass er meint?

„Verdammt, du bist süß, wenn du geschockt bist. Wie wär's, wenn du darüber nachdenkst, während wir hier festsitzen, und wenn wir alle noch leben, können wir später auf dieses Gespräch zurückkommen." Er steht von der Bank auf und versucht, die Tür zu öffnen. Sie klappert, als er daran rüttelt, aber es sieht nicht so aus, als würde sie sich bewegen. „Jetzt habe ich noch mehr Ansporn, uns hier rauszuholen. Warum brauchen die so verdammt lange? Ich habe erwartet, dass Crow längst hierher zurückgekommen sein sollte, um zu prahlen. Er scheint so ein Arschloch zu sein, das auf seine eigene Stimme abfährt."

In diesem Moment wird ein Schlüssel in das Schloss gesteckt und mit einem lauten Klirren gedreht. Die Tür quietscht, als sie aufschwingt, aber es ist nicht Crow, der da steht. Oder gar Shovelhead. Es ist ein griesgrämiger

Biker mit einem stoppeligen, kantigen Kiefer, scharfen blauen Augen und einem schwarzen Kopftuch, das seine langen Haare zurückhält. Er sieht ungefähr so alt aus wie Dad.

Während ich noch versuche, sein Gesicht zu erkennen, schlägt Ripper zu. Selbst ohne seine Waffe und mit nur einer Hand sind seine Geschwindigkeit und Kraft mehr als genug, um den anderen Kerl zu besiegen. Er schleudert ihn gegen die Wand, und während die Viper noch versucht zu reagieren, stellt Ripper ihm ein Bein und wirft ihn zu Boden. In einer Sekunde ist er über ihm, stopft dem Kerl das Kopftuch in den Mund und fesselt seine Arme.

„Hol den Schlüssel, Faith!"

Ich bin zu verblüfft, um zu reagieren. „Onkel Razor?"

15

ALPHA

Als ein Schlüssel im Schloss der Zellentür klappert, bin ich sofort auf den Beinen. Wenn sich irgendeine Gelegenheit ergibt, muss ich verdammt noch mal bereit sein.

Der Griff dreht sich mit einem Klicken und die Tür öffnet sich. Ich will gerade loslegen, als ich merke, dass Ripper vor mir steht.

Er schaut mich grinsend an. „Ich bin's, Mann. Bleib cool, verdammt."

„Wie zum Teufel?" Blade schiebt sich an mir vorbei.

Ich werde doch nicht der Einzige sein, der noch hier drin ist. Scheiß drauf. Wenn wir es aus der Zelle geschafft haben, können wir vielleicht auch aus dem Clubhaus verschwinden. „Ist Faith..."

Ich finde sie auch in der Halle, zusammen mit einem grauhaarigen Pit Viper, einem älteren Mann, der bis auf die

Knochen müde aussieht. Seine schmalen Lippen sind zu einer geraden Linie zusammengepresst und hochgezogene Brauen verdunkeln seine Augen. In einer seiner Hände hält er eine Motorradsatteltasche. Was zum Teufel macht er hier und warum lässt er uns raus?

Blade gleitet sofort zur Seite, um wie eine Kobra zuzuschlagen.

„Immer mit der Ruhe, Teufelskerl", mahnt der alte Mann und richtet seinen kalten Blick direkt auf Blade. „Ich bin auf eurer Seite."

Ripper steht vor Faith und beobachtet den alten Mann kühl. „Warum zum Teufel sollten wir dir glauben, *Onkel Razor?*"

Faith zuckt zusammen. „Ich war ein kleines Kind, okay?"

„Ich habe euch aus den verdammten Zellen rausgelassen, oder? Wie blöd müsste ich denn sein, dass ich euch dreifach in der Überzahl sein lasse, wenn ich euch nicht helfen wollen würde?" Er schüttelt den Kopf, als wären wir ein Haufen Idioten und als würde er es bereits bereuen, dass er uns rausgelassen hat.

„Warum?", frage ich.

„Hast du die Angewohnheit, geschenkten Gäulen ins Maul zu schauen, Junge?" Die buschigen Augenbrauen heben sich fragend. „Sag Eagle-eye, dass Razor ihn nicht vergessen hat."

„Das ist ja ganz nett, aber wir sind immer noch Gefangene. Du hast ein paar verdammte Türen aufgeschlossen, aber uns fehlen immer noch unsere Bikes, unser ganzer Scheiß und dann müssen wir auch noch aus diesem Drecksloch raus." Ich strecke meine Hände aus.

„Du musst uns schon einen besseren Knochen hinhalten, wenn du wirklich ein Freund vom Präs bist."

„Verdammte junge Leute", murrt er und hält die Satteltasche hoch. „Hier. Ich kann nicht versprechen, dass alles drin ist, aber ich habe eure Waffen mitgenommen. Sie haben sie einfach in die Waffenkammer geworfen. Bei den schicken Messerhaltern hast du allerdings Glück, dass ich sie gefunden habe. Ein paar der Jungs haben damit herumgespielt, mussten aber die Wache antreten."

Blade knurrt, als er Razor die Tasche wegnimmt und sie öffnet. Nur wenige Augenblicke später hat er seine Messer wieder umgeschnallt. Ripper holt seine große Pistole heraus und wirft mir die Tasche zu. Einen Moment später sind wir alle wieder bewaffnet, und das fühlt sich verdammt gut an.

„Ich brauche das Videoband", sagt Faith. „Onkel Razor, weißt du, wo es ist?"

„Und unsere Bikes", meint Ripper. „Ohne sie kommen wir nicht weit."

„Lass dich von dem Bart nicht verwirren, ich bin nicht der verdammte Weihnachtsmann. Ich habe für euch getan, was ich verdammt noch mal tun konnte. Die Schlüssel für die Motorräder sind wahrscheinlich in der Garage, aber das Videoband? Ich nehme an, Crow hat es." Razor zuckt mit den Schultern.

„Scheiße. Und wir müssen das verdammte Tor aufbekommen. Wenn wir das nicht schaffen, sitzen wir fest." Ich laufe den Gang entlang und überlege, wie wir hier rauskommen können.

„Da kann ich dir nicht helfen, Junge", sagt Razor. „Ich habe dich aus dem Knast geholt. Der Rest hängt von dir ab. Jetzt schlag mich k. o."

„Was?" Faith sieht Razor mit großen Augen an. „Er soll dich umhauen?"

„Ja, und nicht so ein Pussy-Schlag. Lass es gut aussehen."

„Aber ... wir können doch nicht einfach..."

„Ich mach's", sage ich. „Danke, alter Mann."

„Ich bin nicht so verdammt..."

Ich verpasse ihm einen Schlag ins Gesicht und stoße ihn zurück gegen die Wand. Er schlägt hart auf und rutscht dann wie ein Tröpfchen Wasser herunter.

„Alpha!" Faith keucht. Ihre Fäuste sind vor Wut geballt, und wenn sie könnte, würde ihr wohl Dampf aus den Ohren kommen. „Er hat uns geholfen! Ich kenne ihn!"

„Entspann dich. Er hat es so gewollt. Wenn die Vipers herausfinden, dass wir vermisst werden, sollen sie glauben, dass er nichts damit zu tun hat."

„Aber musstest du ihn denn so verdammt hart schlagen?" Sie kniet sich hin und legt eine Hand auf Razors Handgelenk, um den Puls zu fühlen. „Was, wenn du ihn ernsthaft verletzt hast?"

Mein Gott. Ich packe ihren Arm und ziehe sie zu mir. Ihr Schenkel drückt gegen meinen, und sie ist verdammt sexy, wenn sie wütend ist, aber wir haben keine Zeit für diesen Scheiß. „Faith, wir müssen das Video holen und von hier verschwinden. Razor hat seine Rolle gespielt, und wenn wir es nicht tun, war alles umsonst. Los geht's."

Sie sieht aus, als wolle sie streiten, aber sie beißt sich auf die Lippe und blickt finster zu mir hoch. „Na gut."

„Haltet die Klappe, alle beide. Es sei denn, ihr wollt, dass die Vipers unsere Party stürmen." Blade schiebt sich an uns vorbei zur Tür. „Ich habe eine Idee, wo Crow das

Band haben könnte, aber es ist besser, wenn ich allein gehe. Ich kenne diesen Ort. Ihr sichert den Weg nach draußen und ich leiste meinen Beitrag."

„Alles klar", sagen Ripper und ich gleichzeitig. Wir haben dieses Spiel schon einmal gespielt. „Bleib am Leben."

Blade nickt und öffnet die Tür. Nach einem kurzen Check ist er weg, verschwunden in der Dunkelheit.

„Wird er es schaffen?" Faith blickt in die Nacht, während ich die Tür hinter uns schließe.

„Wenn es jemand schaffen kann, dann er", sagt Ripper. „Er hat Fähigkeiten, die wir nicht haben."

Im Clubhaus ist eine Party im Gange. Wahrscheinlich feiern sie, dass sie Eagle-eye besiegt haben. Vorn ist davon nichts zu sehen, aber hinten im Gebäude scheint die Hölle los zu sein. Solange diese Wichser auf dieser Seite bleiben, haben wir eine Chance. Wir lassen den Lärm der Party, unsere eigenen Geräusche überdecken und schleichen uns an ihr vorbei.

Die Garage der Pit Viper ist ein großes Gebäude, das vom Clubhaus getrennt ist. Es ist heute Abend warm, und sie haben das Haupttor der Garage offen gelassen, um die Brise hereinzulassen. Es ist schon spät, aber die Lichter sind an und Schatten bewegen sich darin. Irgendwas Metallisches klappert auf dem Betonboden und jemand lacht. Wir müssen uns mit ihnen auseinandersetzen, um unsere Bikes da rauszuholen.

Mit einem Handzeichen gebe ich Ripper die Richtung vor und schicke ihn auf die eine Seite der Garage, während ich die andere nehme. Es gibt so viele Bikes, Reifenstapel, Regale mit Werkzeugen, Teilen und anderem Kram, dass es viel Deckung gibt.

Als Faith mir folgen will, halte ich sie mit einer Hand auf. „Schatz, bleib zurück und versteck dich, okay? Wir kriegen das schon hin."

„Aber..."

„Nein. Bleib hier."

„Ich kann..."

„Psst."

„Na gut!", zischt sie, so laut, dass ich mir Sorgen mache, dass die Jungs drinnen sie hören könnten. Wir erstarren alle, bis wir sicher sind, dass sie es nicht getan haben.

Ich nicke Faith zu und hoffe, dass das eine Ermutigung für sie ist, verdammt noch mal an Ort und Stelle zu bleiben und dass sie nicht zu eifrig wird und uns in Schwierigkeiten bringt. Wenn sie nicht ausflippt oder überwältigt ist, ist sie ziemlich draufgängerisch.

Ripper und ich schleichen uns an den Wänden entlang und nähern uns drei Typen, die einen Low Rider ausnehmen. Zum Glück ist es keine Maschine von uns. Ich wäre sauer, wenn sie schon beschlossen hätten, sie als Ersatzteile zu verschrotten. Aber nein, verdammt, da stehen sie aufgereiht. Mir wird ganz weich ums Herz, als ich mein Baby wieder sehe. Immerhin haben diese Arschlöcher ihre dreckigen Finger von ihnen gelassen. Ich verwette mein verdammtes Hinterrad, dass unsere Schlüssel auf dem Tresen hinter ihnen liegen. Ich gebe Ripper wieder ein Zeichen, und er nickt mit einem bösartigen Grinsen. Wir werden diese Wichser ausschalten, und das muss schnell und leise gehen.

Manchmal ist es der dümmste Scheiß, der funktioniert. Sobald ich sie zwischen mir und Ripper habe, stehe ich auf. „Hey, hast du einen verdammten Benzinfilter für mich?"

Der nächstbeste der drei schaut nicht einmal in meine Richtung, sondern richtet seine Aufmerksamkeit auf eines der Regale, wahrscheinlich auf der Suche nach einem verdammten Benzinfilter.

Einer der beiden anderen schaut auf. „Hey, was zum…"

So weit kommt er, bevor Ripper auf ihn losgeht, eine Hand über seinen Mund legt und ihn herumreißt, um seinen Kopf gegen einen Pfosten zu knallen.

Ich springe vor und stürze mich von hinten auf den Kerl, der nach dem Filter sucht, schlinge einen Arm um seinen Hals und hebe ihn vom Boden auf. Er versucht zu schreien, aber ich lasse ihm keine Luft mehr. Alles, was herauskommt, sind ein paar Würge- und Gurgellaute.

„Wünsch dir 'ne beschissen gute Nacht", zische ich, als der Ficker sich immer weniger wehrt, bis er in meinen Armen schlaff wird. Als ich ihn fallen lasse, bewegt er sich nicht mehr. Ich wirbele herum, um mich auf den dritten Kerl vorzubereiten, als Faith ihm ein Radkreuz gegen den Hinterkopf knallt. Mit einem Grunzen fällt er zu Boden und steht nicht mehr auf.

Sie starrt mich an und fordert mich heraus, etwas zu sagen. „Ich werde nicht zurückbleiben, verdammt noch mal."

„Gut, wie du willst. Schau auf dem Tisch nach den Schlüsseln, während wir die Bikes zum Garagentor schieben."

„Verstanden." Sie hüpft rüber.

Ripper kratzt sich am Kopf. „Hier sind verdammt viele Bikes drin. Und da drüben ein Benzintank."

„Meinst du, wir könnten ihnen ein kleines Geschenk da lassen?"

„Diese Wichser haben Faiths Haus niedergebrannt. Ein kleines Feuer hätte eine verdammt poetische Gerechtigkeit." Er gestikuliert, als hätte er eine große Vision. „Gib mir nur ein paar Minuten, um es vorzubereiten."

Faith taucht neben uns auf und hält drei Schlüsselbunde hoch. „Tu es." Ich habe sie für viel zu süß gehalten. Die leise Wut in diesen zwei Worten jagt mir einen Schauer über den Rücken, wie es sonst nur Blade zu tun versteht. Andererseits hat sie ja auch Grund genug, wütend zu sein.

„Klingt nach einem Plan. Dann bleibt nur noch das Tor."

„Die sind automatisch", äußert Faith. „Es gibt einen Knopf im Wachhaus."

Ripper grinst. „Wenn das Gebäude in die Luft fliegt, kommen sie auf jeden Fall angerannt."

„Ich bin dabei", sagt Faith.

„Einen Scheiß bist du. Wir sind hier, um dich zu beschützen. Ich werde nicht zulassen, dass du…"

„Ich bin hier aufgewachsen", zischt sie. „Ich weiß, wo ich mich verstecken kann und wo der Knopf ist. Legt das Feuer und macht die Motorräder bereit. Lenkt die Wachen ab und ich drücke den Knopf. Dann springe ich auf eines eurer Bikes, wenn ihr vorfahrt."

„Wer zum Teufel hat dich plötzlich zum Boss gemacht?"

„Es macht Sinn", bestätigt Ripper. „Wir brauchen nur noch Blade."

„Ich bin hier." Die Stimme von Blade ist so nah und unerwartet, dass wir alle drei aus der Haut fahren.

„Verdammte Scheiße. Tu so was nicht."

Auf seinem Gesicht ist nur der Hauch eines selbstzufriedenen Grinsens zu sehen. Er hält Faiths Rucksack hoch. „Lasst uns abhauen, bevor sie die Leichen finden."

Sie wird blass. „Leichen?"

„Nicht jetzt. Geh in Position, aber nimm Blade mit." Ich deute ihnen, dass sie gehen sollen, während ich Ripper dabei helfe, die Garage zu sprengen.

„Er muss das Motorrad fahren", sagt sie. „Ich mach das schon."

„Motherfucker." Aber ich winke sie weiter. Wir haben keine Zeit zu verlieren.

Zu dritt geht das Vorbereiten des Feuers schnell. In der Dunkelheit ist es unmöglich zu erkennen, ob Faith in Position ist, aber sie hatte genug Zeit.

Ripper grinst. „Zeit, die Scheißkerle in die Luft zu jagen. Sobald ich die Lunte angezündet habe, fahrt ihr los. Ich werde direkt hinter euch sein."

Ich hoffe, das funktioniert. Ich suche weiter nach einem Zeichen von Faith, aber sie hat sich gut versteckt. Wenigstens haben die Wachen nicht reagiert.

Hinter mir zischt es, als die Zündschnur zu brennen beginnt, und dann rollen wir mit den Bikes zum Tor, halten uns im Schatten auf und versuchen, so weit wie möglich von der Garage wegzukommen, ohne bemerkt zu werden.

Wir scheitern.

„Hey! Wo zum Teufel wollt ihr mit denen hin?", schreit einer der Wächter. Ich weiß nicht, wen von uns beiden er gerade anschaut, aber er ist schon dabei, seine Knarre zu ziehen. „Kommt ins verdammte Licht, bevor ich..."

Eines von Blades Messern in seiner Brust bringt ihn zum Schweigen. Und dann explodiert die Garage.

Heilige Scheiße. Auch wenn ich damit gerechnet habe, mache ich einen Satz, als das Garagendach in einem Feuerball explodiert und Metallträger und Blechstücke in alle Richtungen fliegen. Die Explosion schlägt ein wie ein Blitz und dröhnt dann wie ein Donnerschlag durch den Hof. Der verbliebene Wachmann schreit auf, aber er wird vom Knall eines Schusses unterbrochen. Der Kerl wird rückwärts in die Büsche neben dem Wachhaus geschleudert und bleibt dort liegen. Ripper pustet den Rauch aus seinem Lauf.

Es gibt keinen verdammten Grund mehr, sich zu tarnen.

Faith stürmt aus dem Gebüsch, bleich wie ein verdammter Geist und offensichtlich bemüht, die Leichen nicht anzusehen. Nach einem Moment im Wachhaus kommt sie gerade dann wieder heraus, als ein Motor rumpelt und die Tore quietschen.

„Steig auf", schnauze ich sie an, und ausnahmsweise hört sie auf mich. Sie verschwendet keine Zeit damit, sich auf den Rücksitz zu schwingen und ihren heißen kleinen Körper an meinen Rücken zu pressen. „Nicht loslassen!"

Ein Schuss kracht und ein Geschoss pfeift vorbei, als ich Vollgas gebe. Mein Motorrad schießt durch das Tor wie ein Stier aus einer Rodeobox und schon sind wir auf der Straße.

Eine zweite Explosion geht los. Keine Ahnung, ob diese ein Teil von Rippers Plan war oder ob es einfach nur noch mehr Zeug zu sprengen gab, aber der Rauch und die

Schrapnelle geben uns Deckung, während Blade die Führung übernimmt und uns rausbringt.

Wir haben es geschafft. Wir haben es verdammt noch mal geschafft.

16

FAITH

Ich wache groggy auf und es ist wieder ein Arm um mich gelegt. Der vergangene Tag ist verschwommen und voller Blut, Kugeln und Feuer. Und den Pit Vipers. Der Arm legt sich fester um mich, als ich unwillkürlich erschaudere.

Nach der Flucht gestern Abend sind wir Blade etwa eine Stunde lang ins Nirgendwo gefolgt und er hat uns schließlich zu einer Hütte geführt. Sie gehört einem alten Kontaktmann oder so, aber sie liegt im Wald, hat Strom und niemand wird uns hier finden. Draußen höre ich nur die Vögel und zum ersten Mal seit über einem Tag habe ich keine Angst um mein Leben.

Nun, wie auch immer.

Ich könnte mich definitiv daran gewöhnen, mit einer harten Brust an meinem Rücken und muskulösen Schenkeln an meinen gekuschelt aufzuwachen. Es dauert einen Moment, bis ich merke, dass der mich umschlungene Arm unter mein Shirt geschlüpft ist und die Hand meine nackte Brust bedeckt.

Wer war es? Ich war so müde, aber ich bin mir ziemlich sicher, dass es Alpha war, der letzte Nacht zu mir ins Bett gekrochen ist. Ich glaube aber nicht, dass er das ist. Gott, ich bin schon an dem Punkt, an dem ich nicht mehr weiß, welchen Biker ich mit mir im Bett habe? Was zum Teufel ist aus meinem Leben geworden?

Aber ich bin sicher und beschützt. Es könnte schlimmer sein.

Das Sonnenlicht fällt auf den Boden und dringt durch die staubbedeckten Fenster. Der Geruch von Holzrauch haftet an jeder Oberfläche. Ich glaube, es ist schon nach Sonnenaufgang, aber vielleicht nicht lange. Alles, was ich draußen sehe, sind die Schatten der Bäume, also wer weiß? Wir waren letzte Nacht alle so erschöpft, es könnte bereits morgens, nachmittags oder zwei Tage später sein.

Wer auch immer hinter mir liegt, ist groß, aber nicht annähernd so massiv wie Alpha, also muss es Ripper sein. Es ist ja nicht so, dass Blade hier drin mit mir kuscheln würde. Das kann ich mir gar nicht vorstellen.

Ein Teil von mir möchte wieder einnicken, meinen Hintern an den harten Körper schmiegen, der mich umarmt, und so tun, als würden wir Urlaub machen und wären nicht auf der Flucht, um unsere Leben zu retten, aber die anhaltende Angst in meinem Kopf lässt mich nicht. Es gibt einen gewalttätigen Motorradclub, der mich als Werkzeug benutzen will, um an Papa heranzukommen. Egal, wie sehr ich mich anstrenge, ich kann es nicht vergessen, und wenn ich daran denke, fällt es mir schwer, wieder einzuschlafen, zumindest jetzt, wo ich nicht mehr völlig am Ende bin.

Weicher, schlafender Atem wirbelt mein Haar durcheinander und erinnert mich daran, dass ich nicht nur mit einem Biker zusammen bin. Ich habe es mit zweien getrieben! Alpha hat mich zum Kommen gebracht, und dann haben Ripper und ich uns geküsst! Wer weiß, was an diesem Morgen passiert wäre, wenn Nicky nicht angerufen hätte? Wenn Ripper jetzt aufwacht, würde er dann etwas versuchen, obwohl die anderen Jungs mit im Zimmer sind? Er hat gesagt, dass er schon mal mit Alpha geteilt hat, aber jetzt, wo Blade hier ist, ist es unmöglich, dass sie…

Nein, daran kann ich nicht denken. Vorsichtig ziehe ich seine Hand aus meinem Hemd und rolle mich aus dem Bett, bevor ich sie hinter mir auf der Matratze ablege. Ich vermisse bereits, wie sein Körper sich an mich schmiegt.

„Du bist wach."

Ich quietsche und wirbele zu der Stimme herum, wobei mir das Herz bei der unerwarteten Stimme in die Kehle springt. Blade sitzt auf einem Stuhl in der Ecke und schaut von einem abgenutzten Taschenbuch, das er aus dem überfüllten Bücherregal in der Ecke genommen hat, zu mir auf.

Er zieht eine Augenbraue hoch. „Hast du vergessen, dass ich auch hier bin?"

„Nein! Du hast mich nur erschreckt. Ich dachte nicht, dass jemand wach ist."

„Wir haben Wache geschoben", sagt er, als wäre ich dumm. „Unsere Sicherheit hängt von uns allen ab. Im Gegensatz zu anderen Leuten haben wir nicht den Luxus, völlig unvorbereitet zu sein."

„Ich bin nicht..." Dann erinnere ich mich daran, dass ich hier nur in einem Höschen und einem T-Shirt stehe.

Seine tiefblauen Augen fahren an meinem Körper auf und ab. „Sieht gut aus, aber du wirst dich erkälten, wenn du so fährst."

„Ach, halt die Klappe. Ich bin keine Biker-Braut. Ich betreibe, na ja, einen Buchladen." Ich rümpfe die Nase über ihn, während ich in meiner Tasche nach Unterwäsche zum Wechseln krame. „Du solltest dich umdrehen, wenn du willst, dass ich weiterhin glaube, dass du dich nur für mich interessierst, weil Papa dir einen Auftrag gegeben hat."

„Ich bin loyal, nicht blind", grunzt er, aber er steckt seine Nase wieder ins Buch. „Ich lasse mich nur nicht so leicht an meinem Schwanz herumführen."

Ich behalte ihn im Auge, während ich mich umziehe, und erwarte fast, dass er aufschaut, wenn ich am verletzlichsten bin, aber er hält seinen Blick gesenkt, bis ich fertig bin. „Und du glaubst, mit deinen Freunden würde das passieren? Du kannst jetzt schauen."

Er tut es und der Blick, den er mir zuwirft, lässt mich mich fragen, warum ich nie bemerkt habe, dass sein glühender Blick genauso heiß ist wie der von Alpha und Ripper. „Ich weiß es einfach besser. Nenn es Erfahrung."

Mein Magen knurrt so laut, dass er eine Augenbraue hochzieht. „Auf der Flucht zu sein, ist scheiße. Wir hätten mehr Essen mitnehmen sollen."

Er zeigt mit dem Fuß auf seine Tasche. „Da sind ein paar Bananen und ein paar Energieriegel drin. Bedien' dich."

Es ist kaum eine Mahlzeit, aber wir müssen teilen, also nehme ich nur eine Banane und einen Schokoriegel. „Du bist gut vorbereitet."

„Ich war lange Zeit allein."

„Ich dachte, du wärst schon lange bei den Eagles. Wie alt bist du?" Ich lasse mich auf dem Stuhl gegenüber von ihm nieder und schäle die Banane. Seine Augen blitzen zu meinem Gesicht, als ich die Spitze in den Mund nehme. Ich starre ihn an und breche die Spitze mit den Zähnen ab. Seine Lippen verziehen sich zu einem Lächeln, vielleicht das erste, das ich je gesehen habe. Es macht seine rauen Gesichtszüge ein wenig weicher. Das Lächeln steht ihm gut.

„Achtundzwanzig", sagt er achselzuckend. „Ich arbeite erst seit etwa sechs Jahren mit deinem Vater zusammen."

„Was hast du vorher gemacht?"

„Andere Scheiße." Er wendet seine Aufmerksamkeit wieder dem Buch zu.

Na gut. Ich habe auch nicht vor, ihm meine Lebensgeschichte zu erzählen. Ich schaue mich im Zimmer um, um etwas zu tun, bis die anderen aufwachen. In der Ecke steht einer dieser uralten Fernseher, der genauso tief wie breit ist, mit einem großen Schlitz darunter. Moment ... „Blade, funktioniert der Fernseher?"

„Keine verdammte Ahnung."

„Aber der Schlitz darunter, das ist doch ein VHS-Player, oder?"

Jetzt blickt er auf. „Ja, das stimmt."

Das Videoband. Damit hat die ganze Sache angefangen. Papa will es, die Pit Vipers wollen es, und jetzt habe ich die Chance zu sehen, was daran so wichtig ist. Ich greife nach meiner Tasche, schiebe Ollie zur Seite und ziehe das Band heraus.

„Faith." Der Tonfall von Blade ist warnend. „Bist du sicher, dass du das tun willst?"

Ich wirble zu ihm herum. „Du weißt, was da drauf ist." Das ist keine Frage. Ich dachte, es sei ein Geheimnis, aber er hat es die ganze Zeit gewusst, nicht wahr?

„Nein, ich…"

„Lüg mich nicht an."

Er seufzt. „Das tue ich nicht, aber denk mal nach, Faith. Es wird nicht deine Aufführung aus der zweiten Klasse sein."

„Das weiß ich selbst." Das harte Plastik gräbt sich in meine Finger, als ich das Band umklammere. „Glaubst du, es zeigt Papa?"

Blade antwortet nicht, was so viel heißt wie Ja. Was hat Papa getan? Warum ist das so wichtig? Und warum hat mir jemand die Kassette gegeben?

„Ich muss es wissen."

Ich erwarte, dass er mir erneut widerspricht, aber er nickt verständnisvoll. „Ich habe dich gewarnt, vergiss das nicht."

Nachdem ich die Taste auf der Vorderseite drücke, füllt sich der Bildschirm mit unscharfem Rauschen. Hier draußen gibt es kein Signal oder Kabelfernsehen, also kann ich mir nicht vorstellen, dass das Gerät für etwas anderes als zum Ansehen von Videos benutzt wurde. Ich schaue auf das Band und dann auf den Schlitz. Kein Zurück mehr.

Das Band verschwindet im Player und etwas Mechanisches beginnt zu surren. Es hört sich an, als würde es da drin zerkaut werden. Funktioniert er richtig? Zerfetzt er das Band, während ich hier sitze und warte? Aber schließlich erscheint ein körniges Bild auf dem Bildschirm. Ich gehe näher heran, um es besser zu sehen.

Die Aufnahme sieht aus wie eine Überwachungskamera an einer Tankstelle, das Video wird von oberhalb der Zapfsäulen aufgenommen. Es passiert nichts, zumindest so weit ich es erkennen kann. Es ist Nacht, aber die Zapfsäulen sind gut beleuchtet. Vielleicht etwas im Hintergrund?

Nichts.

Ich spiele mit der Steuerung, bis ich herausfinde, wie ich die Geschwindigkeit erhöhen kann. Graue, unregelmäßige Streifen trüben die Sicht, aber ich kann gut genug sehen, um die Geschwindigkeit wieder auf ein normales Tempo zu reduzieren, als endlich zwei Motorräder ins Bild kommen.

Die nicht identifizierbaren Fahrer steigen ab und beginnen zu tanken. Einen Moment später fahren zwei weitere Motorräder vor. Selbst durch die körnige Qualität fällt eines sofort auf. Er sieht etwa zehn Jahre jünger aus, aber das ist definitiv Papa.

Es gibt keinen Ton, aber ich lehne mich näher heran, als ob ich dann etwas hören würde. Soweit ich erkennen kann, sehen sie alle aus, als würden sie Pit Viper-Abzeichen tragen.

Sie streiten sich, das ist klar. Papa ist wütend. Ich weiß, dass er jähzornig ist, aber das hat sich nie gegen mich gerichtet, also habe ich so etwas noch nie gesehen. Der Typ, mit dem er dorthin gefahren ist, hält ihn zurück, als würde er erwarten, dass Papa jeden Moment handgreiflich wird. Ist das Razor?

„Faith...", beginnt Blade.

Ich winke ab. „Ich muss es sehen."

Einer der ersten Biker schreit. Ich wünschte wirklich, ich könnte hören, was sie sagen. Dann greift er plötzlich an. Der Typ neben Papa springt zur Seite, aber Papa stürzt sich in den Kampf, packt den Biker am Arm und nutzt seinen Schwung gegen ihn. Er knallt das Gesicht des Mannes gegen die Zapfsäule. Autsch. Auch wenn ich das Knacken nicht höre, kann ich es mir vorstellen.

Der andere Biker zieht eine Waffe, aber Papas Freund schlägt sie ihm aus der Hand, und dann liegen sie auf dem Boden, rollen und schlagen sich.

Papa zieht den einen Mann von der Säule weg und knallt ihn erneut dagegen. Diesmal bricht der Mann zusammen und liegt still auf dem Boden. Es dauert nicht lange, bis beide Biker an die Zapfsäule gelehnt sind und sich kaum noch bewegen.

Clubjustiz. Ich mag es nicht, aber ich verstehe immer noch nicht, warum dieses Band so wichtig ist. Schlägereien wie diese passieren ständig. Es ist noch nicht so lange her, dass ich in der Nähe des Clubs gewohnt habe, als dass ich das vergessen habe.

Aber dann zieht Papa eine Pistole.

Oh nein.

Er tritt dem nächstgelegenen der zusammengesunkenen Männer gegen die Stiefel, um seine Aufmerksamkeit zu erregen. Der Biker hebt wackelig den Kopf. Die Jungs sind kaum bei Bewusstsein. Warum zielt er mit einer Waffe auf sie? Sie wehren sich nicht mehr. Papas Freund scheint aufgeregt zu sein, sein Mund bewegt sich schnell. Ich wünschte, ich könnte hören, was sie sagen.

Papa sagt etwas, und dann passiert es.

Auch wenn ich den Schuss nicht höre, zucke ich bei dem Aufblitzen zusammen. Der Kopf eines Biker wird nach hinten geschleudert und ein Blutregen ergießt sich über ihn, bevor er flach auf dem Bürgersteig landet. Ein weiteres Aufblitzen und der andere Typ landet auf ihm.

Das war nicht nur eine Lektion. Papa hat sie hingerichtet.

17

FAITH

„Faith." Blades Stimme ist vorsichtig, mit einem Hauch von Warnung darin. Als ob er denkt, ich könnte ausrasten und weglaufen. Da hat er nicht ganz unrecht.

Das Video bricht ab und hinterlässt nur Rauschen auf dem Bildschirm, aber ich starre nach wie vor auf den Fernseher und warte darauf, dass eine vernünftige Erklärung herauskommt. Ich weiß nicht, was das Ganze besser machen könnte, aber ich hoffe trotzdem weiter.

Papa ist nun, er war noch nie ein guter Kerl. Das weiß ich. Hart, gefährlich, keine Angst davor, das zu verteidigen, was ihm wichtig ist, aber ein echter Mörder? Das hätte ich nie gedacht.

„Faith…"

„Hast du das gewusst?" Ich wirble zu Blade herum. „Wusstest du, was auf dem Band war?"

„Scheiße nein."

„Aber du hast mich gewarnt. Du hast es vermutet. Wusstest du, dass Papa das getan hat? Hat er das schon oft gemacht? Das war keine Selbstverteidigung. Die Typen lagen auf dem Boden. Papa war dort, um sie zu töten." Meine Stimme wird mit jedem Wort fester und lauter.

Blade kommt auf die Füße und überragt mich. „Ich wusste nicht, was auf dem Band war, aber ich wusste, dass es keine verdammte Zuckerwatte und Teddybären waren. Er ist nicht sauber. Keiner von uns ist das. Du denkst, *das* ist schlimm? Du hast wirklich keine Ahnung."

„Papa hat die Typen *umgebracht*."

„Und du kennst den Grund nicht. Vielleicht war es notwendig. Manchmal ist es das." Blades Gesichtsausdruck ist völlig verschlossen. „Ripper und Alpha? Du hast gesehen, wie sie Menschen erschossen haben und hast sie trotzdem an dich ran gelassen. Heuchlerin."

Ich zucke zurück. „Das war etwas anderes. Das hier war keine Selbstverteidigung. Diese Typen waren längst geschlagen. Am Boden. Er hat sie hingerichtet, und so wie es aussieht, war das der Grund, warum er überhaupt dort war."

„Wahrscheinlich haben sie es verdient", knurrt Blade. „Ihr redet heutzutage nicht mehr viel miteinander, aber du bist mit ihm aufgewachsen. Denk mal drüber nach. Ist er so ein Psychopath, wie du ihn gerade darstellst? Du solltest ihn verdammt noch mal besser kennen."

„Tue ich das?" Die Wahrheit sitzt tief. „Ich dachte, ich würde ihn kennen, aber ich war noch ein Kind, als wir zusammenlebten. Woher soll ich wissen, wie er sich verändert hat? Vielleicht ist es das, was er jetzt tut."

„Es ist ein verdammtes *Videoband*. Wer weiß, wie alt der Scheiß ist? Es könnte aus der Zeit stammen, bevor du geboren wurdest, soviel ich weiß. Herrgott, denk nach." Blades Augen blitzen. Sein Kiefer ist verkrampft und er geht auf und ab wie ein gefangener Löwe.

„Das tue ich. Vielleicht denke ich zum ersten Mal nach. Damals gab es vieles, was ich nicht gesehen habe. Soll ich etwa einfach akzeptieren, dass ihr alle Mörder seid?" Meine Brust tut weh. Ich glaube nicht einmal alles, was aus meinem Mund kommt, aber meine Nackenhaare haben sich aufgerichtet.

Ich habe gerade gesehen, wie mein Vater zwei Menschen kaltblütig umgebracht hat. Mein Vater.

Das Gesicht von Blade ist verschlossen. Seine blauen Augen sind wie bodenlose, windstille Ozeane. Friedlich, aber tödlich. Die gerade Linie seines Mundes ist schmal und fest. Das letzte Mal, dass ich ihn so gesehen habe, war, als er seine Messer in der Brust der Männer vergrub, die hinter mir her waren.

„Ich brauche frische Luft", sagt er mit einer Stimme kalt wie ein Grab. Er tritt gegen Rippers Bett. „Du bist dran." Zwei Schritte später ist er draußen, die Tür schlägt hinter ihm zu.

Warum versteht er nicht, was das für eine große Sache ist? Was, wenn … Was, wenn Papas Mord an diesen Männern der Grund ist, warum Mama und ich angegriffen wurden? War es die ganze Zeit seine Schuld?

„Was zum Teufel ist hier los?", fragt eine schlaftrunkene Stimme hinter mir. Ripper hat sich auf einen Ellbogen gestützt. Die Decke ist heruntergerutscht und gibt den Blick auf seine breite, definierte Brust frei. „Wo will er denn hin?"

Alpha dreht sich um. Seine stählernen Augen mustern mich auf eine Weise, die mich daran erinnert, dass mein BH immer noch auf dem Stuhl in der Ecke trocknet. „Geht es dir gut?" Seine Stimme ist rau und tief vom Schlaf.

„Nein." Ich zittere und die Wut läuft aus mir heraus, bis ich mich ausgelaugt fühle. Hilflos. Kalt. „Ich habe gesehen, was auf dem Band war, und ich bin mir nicht sicher, ob ich noch ins Clubhaus gehen will."

„Dort bist du am sichersten." Alpha setzt sich auf, seine Decke ist so tief gesunken, dass ich mir sicher bin, dass er nichts anhat. „Wir bringen dich dorthin."

Ich schüttele den Kopf und ringe nach Worten. Sie haben nicht gesehen, was ich gesehen habe. „Ich kann nicht. Nicht jetzt. Zwingt mich nicht, darüber zu reden."

„Komm her", meldet sich Ripper. Er hat sich aufgesetzt und hält mir seine Arme hin. „Komm."

Ich zögere nur einen Moment lang. Ich kann immer noch seine Arme von heute Morgen um mich spüren und ich will sie zurück. Die Wärme, die Gemütlichkeit, die unwissende Glückseligkeit. Er zieht mich in seinen Schoß und drückt mein Gesicht an seine Brust, bevor er sich auf das Bett legt und mich mit sich nimmt. Dann küsst er mich auf den Scheitel. Er rückt mit dem Rücken an die Wand, um Platz zu schaffen, damit Alpha sich zu uns gesellen kann. Die Matratze sinkt ein, als er hinter mir aufs Bett klettert.

Ich bin umzingelt.

Ripper fährt mit seinen rauen Fingern meine Seite hinauf und schiebt sie unter mein Shirt, während Alpha seine Hand auf meinen Oberschenkel legt.

Ein leises Schluchzen entweicht mir, und dann habe ich meine Arme um Ripper geschlungen und weine wie ein Baby in seine Wärme. Er und Alpha hören nicht auf, mich zu streicheln, mich zu trösten und mit ihren Fingern durch mein Haar zu fahren. Sie spenden mir Trost, aber sie bieten mir auch noch etwas anderes an. Etwas, dem ich widerstehen sollte, aber nicht wirklich will. Vielleicht ist es nicht klug, aber ich brauche etwas, das mich ablenkt, zumindest für eine Weile.

Rippers Hand verharrt knapp unter meiner Achselhöhle, sein Daumen streift den Rand meiner Brust. Seine Berührung stellt eine Frage, für die ich nur eine kurze Sekunde brauche, um darauf zu antworten.

Ich lege meine Hände auf die ihren. „Lasst mich vergessen."

18

FAITH

Ripper klemmt meine Brustwarze zwischen seinen Fingerspitzen ein und spielt mit ihr, bis sie unter seiner erfahrenen Berührung hart wird. Alpha streift mir die Jeans über die Hüften, und ich hebe sie hoch, um ihm zu helfen. Als er mich wieder an sich zieht, drückt seine Länge gegen meinen Hintern. Ich schätze, ich hatte recht damit, dass er nichts anhat. Nur der dünne Stoff meines Höschens trennt uns, und der kann nicht verbergen, wie hart er ist.

Ich packe seinen Oberschenkel. „Das muss doch nichts bedeuten, oder?"

Er beugt sich vor und flüstert mir heiser ins Ohr: „Wenn es das ist, was du dir einreden musst, Schatz."

Vielleicht ist es ganz gut, dass ich darauf keine schnippische Antwort habe, denn Ripper unterbricht mich, indem er meinen Kopf nach oben schiebt, damit er seine

Lippen auf meine pressen kann. Sie sind genauso berauschend wie in meiner Erinnerung.

In der Zwischenzeit zieht Alpha mein Höschen herunter und im nächsten Moment ist es weg, sodass ich nur noch ein T-Shirt trage, das genauso gut gar nichts sein könnte.

Während Alphas suchende Finger über meinen Bauch und zwischen meine Beine gleiten, mache ich mich an Rippers Boxershorts zu schaffen. Sein dicker Schwanz drückt bereits gegen den Bund und springt heraus, sobald ich daran ziehe. Ich schlinge meine Hand um die Hauptattraktion, als er seine Boxershorts ganz auszieht.

Meine Gedanken wirbeln, aber mein Körper hat nur ein Ziel. Normalerweise bin ich nicht so forsch, aber diese Sache zwischen uns hat sich seit dem Tag, an dem wir uns kennengelernt haben, aufgebaut. Immer, wenn sie in der Nähe sind, schlägt mein Herz schneller, und vielleicht war es nur eine Frage der Zeit. Was machen diese Typen mit mir?

„Warte. Was ist, wenn Blade zurückkommt?" Nach dem Gespräch, das wir gerade geführt haben, bin ich mir nicht sicher, ob ich will, dass er mich so sieht.

„Du willst, dass er mitmacht?", knurrt Alpha und klingt dabei fast hoffnungsvoll.

„Was? Niemals! Ich bin mir nicht mal sicher, ob er mich mag. Schon gar nicht, nachdem ich ihn vorhin verärgert habe." Er hat meine Reaktion auf das Video so persönlich genommen. Ich glaube, er hat das Gefühl, dass ich, wenn ich Papa verurteile, auch ihn verurteile, auch wenn ich nicht weiß, warum. Wahrscheinlich will ich es auch gar nicht wissen, um ehrlich zu sein.

Ripper lacht. „Er *will* dich vielleicht nicht mögen, aber wenn du nicht gesehen hast, wie er deinen Arsch mit den Augen verfolgt, hast du nicht aufgepasst."

„Daran kann ich jetzt nicht denken", murmle ich gegen Rippers Lippen, während ich mit meiner Hand seinen Schaft hinuntergleiten lasse. Ich kann ihn nicht ganz mit meinen Fingern erfassen, um seinen Umfang von der Wurzel bis zur glatten Spitze zu erkunden. „Ich weiß nicht, ob du da reinpasst."

„Ich werde sanft sein", murmelt er und klingt dabei sehr zufrieden mit sich selbst.

„Das werden wir beide", flüstert Alpha. Sein stahlharter Schwanz presst gegen meinen Rücken. „Wir werden es dir so verdammt gut besorgen."

„Dann nicht sanft." Ich schüttle den Kopf und löse mich lange genug von Ripper, um zu sprechen: „Lasst mir keine Zeit zum Nachdenken. Nehmt mich so, wie ihr mich nehmen wollt"

Ripper lacht, ein raues Grollen in seiner Brust. „Ist es wirklich das, was du willst?"

„Das ist, was ich brauche." Etwas, dass mich wieder mit der realen Welt verbindet. Eine, in der die Biker, die mich beschützen, auf der Seite des Guten stehen und in der Papa kein kaltblütiger Killer ist. „Fickt mich besinnungslos."

Alpha greift nach meinem Kinn und zieht meinen Kopf zurück, bis meine Kehle frei liegt. Seine Handfläche gleitet nach unten, um die empfindliche Haut zu bedecken. „Wenn du das willst", knurrt er, bevor er sich zu mir beugt und mich von oben auf den Mund küsst.

Während Alpha meinen Mund beansprucht, leckt und knabbert Ripper an meinen Brüsten. Er nimmt eine

Brustwarze zwischen die Zähne und zieht ein wenig daran, sodass ich in Alphas Mund keuche. Genau wie in meinem Traum. Ich presse meine Schenkel zusammen, weil ich unbedingt etwas zwischen ihnen spüren will.

Wer hätte gedacht, dass mein feuchter Traum so prophetisch sein würde?

Ich versuche, mich genug zu konzentrieren, um Rippers Schwanz zu streicheln, indem ich beide Hände um seine Länge schlinge. Er stöhnt gegen mich, sein Atem ist heiß auf meiner Haut. „Das ist es, Babe, streichle ihn. Mach mich glitschig, bevor ich dich ficke." Das Verlangen in seiner Stimme lässt mich erschaudern.

Er streicht mit seiner Zunge über meine Brustwarze und reizt sie mit einem kühlen Luftzug, sobald sie feucht ist, was mich zum Keuchen bringt. Gleichzeitig erobert Alpha meinen Mund, seine Zunge erforscht ihn, während seine freie Hand unter mich gleitet und die Brust umfasst, an der Ripper nicht saugt. Er klemmt eine Brustwarze zwischen seinen Fingern ein und zieht daran, während Ripper das Gleiche mit seinen Zähnen an der anderen Brust tut, was mich zum Stöhnen bringt. Sein Schwanz zuckt in meinen Händen.

Ich habe mich beim Sex noch nie so überwältigt gefühlt. Ich bin zwar nicht völlig unerfahren, aber zwischen diesen beiden Bestien eingeklemmt, ist es, als ob nichts, was ich je zuvor getan habe, auch nur annähernd ran kommt. Die doppelte Aufmerksamkeit mit ihren rauen, kraftvollen Körpern hebt alles auf eine ganz neue Ebene. Sie haben die Kontrolle über mich, als wäre ich ihr Spielzeug. Es ist genau das, was ich mir gewünscht habe, aber ich hätte nie gedacht, dass es so sein würde.

Ich wimmere gegen Alpha, als sich seine Finger um meine Kehle legen. Er lässt seine Hand nicht mehr nur dort ruhen, er packt sie aktiv und drückt so fest zu, dass mein Herz schneller schlägt. Es sind die Hände eines Bikers, vielleicht sogar eines Killers. Er könnte mich mit diesen Händen mühelos umbringen, aber er tut es nicht. Ich vertraue ihm, trotz aller Gründe, die dagegen sprechen. Diese beiden haben mich bereits beschützt, getröstet und in Sicherheit gehalten ... und jetzt will er mich als sein beanspruchen.

Ihrs.

Mit einem letzten kühlen Atemzug über meine Brustwarze küsst Ripper sich nach unten. Dann beißt er zu, ein plötzlicher Biss in das weiche Fleisch meines Bauches, der mich zusammenzucken lässt. Es tut nicht weh, nicht wirklich, aber es lässt mein Adrenalin in Wallung geraten, als ob es nicht schon genug in Wallung wäre. Dann wieder die Küsse. Ich zittere zwischen ihnen in Erwartung jeder ihrer Bewegungen.

Rippers Schwanz entgleitet meiner Hand, als er sich nach unten bewegt. Ich lasse ihn los und greife stattdessen hinter mich, um nach Alphas Schwanz zu suchen. So wie er sich in meinen Rücken drückt, ist er leicht zu finden. Stahlhart und genauso groß wie der Rest von ihm, füllt sein heißer Schaft meine Hände, genauso gut wie in meiner Erinnerung.

Ich spreize meine Beine für Ripper und er taucht seine Zunge in meinen Bauchnabel. Es ist offensichtlich, wo er hin will, und ich bin triefend nass und bereit für ihn. Er lacht über meine Ungeduld. „Ich kann es kaum erwarten, dich zu schmecken."

Meine Brust ist eng. „Ich kann es noch fühlen", flüstere ich. „Mach, dass es aufhört."

Alphas Griff wird fester, sowohl an meiner Kehle als auch an meiner Brust. „Wir werden nicht dafür sorgen, dass du aufhörst zu fühlen. Wir werden dafür sorgen, dass du so viel fühlst, dass du nichts anderes mehr fühlen kannst."

Bei seinem Versprechen oder seiner Drohung stockt mir der Atem.

Ripper rutscht vom Bett, damit er sich am Ende des Bettes zwischen meine Schenkel knien kann. Seine Zunge kreist direkt über meiner Klitoris. Ich kann nicht verhindern, dass sich mein Rücken krümmt, während ich mich in Alpha drücke. Ripper packt einen Schenkel fest und drückt ihn, dann benutzt er seinen Arm, um das Gleiche auf der anderen Seite zu tun. „Fuck, du siehst so gut aus."

„Was? Aber…" Das ist alles, was ich herausbekomme, bevor er seine Zunge in mir vergräbt, sie tief wie einen kleinen Schwanz in mich gleiten lässt und sie dann durch meine Falten bis zu dem empfindlichen Knubbel an der Spitze zieht. Er wirbelt die Spitze herum und zaubert damit, sodass sich meine Zehen krümmen und meine Nägel sich in Alpha graben und er mir ins Ohr stöhnt.

„Verdammt geil", flüstert Ripper, während sein Atem über meine empfindlichen Falten streicht, und taucht dann wieder ein.

Ich kann mich nicht revanchieren, nicht in dieser Position, aber er ist nicht der einzige harte Schwanz in diesem Bett. Ich öffne meine Augen lange genug, um in Alphas eisige graue Augen zu schauen und lecke mir über die Lippen. „Ich will dich schmecken."

„Fuck", knurrt er und zieht sich hinter mir zurück. Damit ist sein Schwanz außer Reichweite, also vergrabe ich meine Finger in Rippers Haaren und sorge dafür, dass er sich nicht wegbewegt. Er kichert und knabbert an meiner Klitoris, als wolle er mir versichern, dass dies das Letzte ist, woran er denkt.

Gott, das ist so falsch, aber ich hätte sie das früher mit mir machen lassen sollen.

Alpha kommt an das Kopfende des Bettes. Ich schaue auf und sehe seinen langen, harten und tropfenden Schwanz, der mich überragt. Er kniet sich hin und packt mich unter den Armen, damit er mich so hinlegen kann, dass mein Kopf von der Kante herunterhängt. Ripper folgt ihm auf die Matratze, ohne auch nur einen Leckstoß auszulassen. Ich öffne meinen Mund und warte sehnsüchtig auf Alpha. Ich fühle mich so gut bei ihnen und ich bin so begierig darauf, das Gleiche für sie zu tun.

Seine Spitze ist glitschig und salzig, als er sie in meinen Mund schiebt. Ich lasse meine Zunge über die glatte Oberfläche gleiten, schmecke ihn und erkunde den Rand entlang des Kopfes.

„So ist es richtig, Schatz", stöhnt er. Seine Hüften spannen sich an, als wolle er mich so ficken, aber er hält sich mit kurzen Stößen zurück, gerade genug, um meinen Mund zu füllen. Sein Duft ist berauschend und die Art, wie er sich über mich erhebt, ist überwältigend, genau wie ich es mir gewünscht habe. Ich klammere mich an Ripper, während ich an Alpha sauge, soviel mir möglich ist. Einer von ihnen packt meine Brüste, oder vielleicht nehmen sie auch beide eine – ich kann es in dieser Position nicht sagen – aber sie drücken sie zusammen und reizen meine Brustwarzen, bis ich mich zwischen ihnen winde.

„Fuck, du bist so verdammt heiß", zischt Ripper, als er sich aufrichtet. Widerwillig lasse ich sein Haar durch meine Finger gleiten. Ist es schon vorbei? „Ich muss dich ficken."

Oh.

Er beugt sich vor, um etwas aus ihrer Tasche zu holen. Einen Moment später reißt das Plastik. Dummerweise bedaure ich, dass ich ihn nicht Haut auf Haut spüren werde, aber als er seine Dicke gegen meinen Eingang stößt, ist mir das egal.

Er ist so dick. Die Spitze spreizt mich und er bewegt sie vor und zurück. Mit jedem Stoß sinkt er ein bisschen tiefer in mich hinein, damit ich mich an ihn gewöhnen kann. Ich möchte schreien, dass er sich einfach in mir vergräbt, aber alles, was ich bei Alphas Schwanz tun kann, ist stöhnen.

Ich schiebe meine Hüften hoch und Ripper gleitet ganz hinein. Wir stöhnen gemeinsam auf und Alpha schließt sich uns an, während die Vibration meines Mundes seinen Schaft reizt. Ich war noch nie so ausgefüllt. Rippers Schwanz dehnt mich aus, wie kein anderer zuvor, und als er sich über mich beugt und meine Handgelenke ans Bett fesselt, löst er sein Versprechen ein, mich besinnungslos zu ficken.

Er stößt zu und zieht sich fast ganz heraus, bevor er seinen Schwanz Zentimeter für Zentimeter in mich hineinpresst. Seine Hüften reiben sich an meinen und schieben Alphas Schwanz tiefer in meinen Rachen. Sie schaukeln mich zwischen ihnen hin und her und die Art, wie er sich bewegt, berührt all die besonderen Stellen in mir. Als er zum Höhepunkt kommt, drückt er genau auf meine Klitoris und lässt meinen ganzen Körper kribbeln und beben.

„Fuck, fuck, fuck", ruft Ripper wie ein Mantra, während er mich hart fickt.

Mein Höhepunkt bahnt sich an und lässt jeden Muskel in meinem Körper auf eine Art und Weise anspannen, wie ich es noch nie aus eigener Kraft geschafft habe. „Ich bin so nah dran", keuche ich.

„Mein Gott, du bist wie ein verdammter Schraubstock um mich herum. Sie fühlt sich an wie das Paradies, Mann."

„Fuck, du solltest ihren Mund probieren", zischt Alpha. „Er ist verdammt perfekt." Er streichelt meine Brüste und fügt dann hinzu: „Du bist verdammt perfekt, Faith."

„Wechseln?" Ripper klingt gestresst. „Bevor ich durchdrehe."

Ich stöhne um Alpha herum, als Ripper sich zurückzieht und mich hoffnungslos leer zurücklässt. Alpha zieht sich ebenfalls zurück und jetzt bin ich verzweifelt. Ich war *so nah dran*. „Bitte, hört jetzt nicht auf!"

Sie lachen.

„Mach dir keine Sorgen, Schatz. Ich ändere nur etwas." Alpha schiebt mich auf dem Bett umher. Er schlägt mir auf die Hüfte. „Hoch auf alle viere. Seit ich dich das erste Mal gesehen habe, habe ich davon geträumt, deine sexy Hüften zu packen, während ich dich ficke."

Sie drehen mich um, bevor ich Zeit habe, zu gehorchen. Mit einem Griff um meine Hüften zieht mich Alpha auf die Knie. Einen Moment später stößt sein dicker Schwanz in mich und spreizt mich auf. Ich stoße mich mit den Händen ab und finde Ripper vor mir auf den Knien und seinen eigenen nackten Schwanz in meinem Gesicht. Ich beuge mich vor und nehme ihn zwischen meine Lippen. Er ist so hart, dass ich seinen Herzschlag in jedem Pulsschlag spüren kann.

„Fuck", zischt er und vergräbt seine Finger in meinem Haar, um meinen Kopf zu lenken. Ich versuche, ihn tief aufzunehmen, aber er bremst mich aus. „Fuck, noch nicht, Babe."

Alpha fickt mich wie eine Maschine. Ich schreie vor Vergnügen, als seine Hüften hart gegen meinen Arsch stoßen, mit so viel Kraft, dass ich nach vorn auf Ripper katapultiert werde. Das ist die Härte, die ich brauchte. Etwas, in dem ich mich verlieren kann, um die reale Welt zu vergessen. Sie nehmen mich, machen mich zu ihrem Eigentum. Ich muss über nichts nachdenken oder etwas entscheiden.

Mein Höhepunkt hat nachgelassen, während sie getauscht haben, aber mit Alphas regelmäßigen Stößen dauert es nicht lange, bis ich wieder da bin und jeder Stoß mich genau richtig ausfüllt. Mein Herz klopft und ich kann kaum noch Luft um Ripper herum holen. Jedes Mal, wenn Alpha den tiefsten Punkt in mir erreicht, steigt die Hitze in mir auf, bis ich kurz vor dem Ausbruch stehe.

Als ich endlich komme, verkrampft sich jeder Muskel in meinem Körper und meine Sicht verschwimmt. Ich schreie um Rippers Schwanz herum und drücke mich zurück gegen Alpha, um noch mehr zu kommen. Mit fest zusammengekniffenen Augen reite ich auf jeder Welle der Lust. Er hört nicht auf, mich zu ficken, und jedes Mal, wenn ich denke, dass es zu viel ist, zeigt er mir, dass ich falschliege. Ich bin noch nie in meinem Leben so lange oder so hart gekommen.

„Oh ja, fick mich", stöhnt Alpha mit seiner tiefen Stimme, als er sich schnell zurückzieht und mein Rücken mit heißem Sperma übergossen wird.

Ich bin schockiert darüber, wie nah wir gerade an einer möglichen Katastrophe waren. Ein Teil von mir wünscht sich, dass er mein Inneres vollgespritzt hätte, auch wenn ich froh bin, dass er verantwortungsbewusster war als ich. Ich habe nicht einmal daran gedacht, sie nach Schutz zu fragen.

„Sieh mich an", befiehlt Ripper.

Ich öffne meine Augen und sehe, wie er seinen steinharten Schwanz direkt vor meinem Gesicht streichelt. Gerade noch rechtzeitig schließe ich meine Lippen um ihn und er füllt meinen Mund mit seinem salzigen Geschmack, den ich so schnell hinunterschlucke, wie er kommt. Es ist überwältigend. Als er endlich aufhört, sauge ich sanft an ihm, bis er sich mit einem Schaudern zurückzieht. „Scheiße, zu empfindlich. Oh Gott."

Ich lasse mich auf das Bett fallen, sobald sie mich loslassen, und dann folgen sie mir, indem sie sich auf jeder Seite an mich drücken. Das Bett ist so schmal, dass wir uns so nahe sind, während wir gemeinsam schwer atmen und uns von dem intensivsten Sex meines Lebens erholen.

„Oh mein Gott, Leute. Ich habe noch nie…" Ich weiß gar nicht, was ich sagen soll.

Ripper fährt mit einem Finger neckisch an meiner Seite entlang und über meine Hüfte. „Verdammt, du bist wirklich etwas Besonderes. War das gut genug, oder müssen wir für eine weitere Runde aufstehen?"

Ich blinzle überrascht. „Kannst du das?"

Alpha grummelt ein Lachen, als er seinen Arm um meine Taille schlingt. Selbst im weichen Zustand kann ich spüren, wie dick sein Schwanz an meinem Hintern ist. „Du musst vielleicht ein bisschen dafür arbeiten, aber für dich? Ich denke, wir könnten es schaffen."

Ich schüttle den Kopf. „Nein, noch nicht. Das war … Das war unglaublich."

„Fühlst du dich besser?"

Ach ja. Das. Ich muss darüber nachdenken. „Ja, eigentlich schon. Es ist immer noch beschissen und ich bin … ich weiß nicht. Ich weiß nicht, was ich fühlen soll, aber im Moment? Haltet mich einfach fest. Bitte."

„Natürlich, Babe." Ripper drückt sich an mich und küsst meinen Kopf. „Ich wusste, dass du es irgendwann herausfinden würdest."

„Das Warten hat sich gelohnt", fügt Alpha hinzu und küsst meinen Nacken.

„Ja", flüstere ich, als ich mich in ihn hineinkuscheln will. Trotz dessen, was er vorhin gesagt hat, schwöre ich, dass ich spüre, wie er sich ein wenig versteift. „Ja, vielleicht hat es sich gelohnt."

Die Tür knallt auf und lässt mich zusammenzucken, aber zwischen Ripper und Alpha bin ich so gut wie unsichtbar, und sie scheinen nicht besorgt zu sein.

„Ihr verdammten Arschlöcher", sagt Blade mit seiner heiseren Stimme voller Enttäuschung.

19

FAITH

Es hat zwar nicht die bedrohliche Aura des Hauptquartiers der Pit Vipers, aber das Gelände der Screaming Eagles ist eindeutig ein MC-Clubhaus. Alpha hebt einen Arm, daraufhin öffnet jemand das Eingangstor und gibt den Blick auf einen Hof voller Chopper, Cruiser, Touring Bikes und allerlei anderer Fahrzeuge frei.

Es gibt eine riesige offene Garage, in der tätowierte, oberkörperfreie Biker an ihren Motorrädern schrauben, selbst um diese Zeit, und eine Reihe von Gebäuden, die den Platz hinter dem Clubhaus ausfüllen. Das Hauptgebäude ist eine umgebaute Lagerhalle mit einer massiven Metalltreppe an der Vorderseite und einem riesigen Screaming Eagles MC-Logo an der Wand, das von Scheinwerfern beleuchtet wird. Es ist so etwas wie das Batsignal der Biker. Um das Gebäude herum befindet sich eine zwei Stockwerke hohe Blechwand, die mit Stacheldraht umwickelt ist.

Das ist das Reich meines Vaters, also sollte es sich wie ein Zuhause anfühlen und nicht wie ein Gefängnis, aber das werden wir sehen.

Eine Glocke läutet, als wir einfahren, und es folgt eine weitere und dann noch eine. Von allen Seiten kommen Biker angelaufen, und oben auf der Treppe steht ein Mann, den ich seit fast einem Jahr nicht mehr gesehen habe.

Papas Haare sind grauer, als ich es gewohnt bin, aber er macht immer noch eine imposante Figur mit seinen kräftigen, vor der Brust verschränkten Armen. Er steht breitbeinig da, trägt abgetragene Jeans und Motorradstiefel, und sein Schnurrbart ist dichter geworden. Schon als ich klein war, war sein eines Auge milchig und blind, aber das andere ist immer noch so scharf wie das seines Namensvetters. Jupiter, sein Boxer, ist viel größer geworden, seit ich ihn das letzte Mal gesehen habe, und hat seine schlaksigen Welpenbeine verloren, die immer zu groß für ihn erschienen.

„Faith!", ruft er und nimmt die Treppe in zwei Stufen auf einmal. „Was zum Teufel ist passiert?" Hinter ihm folgen ein paar andere Biker, die langsamer gehen.

Selbst nachdem ich gesehen habe, was er auf dem Band getan hat, und nach allem, was ich durchgemacht habe, drückt mein Herz immer noch in meiner Brust und ich werfe meine Arme um meinen Vater. Die Biker umschwärmen die Jungs und reden wie wild, aber für einen Moment genieße ich die Sicherheit des Mannes, den ich zu kennen glaubte.

„Papa." Meine Stimme bricht.

„Mein kleines Mädchen", grummelt er in mein Haar. „Was haben diese Arschlöcher mit dir gemacht? Wie hast du es zurückgeschafft? Du hättest uns fast verpasst. Wir wollten schon losfahren und dich holen."

Eine Sekunde lang denke ich, dass er irgendwie von mir, Alpha und Ripper erfahren hat, aber er muss alles mit den Vipers meinen. „Das ist eine lange Geschichte. Können wir gehen und reden?"

„Natürlich. Bleibt zurück", ruft er und deutet auf die Biker hinter ihm.

Meine Gefühle sind völlig durcheinander. Ich bin damit aufgewachsen, diesen Mann zu respektieren, ihn zu lieben. Ich habe ziemlich früh gelernt, dass er nicht perfekt ist, aber er hat es für uns versucht. Und jetzt weiß ich nicht, was ich von ihm halten soll. Ich mache einen Schritt, aber er ist unsicher. Ich kann mich einfach nicht mit ihm zusammensetzen, ohne all das auszusprechen.

Er spürt den Stimmungsumschwung in mir und runzelt die Stirn. „Dann komm hoch. Hier bist du sicher. Wir werden uns unterhalten."

Ich werfe einen Blick über meine Schulter und sehe Alpha, Ripper und sogar Blade, die auf meine Reaktion warten. „Bist du okay, Faith?", fragt Alpha mich.

Papa sieht die Jungs mit zusammengekniffenen Augen an. „Gibt es einen Grund, warum du denkst, dass sie vor mir beschützt werden muss?"

Alpha zögert einen Moment, schüttelt dann aber den Kopf.

„Es ist in Ordnung", versichere ich.

„Danke, dass ihr sie sicher nach Hause gebracht habt, und jetzt nehmt eure verdammten Augen von meiner Tochter. Meldet euch bei King", schnauzt Papa, legt eine

Hand auf meinen Arm und führt mich die Treppe hoch. „Motherfucker", flüstert er halblaut.

Er führt mich durch den Gemeinschaftsraum und es ist das erste Mal, dass ich in einem solchen Raum bin, seit ich ein Kind war, aber selbst damals war ich nur gelegentlich dort und nie, wenn alle da waren. Und dafür bin ich plötzlich sehr dankbar. Es ist, als käme man in einen Nachtclub, eine Bar und einen Stripclub, alles auf einmal, aber ohne all die lästigen Regeln. Wie eine Studentenverbindung, deren Mitglieder auf der falschen Seite der Gleise aufgewachsen sind.

Lauter Gitarrenrock legt eine Klangschicht über eine Szene rauer, kräftiger Männer in Jeans und Leder, die abhängen und trinken. Sie schauen von ihren Plätzen auf den Hockern vor der Bar auf oder lümmeln auf den Sofas vor dem riesigen Fernseher am anderen Ende. Auf der einen Seite spielen ein paar von ihnen Karten an Ständen im Diner-Stil. In der Mitte steht ein Billardtisch und jemand stößt an, der plötzliche Knall kommt einem Schuss so nahe, dass ich vor Panik fast zu Boden gehe.

Papa reagiert schnell und legt seinen Arm um mich. „Es ist alles in Ordnung, du bist in Sicherheit."

Ich wünschte, ich könnte beides glauben, aber ich atme tief durch und nicke.

Die Wände sind schwarz, aber bedeckt mit Bildern, Postern und alten Motorrad-Erinnerungsstücken. An der hinteren Wand ist das Screaming Eagles MC-Logo in Gold und Silber und amerikanische Flaggen dürfen natürlich auch nicht fehlen. Die Farben sind leuchtend und frisch, als ob sie gerade erst gemalt worden wären.

Die Schlampen Club-Bitchesim Club schlängeln sich selbstbewusst zwischen den Jungs hindurch und tragen die üblichen Shorts, Miniröcke und gerade genug, um nicht wegen Erregung öffentlichen Ärgernisses angezeigt zu werden. Wenn sie bereits mit jemandem zusammen sind, drängen sie sich an die Jungs wie Katzen, die Aufmerksamkeit suchen, und wenn nicht, sind sie definitiv auf der Jagd. Hinten sind mindestens ein paar von ihnen noch weniger bekleidet und damit beschäftigt – oh. Ich schaue schnell weg.

Papa wirft einen Blick auf das, was ich mir angesehen habe und beschleunigt seine Schritte, um mich schnellstmöglich zur Treppe in den zweiten Stock zu bringen.

Ein paar der Mädchen werfen mir neugierige Blicke zu, als ob sie die Konkurrenz abschätzen würden. Der Gedanke, dass sie sich an Alpha, Ripper und Blade anschmiegen, lässt mich viel besitzergreifender fühlen, als ich es sein dürfte.

Als ich noch ein Kind war, habe ich die Schlampen Bitches im Club oft gesehen, aber nie so wie jetzt. Meistens behandelten sie mich nett, und ich mochte sie. Sie trugen hübsches Make-up, und manchmal gaben sie mir Süßigkeiten oder spielten mit mir. Ein paar der netteren von ihnen passten auf mich auf, während meine Mutter Besorgungen machte und mein Vater mit dem Clubgeschäft beschäftigt war. Ich verstand nicht wirklich, wo ihr Platz war, und es ist lustig, wie sich die Perspektive ändert, wenn man älter wird.

Theoretisch urteile ich nicht - – wenn es für sie funktioniert, geht es mich nichts an, richtig? Aber wenn ich eine von ihnen dabei erwische, wie sie ihre Titten in Rippers Gesicht streckt, werde ich … ich weiß nicht, was ich dann tun würde, aber es wird alles andere als schön sein.

Papa grunzt. „Es ist im Moment mehr los als sonst. Alle sind nervös, seit wir von deinem Laden gehört haben."

Ich nicke.

Papas Unterkunft ist eine Wohnung im zweiten Stock. Bei den Pit Vipers hatte er ein Zimmer auf dem Gelände, aber unser Haus war ein paar Minuten entfernt. Da fällt mir ein, dass ich gar nicht weiß, ob er jetzt eins hat. Es ist offensichtlich, dass er hier die meiste Zeit verbringt, also ist es vielleicht das hier. Wenn er die Tür schließt, ist der Lärm von unten fast nicht mehr zu hören.

Papa öffnet den Kühlschrank, um sich ein Bier zu holen, überlegt es sich dann aber anders und startet stattdessen die Kaffeemaschine. Er gestikuliert unbeholfen in Richtung des Kühlschranks. „Bedien dich oder warte auf den Kaffee."

Ich nehme mir eine Limonade und lege meine Beine auf der großen Couch in seinem Wohnzimmer unter mir zusammen. Papa zieht einen der Stühle auf die andere Seite des Couchtisches. Wir starren uns an wie Fremde, die nicht wissen, was sie sagen sollen. Er ist mein Vater, aber dieses Leben, das er sich selbst aufgebaut hat? Ich war nie ein Teil davon. Keiner von uns weiß so recht, was er mit dem anderen anfangen soll.

„Ich habe das Band", offenbare ich schließlich.

Er stößt einen Seufzer aus und nickt. „Gut. Und bist du in Ordnung? Hat dich niemand verletzt?"

„Ich weiß nicht wirklich, wie ich das beantworten soll", sage ich ehrlich. „Mein Leben ist eine Katastrophe, aber wenn du meinst, ob jemand auf mich geschossen oder mich angegriffen hat, nein. Nichts, was die Zeit und ein Haufen Therapie nicht wieder hinkriegen würden."

Papa schnaubt, dann fährt er sich mit den Händen übers Gesicht und ich sehe, wie müde er ist. „Es tut mir wirklich verdammt leid, Baby."

„Ich habe das Video gesehen."

So müde er vor einer Sekunde noch aussah, lassen ihn meine Worte um zehn Jahre altern. Er sieht aus, als hätte er gerade in eine Zitrone gebissen, aber er lehnt sich in seinem Stuhl zurück und nickt. „Stell deine Fragen."

„Ich will nur, dass du mir eine annehmbare Erklärung dafür gibst. Sag mir, warum mein Vater kein Mörder ist. Du *weißt*, was mit uns passiert ist. Warst du jemals etwas Besseres? Bist du der Grund, warum wir überhaupt angegriffen wurden?" Die Worte brennen wie Säure, als sie herauskommen, und ich bin froh darüber, denn sie müssen wehtun, damit ich nicht in Tränen ausbreche.

„Wo ist es? Haben die anderen es mit dir angeschaut?", fragt er.

„Ist das wichtig?"

„Ja, das ist verdammt wichtig! Das Band hat dich und deine Mutter in Sicherheit gebracht, damit du weit weg von diesem ganzen Scheiß aufwachsen konntest!"

„Ist das dein Ernst? Was mich in Sicherheit gebracht hat, war Mama! Sie hat uns aus diesem Ort herausgeholt und mir die Chance auf ein normales Leben gegeben. Etwas Reales!"

Er schüttelt den Kopf. „Das ist kein verdammtes Märchen. Wir haben beide unsere Rollen gespielt. Es hat mich fertiggemacht, dass ich keinem von euch geben konnte, was ihr brauchtet, also habe ich getan, was ich tun musste, damit ihr in Sicherheit seid und fliehen könnt. Du bist verdammt klug, Faith, aber du warst damals noch ein verdammtes Kind. Du hattest keine Ahnung."

„Dann erklär es mir!" Eine einzelne Träne tritt aus meinem Augenwinkel hervor.

„Wirst du zuhören?"

„Ich werde es versuchen."

Er geht in die Küche, ignoriert den frisch gebrühten Kaffee und holt sich ein Bier aus dem Kühlschrank. Er nimmt einen tiefen Schluck, bevor er zurückkommt und mit einem gequälten Gesichtsausdruck in den Stuhl sinkt. „Ich war ein anderer Mensch, als ich den Pit Vipers beitrat. Es war schon immer ein Scheißverein, aber ich glaube, ich war damals auch ein bisschen ein Scheißer. Wir passten zusammen. Aber es wurde schlimmer, und als ich deine Mutter kennenlernte und wir dich bekamen, sah ich es noch deutlicher."

„Die Liebe zu einer guten Frau", sage ich trocken. „Die du hast gehen lassen."

Er lacht leise. „So ähnlich. Sie hatte immer etwas Besseres verdient. Wir waren nicht gut füreinander, aber ich bin froh, dass es ihr gut geht. Ich habe damals versucht, ein paar Dinge zu ändern, und sagen wir mal, nicht alle waren damit einverstanden. Willst du wissen, ob ich der Grund dafür bin, dass diese Arschlöcher in jener Nacht zum Haus kamen? Ja, das war ich, verdammt."

Die Bestätigung sticht wie ein Messer durch mich hindurch. Ich wusste schon immer, dass ihr Lebensstil der Grund für den Einbruch war, aber ich versuchte, nicht darüber nachzudenken, warum es eigentlich passiert ist.

„Du hast sie getötet, und jemand musste dafür bezahlen. Ich schätze, du hast nicht gedacht, dass wir es sein würden."

„Was? Nein! Die Bastarde, die ich in dieser Nacht erschossen habe, waren diejenigen, die in unser Haus eingebrochen sind. Sie haben alles verdient, was sie bekommen haben, und ich würde es immer wieder tun, wenn du dadurch in Sicherheit wärst und die Leute, die dich terrorisiert haben, aus dieser Welt verschwinden würden."

Mein Blut wird zu Eis, als die schlimmen Erinnerungen wieder hochkommen. Schreie, Schüsse, ein Schlag ins Gesicht, den ich noch immer spüre, und die Art, wie meine Haut blutete, nachdem sie das Klebeband entfernt hatten, um mich aus dem Weg zu räumen. Meine Mutter schrie, als sie sie verhöhnten und schlugen. Mehr als zehn Jahre später sollte ich keine Angst mehr haben, nicht hier drinnen, mit Papa und Alpha, Ripper und Blade unten, aber hier zu sein? Es ist nicht dasselbe, aber es bringt alles wieder an die Oberfläche.

Ich schließe meine Augen, atme ganz bewusst und versuche dann, das Gespräch fortzusetzen. „Aber du hast uns gerettet. Du hast sie verjagt. Musstest du sie wirklich töten?"

„Du hast eine Menge Mitgefühl für ein paar Wichser, die es nicht einmal verdienen, dass man sich an sie erinnert. Du warst verdammt noch mal zehn Jahre alt." Jetzt schreit er fast. „Du siehst eine Sache, die du nicht magst, und glaubst, du weißt alles über mich? Es hat mich *umgebracht*, dich und deine Mutter gehen zu lassen, aber ich habe getan, was ich tun musste, um sicherzustellen, dass du in Sicherheit bist und niemand in deine Richtung schaut, wenn du gehst."

„Was meinst du damit?"

Papa wird still und lehnt sich näher heran, sein klarer Blick ist ganz auf mich gerichtet. „Ich steckte bis zum Hals in der Scheiße, Faith. Wenn ich noch länger geblieben wäre, wäre ich ertrunken und hätte euch beide mitgenommen. Hältst du mich für einen Idioten, der keine Ahnung von Sicherheitskameras hat? Solange die Vipers das Band hatten, wussten sie, dass ich nichts sagen oder tun konnte, um gegen sie vorzugehen. Ich habe meine Rechnungen bezahlt, bin ausgestiegen und hierhergekommen, wo ich etwas machen kann, das mich nachts schlafen lässt."

Das ist zu viel. Mein Verstand kann gar nicht begreifen, wie verkorkst alles war, was Papa gerade gesagt hat. „Aber..."

„Aber was?"

„Du bist nicht zu uns zurückgekommen", flüstere ich.

Sein Gesichtsausdruck wird weicher. „Ich konnte nicht, Baby. Ich habe lange gebraucht, um dahin zu kommen, wo ich jetzt bin. Deine Mutter brauchte einen klaren Schnitt und ihr habt euch gegenseitig mehr gebraucht als einen abgefuckten *Mörder*. Frag deinen neuen Freund Blade. Es ist nicht leicht, wegzugehen. Die Dunkelheit bleibt haften."

„Was? Hatte Blade etwas damit zu tun?" Ein plötzlicher, erschreckender Gedanke kommt mir in den Sinn. Ich bin die ganze Zeit mit ihm unterwegs gewesen, und so wie er reagiert hat, als wir uns gestritten haben...

„Nicht so. Er war noch ganz frisch dabei, als das alles passierte, aber das spielt keine Rolle. Seine Geschichte ist seine Geschichte, und ich kümmere mich um meine eigenen Angelegenheiten."

Ich bin erschöpft und wund und das ist alles eine Nummer zu groß für mich im Moment. Ich stoße mich so plötzlich von der Couch ab, dass Papa aufschreckt. „Ich brauche eine Pause. Ich gehe nicht weg, aber ich kann das jetzt nicht mehr."

Er sieht aus, als ob er noch mehr sagen wollte, aber er hält sich zurück. „Okay. Wir können weiter reden, wenn du bereit bist. Nimm mein Bett. Ich werde die Couch nehmen."

„Ich werde die Jungs suchen." Ich weiß nicht genau, wann sie angefangen haben, sich sicher anzufühlen, aber sie tun es. Meine Welt wurde auf den Kopf gestellt und im Moment sind Alpha, Ripper und sogar Blade die einzigen Menschen, denen ich an meiner Seite vertraue.

„Faith." Ich bin schon auf dem Weg zur Tür, als Papa spricht. Ich drehe mich um und sehe ihn stehen, sein gutes Auge verfolgt mich genau und seine Augenbrauen sind besorgt. „Pass auf, worauf du dich einlässt. Du bist dein ganzes Leben lang vor solchen Typen wie *mir weggelaufen*. Wir sind nicht sauber, auch wenn du noch so sehr versuchst, es zu beschönigen. Wenn du diesen Weg einschlägst, solltest du bereit sein, das sehr schnell zu verstehen."

„Was willst du mir damit sagen?"

„Wenn du nicht über meine Sünden hinwegsehen kannst, solltest du dir nicht einbilden, dass du mit ihren leben kannst."

„Gute Nacht, Papa."

20

FAITH

Der Erste, den ich sehe, als ich die Treppe herunterkomme, ist Blade, der sich mit einem großen, blonden Kerl unterhält, der seinen Bart zu kleinen Zöpfen gebunden hat und aussieht, als wäre er bereit, im Morgengrauen ein englisches Dorf zu überfallen. Nicky würde ihn mögen.

Blade ist natürlich die komplizierteste Wahl, aber im Moment brauche ich nur einen Ort, an dem ich allein bin, und ein vertrautes Gesicht, das auf mich aufpasst. Und obwohl Blade und ich nicht immer einer Meinung sind, vertraue ich ihm, dass er mich beschützt. Das hat er schon bewiesen.

Er schaut auf und beäugt mich neugierig, als ich direkt neben seinem Stuhl stehen bleibe. „Was machst du…"

„Hast du hier ein Zimmer oder so? Bitte." Ich fühle mich innerlich ganz nervös und mein Gehirn spielt verrückt.

Der blonde Kerl gluckst. „Wenn eine Frau so eine Frage stellt, sagst du ‚Ja, Ma'am'."

Blade wirft ihm einen kurzen Blick zu, aber als er seine Aufmerksamkeit wieder mir zuwendet, schaut er misstrauisch. „Warum ich?"

„Weil du der Erste bist, den ich gefunden habe, und ich brauche wirklich einen Ort, an dem ich sicher bin. *Bitte.*"

Alpha oder Ripper wären die sicherere Wahl, aber ich fühle mich zu Blade hingezogen. Vielleicht wegen dem, was Papa gesagt hat. Blade ist wahrscheinlich der gefährlichste der drei. Sie sind alle zu Gewalt fähig, aber Blade fühlt sich einfach tödlich an.

„Hier entlang." Er legt seine Hand auf meinen Rücken und führt mich einen Korridor entlang, der vom Gemeinschaftsraum abgeht.

Seine Hand ist warm, aber vielleicht ist es auch nur so, dass ich friere, als ob ich eine Grippe hätte. Ich hasse das. Dann fühle ich mich so schwach und hilflos.

„Fast geschafft", knirscht seine Stimme.

Wir biegen um eine Ecke und bleiben vor einer Tür stehen. Er öffnet sie für mich und schließt sie dann hinter uns ab.

Papa hat dort oben eine ganze Wohnung und Blades Zimmer ist nur ein kleines Studio. Es bietet aber genug Platz für eine Person, und im Moment gefällt mir, dass ich alles gleichzeitig sehen kann. Es fühlt sich sicherer an. Ich gehe durch seine ordentliche und spartanische Sitzecke und setze mich auf sein Bett. Ich klemme meine Hände zwischen die Beine und versuche, mich darauf zu konzentrieren, nicht über den Rand des Abgrunds zu stürzen. „Kann ich heute Nacht hier schlafen?"

„Warum? Hat dir dein Vater nicht angeboten, bei ihm zu wohnen? Seine Wohnung ist größer."

„Doch, das hat er. Aber ich habe es abgelehnt."

„Und danach bist du zu mir gekommen?" Er zieht seine Jacke aus und hängt sie auf, dann macht er sich daran, seine Handgelenkschützer zu öffnen.

„Es ist ja nicht so, dass ich es geplant hätte. Du warst der Erste, den ich gesehen habe, weißt du noch?" Vielleicht war es ein Fehler, Blade zu fragen. Wir haben immer noch ungelöste Probleme, aber ich kann nicht ständig vor allem weglaufen. „Sollte ich Angst vor dir haben?"

„Ja", sagt er, ohne zu zögern.

„Warum?"

„Weil ich verdammt gefährlich bin, Faith." Er zieht sein Shirt aus, macht aber keine Anstalten, auf mich zuzugehen. Stattdessen lehnt er sich gegen den Türrahmen und beobachtet mich genau, die Arme vor der Brust verschränkt. Auch wenn er seine Messer weggelegt hat, zweifle ich nicht an ihm. „Alpha und Ripper? Sie sind keine Pfadfinder, aber sie können so tun, als ob. Das liegt ihnen im Blut."

„Aber dir nicht?"

Sein Körper ist stärker vernarbt, als ich dachte. Ich habe ihn noch nie so deutlich ohne ein Hemd gesehen. Viele von ihnen werden von seinen Tätowierungen verdeckt oder sind in sie eingearbeitet. Ein bunter chinesischer Drache wickelt sich um seinen linken Arm, und seine Schuppen und Flügel bestehen teils aus Tinte, teils aus weißem Narbengewebe. Er spuckt einen

Feuerstrahl über seinen Unterarm, der der Narbe einer schrecklichen Schnittwunde folgt. Die Arbeit ist exquisit, aber man könnte meinen, er hätte versucht, eine Machete abzuwehren oder so.

Auch sein Oberkörper ist mit einem schlimmen weißen Fleck auf seiner Schulter bedeckt. Was auch immer Blades Geschichte ist, sie hat ihn ganz schön in die Mangel genommen. Ein bestimmtes Tattoo sticht hervor. Es ist ein weiterer Drache, aber dieser hier ist schlangenförmiger. Es kommt mir bekannt vor.

„Willst du ficken oder etwas in der Art?", fragt er unverblümt.

„Was? Nein!"

„Du hast mich also angesehen und gedacht: Ja, er ist gut zum Kuscheln. Sei ehrlich zu mir, Faith."

„Das bin ich. Ich brauchte nur einen Ort, an dem ich auf Abstand zu Papa gehen konnte. Du warst die erste Person, die ich gesehen habe, die ich kannte, okay? Werd nicht übermütig."

„Er hat dir von dem Video erzählt." Keine Frage – eine Erkenntnis. „Und was jetzt? Versuchst du zu entscheiden, ob du ihm verzeihen kannst?"

„Du warst bei den Vipers. Hilf mir einfach zu verstehen." Ich ringe mit den Händen und kämpfe darum, stillzusitzen. Am liebsten würde ich mich zu einer Kugel zusammenrollen und mich selbst umarmen, bis ich nicht mehr drohe zusammenzubrechen, aber würde Blade das als Schwäche ansehen? „Wo hört all die Gewalt auf?"

„Ich weiß es verdammt noch mal nicht. Tut sie das jemals? Aber dass du glaubst, Eagle-eye verurteilen zu können, ist Blödsinn. Wenn du das Leben eines Mannes nicht kennst, solltest du nicht so tun, als würdest du seine Entscheidungen verstehen."

„Wie deine?" Ich zeige auf das Tattoo an seiner Seite. „Das war mal eine Viper. Ich erinnere mich an dich."

Seine Augenbrauen heben sich vor Überraschung. Dieses eine Mal bin ich diejenige, die ihn schockiert, und das fühlt sich gut an.

„Am Anfang wusste ich es nicht, weil es eine Ewigkeit her war, aber ich war gerade alt genug, um zu merken, dass die jüngeren Anwärter irgendwie süß waren."

Er zuckt zurück. „Wovon redest du, verdammt? Du warst ein *Kind*."

„Ich wollte dich nicht überrumpeln. Ich war zehn, um Himmels willen. Aber wenn du glaubst, dass zehnjährige Mädchen keine süßen Teenager-Jungs bemerken, wirst du einen Schock erleben, wenn du mal Kinder hast."

„Ich habe nicht einmal mit dir gesprochen. Ich erinnere mich nur daran, dass Eagle-eye ein Kind hatte, denn die meisten älteren Jungs haben ihre Familien nicht mitgebracht, oder sie haben sich einfach nicht um sie gekümmert."

„Was ist passiert?", frage ich und deute auf seinen mit Narben übersäten Oberkörper.

„Leben. Tod. Ich habe die Karten gespielt, die mir gegeben wurden. Du glaubst, dein Vater hat ein paar dunkle Geheimnisse? Das sind die Einzigen, die ich habe."

Er lacht, als ich nicht weiß, was ich antworten soll. „Es tut mir so verdammt leid. Habe ich dein perfektes Bild von mir ruiniert? Was? Dachtest du, ich wäre einer dieser Heldentypen? Dunkel und grüblerisch, aber immer das Richtige tuend? Babygirl, ich habe fast nie das Richtige getan."

„Nenn mich nicht so."

Er kommt einen Schritt näher, sodass er mich überragt. „Verurteile uns nicht, verdammt", knurrt er. „Erst wenn du bereit bist, uns so zu sehen, wie wir sind, und nicht nur, was wir getan haben."

Mit einem Anflug von Mut, von dem ich nicht wusste, dass er in mir steckt, schubse ich ihn. Oder ich versuche es. Er packt meine Handgelenke mit Leichtigkeit und hält meine Hände über meinen Kopf, während er auf mich herabblickt. Sein Griff ist eisern, heiß und unbeweglich. Ich knurre vor Frustration. „Wie kannst du nur mit dir selbst leben?"

„Tag für Tag, verdammt, Prinzessin. Jede Sekunde, jede Entscheidung, ich gehe vorwärts, denn wenn du aufhörst? Dann stirbst du." Sein Blick ist gequält, und ich empfinde eine Art ... Mitleid? Das ist dumm, denn es ist ja nicht so, dass er sich nicht auch dafür hätte entscheiden können, keine schrecklichen Dinge zu tun.

„Ist es das wert?"

„Frag deinen Daddy", schnauzt Blade. Sein Gesicht ist nur wenige Zentimeter von meinem entfernt und mit den Händen über dem Kopf bin ich hilflos, gefesselt. In seinem Gesichtsausdruck mit der gerunzelten Stirn liegt Wut, aber auch etwas anderes. Etwas, das mich vor Erwartung erzittern lässt.

„Ich frage dich."

„Ich brauche deine verdammte Absolution nicht."

„Aber du möchtest sie." Plötzlich war ich mir noch nie in meinem Leben einer Sache so sicher. Warum wir uns wie Öl und Wasser fühlen, ich aber nicht wegbleiben kann. „Du willst wissen, dass es das wert war."

„Du scheinst zu glauben, dass du eine Menge darüber weißt, was ich verdammt noch mal will."

„Ich weiß genau, was du willst."

„Halt verdammt noch mal die Klappe", knurrt er, bevor er mich küsst.

21

FAITH

Sein Kuss ist wild und heftig und er beansprucht mich, während er mich festhält. Mein erster Instinkt ist, mich zurückzuziehen, aber ich kann nirgendwo hin.

Dann stoße ich zurück, ein Feuer brennt in meinem Bauch und meine Beine zittern. Ich erwidere seinen verzweifelten Kuss, meine Zunge ringt mit seiner um die Dominanz, und seine Lippen sind rau gegen meine.

Was mache ich eigentlich?

Was machen wir eigentlich?

Ich drehe mich weg und er lässt mich los, obwohl er meine Handgelenke immer noch umklammert hält. „Wer hat gesagt, dass du das Recht dazu hast?"

„Du hast mich gebeten, in mein Zimmer zu kommen. Du hast deine verdammten Hände an mich gelegt. Sag mir, dass du das nicht wolltest, und ich lasse dich gehen. Fuck, dann schlafe ich eben woanders. Du brauchst nur zu sagen, dass du das nicht willst."

Mein Mund wird trocken, aber das ist der einzige Teil von mir, der trocken ist. Wir sind aufeinander losgegangen, seit wir uns kennengelernt haben, also warum sollte ich das wollen?

Ich versuche nicht einmal, nein zu sagen.

„Noch fünf Sekunden. Dann küsse ich dich wieder." Seine tiefe Stimme ist rau vor Verlangen.

„Fick dich, Blade", sage ich und küsse ihn.

Er lacht gegen meine Lippen, ein Grollen, das ich bis tief in mich hinein spüre. Während wir uns besinnungslos küssen, zieht er meine Hände nach unten, bis er meine Handgelenke mit einer Hand hinter meinem Rücken fassen kann. Mit der anderen hält er meinen Hinterkopf fest, seine Finger verschlingen sich in meinem Haar und graben sich in meine Kopfhaut, während er mich festhält. Wenn ich gefesselt bin, gerate ich normalerweise außer Rand und Band, aber aus irgendeinem Grund macht es mir überhaupt keine Angst, von Blade festgehalten zu werden.

Das ist nicht logisch. Er ist ein tödliches Raubtier. Ich sollte verängstigt sein.

Aber er ist keine Gefahr für mich.

Ich verschmelze mit ihm.

Diesmal ist er derjenige, der den Kuss abbricht. Wir keuchen und schnappen gemeinsam nach Luft. „Zieh deine verdammten Klamotten aus", zischt er.

Ich denke gar nicht daran, nicht zu gehorchen. Während ich mir mein T-Shirt über den Kopf ziehe, öffnet er seinen Gürtel und knöpft seine Jeans auf. Unsere Kleidung fliegt durch die Luft, aber es geht ihm nicht schnell genug. Ich habe meine Jeans gerade erst über die

Hüften gestreift, als er mich packt, an mir zerrt und mein Höschen mitnimmt. Plötzlich habe ich nur noch meinen BH an.

„So ungeduldig", schnaufe ich.

„Scheiß drauf. Ich habe schon viel zu lange gewartet."

Er stößt mich mit so viel Kraft zurück aufs Bett, dass ich quietsche, bevor ich auf der weichen Matratze aufschlage, und dann liegt er auf mir. Er schiebt meine Beine mit seinen Händen knapp über meinen Kniekehlen nach hinten und faltet mich in zwei Hälften, sodass ich offen vor ihm liege und nichts verborgen bleibt.

„Scheiße, als ich dich das erste Mal sah, dachte ich, du wärst eine verwöhnte kleine Prinzessin. Aber du liebst dieses Leben. Es liegt dir im Blut." In seinen blauen Augen tobt heute Abend ein wilder Sturm, und ich bin mir ziemlich sicher, dass er mein Schiff ins Wanken bringen wird. „Ich werde dich ficken, bis du mich anflehst, aufzuhören."

„Ich bin nicht verwöhnt. Ich bin nur…"

Mein eigenes Stöhnen unterbricht mich, als er seine Zunge zwischen meinen Beinen vergräbt. Er zieht sie durch meine Falten und sein kurzer Bart kratzt an den Innenseiten meiner Schenkel. Und als er seine Lippen um meine kribbelnde Klitoris legt und saugt, vergesse ich, was ich gerade sagen wollte.

Unser Vorspiel war nur verbal, aber er hat mich so feucht gemacht, dass ich mich wundere, dass er da unten nicht ertrinkt.

Blades dicke Finger graben sich in die Rückseiten meiner Oberschenkel, so hart, dass sie blaue Flecken hinterlassen könnten, aber wenn es jemanden gibt, von dem ich erwarten würde, zerstört zu werden, dann ist es

Blade. Und die Art, wie er meine Muschi verschlingt, lässt mich das alles vergessen. Ich fahre mit meinen Händen in sein langes, schwarzes Haar und ziehe das Lederband heraus, das es zurückhält. Es fällt ihm wie Seide über die Schultern.

„Scheiße", stoße ich mit einem langsamen Zischen aus. „Was machst du mit mir?"

„Alles, was ich verdammt noch mal will", knurrt er und sein Atem kitzelt meine Haut. „Und jetzt will ich dich schreien hören."

„Oh!", keuche ich, als er wieder zur Sache kommt.

Er muss das nicht mehr lange machen, bis er seinen Wunsch erfüllt bekommt. Mit einer Hand in seinem Haar, die seinen Kopf führt, reite ich auf Blades Mund, bis die Frustration, die mich übermannt hat, in weißes, heißes Vergnügen umschlägt. Als die Hitze in meinem Inneren überzukochen droht, wölbe ich meinen Rücken und stöhne.

„Schrei für mich", befiehlt er.

Blade streicht mit seiner Zunge über meine Klitoris und schiebt einen Finger in meine Nässe, wobei er die Spitze in Richtung meines Bauchnabels abknickt und meine Augen zum Flattern bringt. Einmal, zweimal, und dann gebe ich ihm, was er will. Als ich mich zur Decke wölbe, spannt sich jeder kleine Muskel in meinem ganzen Körper an. Der Schrei, den er wollte, ist zunächst tonlos, bis ich den Atem finde, um ihm Volumen zu geben. Meine Finger graben sich so fest in seine Kopfhaut, dass es wehtun muss, aber er hält mich fest und züngelt mich durch meinen Orgasmus.

Alles, was ich um mich herum wahrnehme, verwandelt sich in ein Nichts, als sich mein Magen aufbäumt, getragen von einem ganzen Schwarm Schmetterlinge.

Als ich endlich auf der weichen Matratze lande und in die reale Welt zurückkehre, wartet Blade schon. Er hat sich auf seinen Händen abgestützt und schwebt über mir. Er ist völlig nackt und hart wie ein Stein, sein Schwanz ist genauso gefährlich schön wie der Rest von ihm.

„Du schreist schön", sagt er mit ernstem Blick, aber Selbstzufriedenheit tropft aus seiner Stimme.

Zwischen zittrigen Atemzügen flüstere ich zurück: „Na ja, du hast ja nett danach gefragt."

Das lässt seine Mundwinkel endlich zucken.

Ich greife nach ihm, begierig darauf, seinen dicken Schwanz zwischen meinen Fingern zu spüren. Er vibriert fast, so hart ist er, als hätte er sich zurückgehalten, seit er mich kennengelernt hat. Ich streichle die weiche Haut mit meinen Fingerspitzen, erkunde ihn und lerne seine Form kennen, während ich versuche herauszufinden, was ihn sich gut fühlen lässt. Auf seiner Spitze befindet sich ein großer Tropfen Sperma. Ich fange ihn mit meinem Daumen auf und reibe ihn über das empfindliche Fleisch, sodass seine rubinrote Krone glitschig wird.

„Scheiße", stöhnt er, während er sich auf die Knie schiebt. Er drückt den Ansatz seines Schwanzes gegen meine feuchte Hitze und ich schlinge meine gespreizten Beine um seine kräftigen Oberschenkel. Ich streichle ihn, während er zusieht, mit beiden Händen, bis er sie plötzlich packt und wegzieht. „Mein Gott, Mädchen. Mach langsam, damit ich zuerst in dich eindringen kann."

Ich lächle und beiße mir auf die Unterlippe, während ich neckisch zu ihm aufschaue. Es liegt Macht darin, einen

Kontrollfreak wie Blade ausrasten zu lassen. „Zwing mich doch."

„Du bist eine verdammte Göre", knurrt er, während er meine Handgelenke über meinem Kopf festhält. Er zieht die Körbchen meines BHs grob nach unten und entblößt meine Brüste für seine schwielige Berührung. Er nimmt eine meiner Brustwarzen zwischen seine Fingerspitzen und zieht so fest an ihr, dass ich aufquieke. Der winzige Schmerz breitet sich schnell zu etwas Tieferem aus und ich reibe mich an ihm, sodass er knurrt: „Du glaubst, du kannst mich verarschen? Du gehörst mir und ich mache mit dir, was ich will."

Ich hätte nie gedacht, dass ich mit etwas Härterem umgehen könnte, aber diese Jungs zeigen mir, dass ich vielleicht einfach nie jemanden getroffen habe, von dem ich es wollte. „Bestrafst du mich?"

„Vielleicht tue ich das. Ist es das, was du willst? Oder bereust du, dass du mich heute Abend gewählt hast?"

Ich wölbe meinen Rücken und lasse meine Muschi so weit wie möglich an ihm entlang gleiten. „Ich bereue nichts."

Er berührt meine Brust und drückt sie fest zusammen. „Ich liebe deine großen Titten. Dieses Mal werde ich tief in dir kommen, aber das nächste Mal will ich mein Sperma überall auf dir verteilen und dir dabei zusehen, wie du es in deine verdammte Haut einreibst."

Blade lässt los und verpasst meiner Brust einen leichten Klaps, sodass ich stöhne. Er ist so versaut. Ich mag das.

Er greift an mir vorbei, zieht die Schublade seines Nachttischs auf und holt ein kleines Plastikpäckchen heraus, das er mit den Zähnen aufreißt, damit er meine Handgelenke nicht loslassen muss. Sobald er das Kondom übergezogen hat, geht er gerade so weit zurück, dass er die Spitze zwischen meine Falten schieben kann, direkt an meinem Eingang, aber nicht hinein.

„Fick dich selbst!"

„Was?" Ich bin mir nicht sicher, wie er das meint.

„Du willst es so sehr? Bring mich in dich rein und zeig es mir."

Oh Gott!

Ausgestreckt, mit gefesselten Händen habe ich nicht viel Kraft, aber ich versuche es. Ich drücke mich mit den Schultern nach oben, schiebe meinen Körper gegen ihn und rücke näher an ihn heran. Er schaut zu, ganz still und steif. Ich brauche ein paar Versuche, aber ich bewege meine Hüften, bis sich die Spitze genau an meinem Eingang befindet. Ich bewege mich gerade so weit, dass die Dicke mich mit einer Warnung vor dem, was kommen wird, öffnet. Es gibt noch eine Menge aufzunehmen.

„Bitte", flüstere ich. Das Wenige, was ich von ihm in mir habe, verspottet mich lediglich, und ich will ihn ganz. Ich will, dass er mich wie ein Tier fickt, bis mir Hören und Sehen vergeht. „Hör auf, mich zu necken."

Er beugt sich herunter und knabbert an meiner Schulter. „Ich bin derjenige, der die Befehle gibt", knurrt er.

Er treibt mich in den Wahnsinn. „Gott, Blade, bitte fick mich." Ich rolle meine Hüften und versuche, mehr von ihm zu bekommen. „Bitte!"

„Wenn du das tust, kannst du es nicht mehr zurücknehmen. Du gehörst mir genauso wie ihnen", grummelt er, während er seine ganze Länge in mich stößt.

Wir stöhnen gemeinsam auf. Ich bin so glitschig, dass sein Schwanz leicht in mich eindringt, obwohl er mich mit jedem Zentimeter weiter spreizt, bis seine Hüften gegen meine drücken. Sein Schwanz pulsiert, bevor er sich zurückzieht, bis kaum noch etwas von ihm in mir ist. Ich fühle mich so leer.

„Hör nicht auf."

Die Bestrafung ist vorbei, es ist Zeit für meine Belohnung. Blade stößt zu, und es ist herrlich und eng, er stopft mich voll, bis ich vor ihm platze. Ich stöhne tief in meiner Kehle, ein Urlaut, den ich nicht kontrollieren kann.

Er knurrt und gibt mir, worum ich gebeten habe. Seine Hüften drehen sich in einem gewundenen Rhythmus, der immer schneller in meinen engen Körper stößt. Fleisch trifft auf Fleisch, während er mich wieder und wieder stopft. Ich wehre mich dagegen, dass er meine Handgelenke festhält. Ich möchte mich nicht befreien, sondern einfach nur spüren, wie gut er mich in der Hand hat. Das gehört alles zum Spiel. Teil der Erregung.

Mein Atem stockt, während ich darum kämpfe, nicht zu kommen. Er wird mich wieder zum Kommen bringen, und das hat noch kein einzelner Mann geschafft. Alpha und Ripper zählten nicht wirklich, da sie kooperiert haben.

Plötzlich stelle ich mir vor, wie sie mich alle drei zusammen nehmen, der Spaß und die Zärtlichkeit von Ripper und Alpha, kombiniert mit Blades Bedürfnis nach Kontrolle, und ich explodiere fast bei dem Gedanken daran.

„Scheiße, drück mich weiter so", stöhnt Blade. Ich frage mich, was er sagen würde, wenn er wüsste, warum. „Lass mich spüren, wie du um mich kommst."

Metaphern über Schmetterlinge und Funken können nicht einmal ansatzweise beschreiben, was ich fühle. Er reißt mich an den Nähten auseinander, zerreißt meine

Selbstbeherrschung mit harten, meisterhaften Stößen und winkelt seine Hüften genau richtig an, damit sich mein Körper um ihn herum zusammenzieht. Ich bin noch nie in meinem Leben so hart gekommen, und trotzdem fickt er mich weiter.

„Ich bin tot. Du hast mich getötet", flüstere ich.

„Nur noch ein bisschen mehr", stöhnt er, und während er das sagt, stößt er tief in mich hinein und verharrt dort, wobei er stark gegen meinen Kern pulsiert. Meine inneren Muskeln ziehen sich in Kontraktionen zusammen, auf und unter seiner Länge. Blade stöhnt tief und lang, und seine stürmischen Augen beobachten mich genau, während er sich wie eine Flut entlädt.

Schließlich fokussiert sich sein Blick wieder und er lässt mich sanft los. Er legt seinen vom Kampf gezeichneten Körper neben mich, aber immer noch mit einem Bein über meinem. „Scheiße", flüstert er.

„Ja, im Ernst", kann ich nur entgegnen.

22

BLADE

Unter mir sind Faiths Gesicht und Brust ganz rot, während sie nach Luft schnappt. Sie ist so verdammt großartig – nackt und in meinem Bett. Wenn ich könnte, würde ich sie erneut zum ersten Mal ficken, nur um das wieder zu fühlen. Ihre weiche Haut in meinen Händen, mein Schwanz tief in ihrer feuchten Pussy, ihre vollen Lippen, die nach Luft schnappen…

Ich bin so am Arsch.

Ich bin noch nie in Versuchung gekommen, mich auf jemanden einzulassen, der nicht mit der Scheiße umgehen kann, die wir jeden Tag sehen. Das ist ein Rezept für Herzschmerz, und auch wenn ich meinen Ruf kenne, bin ich keine Maschine. Ich habe versucht, es nicht zu bemerken, und dann habe ich versucht, es zu ignorieren.

Aber als Faith sich auf die Seite rollt, lege ich meinen Arm um sie und ziehe sie an mich, während sie sich an meine Brust schmiegt, als wäre ich ihr verdammter Teddybär. Und ich hasse es nicht, verdammt.

„Geht es dir gut?" Ich gleite mit meinen Fingern ihre Wirbelsäule hinauf und hinunter, was sie zum Zittern bringt und sie sich noch näher an mich drückt.

„Oh, jetzt interessiert es dich?" Sie lacht leise und ihr wunderbarer, weicher Körper zittert in meinen Armen.

„Was soll das verdammt noch mal bedeuten?"

Faiths ganzer Körper versteift sich. „Ich habe nur Spaß gemacht…"

Scheiße. „Ich bin ein Arschloch."

Sie hält ihre Finger hoch und spreizt sie ein kleines bisschen auseinander. „Vielleicht ein bisschen."

Ich verpasse ihrem Arsch dafür einen Schlag.

„Au!"

„Respekt, Babygirl."

„Kann ich … Kann ich dir eine Frage stellen?"

„Alles, was du tust, ist Fragen zu stellen." Müde, aber nicht wirklich sauer, ziehe ich sie näher an mich heran und drücke ihren weichen Körper an meinen, damit ich jede ihrer Kurven spüren kann.

Mit einer Fingerspitze fährt sie über die dicke Narbe auf meiner Brust, die ausgerechnet von einer Machete stammt. Ein Mal hatte ich jemanden getroffen, der ein größeres Messer hatte. „Warum?"

„Warum was?"

„Alles davon."

Wir liegen schweigend da, sie wartet auf meine Antwort und ich will sie nicht geben und weiß nicht einmal, wo ich anfangen soll. Ich höre auf ihren Atem. Langsam und gleichmäßig, aber ich glaube nicht, dass sie schläft, auch wenn es schon verdammt spät ist.

„Was ist mit dir? Ich weiß, dass etwas passiert ist, bevor du und deine Mutter abgehauen seid. Deshalb bist du so nervös, stimmt's?"

„Es ist nicht fair, den Spieß umzudrehen." Sie schnippt mit dem Finger gegen meine Brust, dass es wehtut.

„Das ist mein Preis."

„Wenn ich rede, musst du versprechen, mich zu halten." Sie schlingt ihr Bein um meinen Oberschenkel, als hätte sie Angst, ich würde sie wegstoßen.

„Deal."

Sie nickt mir zu und holt dann tief Luft. „Ich habe nie gewusst, warum es passiert ist. Vielleicht weiß Papa es, aber er hat es mir nie gesagt. Irgendeine interne Sache bei den Pit Vipers."

„Der Club war schon damals ein Scheißladen", grummele ich. „Ich bekam schon Ärger, als ich noch keine Eier hatte, und mit siebzehn schien es perfekt zu sein. Ich dachte, so müsste ein MC sein. Roh, brutal, voller Muschis und jeden Tag eine neue Art von Chaos. Ich kannte deinen Vater damals, aber die höheren Tiere schenkten uns nicht viel Aufmerksamkeit, es sei denn, wir bauten so viel Scheiße, dass sie uns bemerkten." Sie wartet darauf, dass ich fortfahre, aber ich schüttle den Kopf. „Nö. Deine Geschichte."

„Ich erinnere mich, dass meine Mutter nachgesehen hat, wer es war und mir gesagt hat, ich solle in mein Zimmer gehen. Ich merkte, dass etwas nicht stimmte, weißt du?" Sie zittert und ich ziehe sie näher zu mir, um ihr meine Wärme zu geben.

„Du musst das nicht tun. So ein Arschloch bin ich nicht. Wir können stattdessen schlafen. Oder ficken."

Sie lacht gegen meine Brust. „Nein, wir haben einen Deal gemacht. Meine Geschichte für deine."

Faith holt tief Luft und fährt dann fort. „Ich habe mich auf der Treppe versteckt und gehört, wie sie die Tür aufgebrochen haben. Ich glaube, Mama hat versucht, Papa anzurufen, aber sie haben ihr Handy kaputtgemacht. Sie haben sie angeschrien und ausgelacht, also habe ich versucht zu helfen. Sie trugen Masken, deshalb konnte ich sie nicht erkennen, aber es waren Viper, also wusste ich nicht sofort, dass ich Angst haben musste. Als sie mich sahen, lachten sie, und einer packte mich. Mama schrie und ich schaffte es, ihm in die Eier zu schlagen."

„Braves Mädchen."

Sie kichert. „Ich weiß, dass es falsch ist, aber mein Vater hat mir immer beigebracht, auf die Schwachstellen zu achten."

„Falsch? Auf keinen Fall. Wenn es um Leben und Tod geht, sind Regeln scheißegal. Es gibt keine ehrenhaften Leichen."

„Ja, er hat mich losgelassen und ich habe geschrien. Dann hat mich der andere Typ mit dem Handrücken geschlagen und ich bin quer durch den Raum geflogen. Ich bin mit dem Kopf gegen die Wand geknallt und danach sah ich alles nur noch verschwommen. Sie fesselten mich und warfen mich aus dem Weg. Ich konnte es aber immer noch hören."

„Haben sie ..." Es klebt viel Blut an meinen Händen, aber nicht ein Tropfen davon gehört Frauen oder Kindern.

„Nein", sagt sie leise. „Aber sie haben Mama ganz schön zugerichtet. Ich weiß nicht, was passiert wäre, wenn

Papa nicht nach Hause gekommen wäre. Wir hatten beide wochenlang blaue Flecken, und ich habe zwei Milchzähne verloren." Faith grunzt. „Du drückst zu fest."

Ich zwinge mich, mich zu entspannen. Diese Scheiße macht mich wütend, und das ist schon ein Jahrzehnt her. Wenn ich Eagle-eye wäre, hätte ich diese Wichser auch hingerichtet. So muss es gewesen sein. Etwas anderes kann ich mir nicht vorstellen. Ich fahre ihr mit den Fingern durchs Haar, versuche sie zu trösten und wünsche mir, ich könnte ihr den verdammten Schmerz nehmen.

„Papa kam rein und hat sie auseinandergerissen. Ich mache ihm keine Vorwürfe, aber meinen eigenen Vater so zu sehen, war auch ziemlich beängstigend. Wir haben versucht, ein paar Wochen durchzuhalten, aber alles fühlte sich falsch an, kaputt."

„Wo ist deine Mutter jetzt? Warum hast du nicht versucht, mit ihr in Kontakt zu treten?"

Faith rollt sich noch kleiner zusammen. „Ich liebe meine Mutter, aber sie … Sie versucht, so zu tun, als wäre nichts davon je passiert. Ihr neuer Mann verehrt sie, aber er weiß nichts davon. Ich erzähle ihr sowieso nicht, dass Papa und ich manchmal miteinander reden. Sie würde einen Zusammenbruch erleiden, wenn sie wüsste, dass ich…"

„Dass du drei Biker fickst, während du auf der Flucht vor dem alten MC bist?"

„Genau." Sie gähnt, ihr Atem ist warm auf meiner Brust und ihre Augenlider hängen herunter. „Du bist dran."

„Morgen, Baby. Ruh dich etwas aus. Es war ein verdammt langer Tag."

„Versprochen?"

„Du vertraust mir doch, oder?"

Sie nickt. „Kann ich dir ein Geheimnis verraten?"

Ich fahre mit den Fingern durch ihr kastanienbraunes Haar und wünsche mir, dass alles nicht so beschissen wäre. „Natürlich."

„Ihr habt mir am ersten Tag eine Scheißangst eingejagt, aber ich habe euch nie gehasst. Ich wollte es. Ich habe es versucht, aber es hat nicht geklappt."

„Ich habe nie wirklich geglaubt, dass du das tust, Baby."

Aber ich sollte das genießen, solange es noch geht. Wenn Eagle-eye zwei Typen exekutiert hat, die genau das bekommen haben, was sie verdienten, und sie das in mein Bett befördert hat, kann ich mir nur ansatzweise vorstellen, was sie von mir denken wird.

23

FAITH

Es dauert einige Zeit, bis ich mich daran erinnere, wo ich bin. Ich bin allein im Bett und habe keinen blassen Schimmer, wie spät es ist oder wo Blade sein könnte. Ich greife nach der Decke und rolle mich zu einem Ball zusammen, wie ein Burrito. Die Laken riechen immer noch nach ihm, und ich erinnere mich mit einem Lächeln auf den Lippen und einem Hauch von Wundsein zwischen meinen Beinen an die letzte Nacht.

Ich habe jetzt mit allen drei Männern geschlafen. Was macht das aus mir?

Eine Freundin? Nein, das ist nicht richtig.

Eine Club-Bitch? Das ist auch nicht richtig. Wir teilen nur.

Nur.

Was mache ich eigentlich? Ich habe es sogar vermieden, mit Jungs auszugehen, die Motorräder mögen, und jetzt bin ich mit drei Bikern zusammen und schlafe auf dem Gelände meines Vaters. Der Verlust meines Ladens ist immer noch eine offene Wunde, aber es fühlt sich auch an, als wäre das in einem Paralleluniversum passiert. Solange ich nicht um mein Leben laufe, kann ich mich nicht um die Versicherung kümmern.

Mein Magen knurrt. Gott, ich habe nichts mehr gegessen seit ... Blades Banane und dem Energieriegel.

Ich kichere darüber, dann rolle ich mich aus der Decke und finde meine Brille auf dem Nachttisch, damit ich aufstehen und nachsehen kann, ob ich etwas zu essen finde. Und neue Kleidung. Meine Jeans können schon fast von selbst laufen. Zum Glück haben sie mir mehr als nur einen Slip gekauft, auch wenn sie pink sind.

Von all den Dingen, die ich nicht zu hören erwarte, als ich den Gemeinschaftsraum betrete, steht das Geräusch von spielenden Kindern ganz oben auf meiner Liste. Ich reibe mir die Augen und versuche herauszufinden, ob ich noch in Blades Bett schlafe. Bei den Pit Vipers habe ich sicherlich einige Dinge gesehen, die ich nicht hätte sehen sollen, aber das Innere des Clubhauses und vor allem der Gemeinschaftsraum waren fast immer tabu. Und gespielt habe ich dort bestimmt nicht.

Aber hier bei den Screaming Eagles rennt eine Frau hinter einem Kleinkind her, während vier Biker ein paar Kinder am Billardtisch festhalten und sie die Kugeln zusammenstoßen lassen, damit sie rollen, während sie alle lachen. Der blonde Kerl mit dem geflochtenen Bart ist einer von ihnen. Sie drehen sich um, als ich hereinkomme.

Ich erstarre, aber sie scheinen freundlich genug zu sein. „Äh, hi." Ich winke etwas unbeholfen und schiebe meine Brille auf die Nase. „Ich bin Faith. Ich wollte nicht so hereinplatzen. Ich habe nur nach etwas zu essen gesucht."

„Du bist die Tochter von Eagle-eye!" Die Frau nimmt das Kleinkind in die Arme und lächelt. Sie ist hübsch, hat mediterrane Gesichtszüge, sonnengebräunte Haut und langes, glattes, dunkles Haar. „Ich bin Alessa. Willkommen bei den Screaming Eagles."

Die Jungs setzen die Kinder ab, damit sie auch herkommen und Hallo sagen können. „Ich bin Bear", sagt der Größte und zeigt dann nacheinander auf die anderen. „Viking, Snark, Hawk." Sie nicken alle."

„Das ist Dante, und die beiden sind Liam und Isabella, sagt Alessa mit einem freundlichen Lächeln. Sie übergibt das Kleinkind an Hawk. „Hier, pass mal kurz auf deine kleine Teufelin auf, während ich ihr die Küche zeige."

„Danke", sage ich und blicke über meine Schulter auf die Szene, die mir immer noch so unwahrscheinlich vorkommt.

„Du bist momentan das Gesprächsthema Nummer eins im Club. Ich habe von deiner Wohnung gehört. Das muss echt scheiße sein, aber es ist gut, dass du das Strike-Team dabeihattest. Gestern waren alle bereit, in den Krieg zu ziehen und ich muss ehrlich sagen, das war ein bisschen beängstigend."

„Für mich auch", gebe ich zu. „Darf ich fragen … ähm … Sind das alles deine Kinder?"

Alessa lacht. „Nein, nur Izzy und Dante. Liam gehört zu Emily. Du wirst sie wahrscheinlich später kennenlernen."

„Wessen Old Lady bist du? Wenn ich das fragen darf."

„Das ist in Ordnung. Es wäre schwer, es geheim zu halten, selbst wenn ich es wollte. Wir sind eigentlich alle zusammen."

„Alle VIER von ihnen?"

Ihr Lachen ist ansteckend und ich kann mir ein Lächeln nicht verkneifen. Sie führt mich in die Küche und zieht den Kühlschrank auf. „Wenn es nicht beschriftet ist, ist alles hier drin Freiwild. Nimm dich nur vor dem Joghurt in Acht. Eagle-eye wird ein wenig besitzergreifend, wenn jemand ihn nimmt."

Ich greife hinein und nehme einen. Unten ist Obst drin, Kirsche. Meine Lieblingssorte, aber Joghurt hat er immer gehasst. „Wenn er ein Problem hat, kann er es mit mir ausmachen." Ich ziehe den Deckel ab und lecke ihn ab.

„Ich schätze, das ist einer der Vorteile, wenn man seine Tochter ist. Hier gibt es wahrscheinlich genug Zeug, um ein paar Sandwiches zu machen, wenn du willst."

„Versteh mich nicht falsch, aber für einen MC fühlt sich das viel zu häuslich an. Ist es hier tagsüber immer so?" Ich nicke mit dem Kopf in Richtung Gemeinschaftsraum.

„Das war früher nicht so." Alessa startet die Kaffeemaschine, eines dieser Kapselgeräte. Sie mahlt den Kaffee und füllt ihre Tasse mit einem Schuss Espresso. Sie trinkt ihn schwarz, lehnt sich an den Tresen und sieht mich über den Rand hinweg an. „Aber als Emily auftauchte, haben sie einige Änderungen vorgenommen, und jetzt, wo ich hier bin und die Kinder groß genug sind, um etwas mitzubekommen, ist es ganz anders." Sie entdeckt ein Höschen, das wie ein freches Deckchen über die Stuhllehne am Tisch geworfen wurde, und wirft es mit einem Augenrollen in den Papierkorb. „Zumindest die meiste Zeit."

„Und die Biker stört das nicht?"

„Ich bin mir sicher, dass es einige stört, aber da ich mit vier der Jungs zusammen bin und Emily mit dreien, haben sie viel zu sagen, wenn es darum geht, die Dinge etwas ruhiger zu halten als früher. Zumindest am Morgen. Nachts ist es immer noch ziemlich verrückt."

„Teilen hier alle ihre Frauen?"

„Oh nein." Mit einem schallenden Lachen stellt sie ihre Tasse ab und winkt mir, ihr zu folgen. „Zumindest noch nicht. Komm, ich muss sicherstellen, dass niemand etwas in Brand steckt, sonst bringt Emily mich um. Wir passen auf Liam auf, damit sie und ihre Jungs ein bisschen Zeit für sich haben."

Ich weiß, dass Papa wollte, dass die Screaming Eagles anders sind, aber es ist offensichtlich, dass ich nicht wusste, wie sehr. „Und ich dachte, meine Situation wäre seltsam."

Alessas Augen funkeln. „Deine Situation? Ich habe dich aus Blades Zimmer kommen sehen … Es geht um mehr als nur um ihn, nicht wahr? Oh, das ist zu gut."

Die Kinder spielen hinter den Möbeln Verstecken, während die Jungs an der Bar abhängen und sich unterhalten. Ich versuche, mir diese Art von Atmosphäre bei den Pit Vipers vorzustellen, aber ich schaffe es nicht. All die Male, die ich mir einen MC vorgestellt habe, war dieser Anblick definitiv nicht dabei.

Könnte ich mir vorstellen, so mit den Jungs hier zu sein? Das ist eine ganz andere Sache, nicht wahr? Die Vorstellung, dass die drei mit mir im Bett liegen, ist eine Sache, aber eine richtige Familie daraus machen? Es ist viel zu früh, um über die Zukunft nachzudenken, wenn ich noch mit meiner Vergangenheit zu kämpfen habe, aber jetzt, wo ich die Möglichkeit in Aktion gesehen habe? Meine Fantasie ist viel zu lebhaft.

In diesem Moment öffnet sich die Tür und eine Gruppe von Leuten kommt zur Vordertür herein. Drei riesige Biker, wie sie hier alle zu sein scheinen, und eine kleinere Frau in meinem Alter, die regelrecht strahlt.

Der ältere der beiden Jungen kommt hinter einem der Möbel hervor und stürmt direkt auf die Frau zu. „Mami!"

Sie hebt ihn hoch, drückt ihn fest an sich und gibt ihn dann an den größten ihrer drei Begleiter weiter, der aus seinem Arm einen Stuhl macht, auf den sich der Junge setzen kann. „Hey, Großer."

Ich verstehe diese Welt nicht. Ich habe die Party gestern Abend gesehen und sie sah so aus, wie ich es von einem Clubhaus erwarte. Ein bisschen netter als bei den Pit Vipers, aber immer noch jede Menge Sex, Alkohol und wer weiß was noch. Dann wache ich auf und sehe glückliche Bikerfamilien. Familienfreundlich wäre übertrieben, aber das hier ist hundertmal gesünder als alles, was ich aus meiner Kindheit kenne.

Emily stellt sich und ihre drei Männer vor: King, Wild Child und Hero. Sie ist genauso nett wie Alessa, aber beide machen den Eindruck, von einer Privatschule zu kommen. Es muss eine Geschichte dahinterstecken, wie sie hierhergekommen sind, aber ich habe keine Zeit zu fragen, denn die Tür geht auf und Alpha und Ripper kommen herein.

Ripper grinst und legt seinen Arm um mich. „Hey, heißes Ding. Können wir dich für einen Moment entführen?"

„Ähm, ja. Klar", erwidere ich und lasse mich von ihm wegführen.

Alpha beugt sich vor. „Alles gut? Gibt es etwas, das du uns erzählen möchtest?"

Sind sie sauer, dass ich mit Blade zusammen war? Ich gerate für einen Moment in Panik. Ich dachte, sie wollten teilen? „Ähm, Blade und ich Na ja …"

„Ja, das wissen wir, und es wurde auch verdammt noch mal Zeit", sagt Ripper. „Er ist manchmal zu stur. Das macht es verdammt viel weniger kompliziert."

Weniger kompliziert?

Die Tür zu Papas Loft schlägt zu und er stürmt hinunter, gefolgt von einem eifrigen Jupiter und einer Frau, die ich von den Gesprächen mit Papa in den letzten Jahren kenne. Miriam. „Nehmt die Kinder und verschwindet, meine Damen. Clubangelegenheiten."

Emily und Alessa werfen sich besorgte Blicke zu, sammeln aber schnell die Kinder ein und gehen. Sobald sie draußen sind, ändert sich die gesamte Stimmung im Clubhaus. Die kuscheligen Biker-Väter sind verschwunden und an ihre Stelle sind todernste Männer getreten, die sich ganz auf meinen Vater konzentrieren.

King nickt. „Was gibt's?"

Papa knallt sein Handy auf den Tisch und sofort bekomme ich eine Gänsehaut. Es ist Crow. Direkt neben ihm und etwas weiter hinten steht Shovelhead, ein Mann, von dem ich hoffte, dass ich ihn nie wieder sehen muss. Das hässliche Grinsen auf seinem Gesicht verrät mir ganz klar, dass uns das nicht gefallen wird.

„Sind alle da?", sagt Crow mit seiner öligen, herablassenden Stimme. „Ich möchte nicht, dass irgendjemand etwas verpasst."

„Wir sind da", knurrt Papa in einem Ton, den ich, glaube ich, noch nie gehört habe. In ihm steckt das

Versprechen des Todes. „Sagt, was ihr wollt, aber ihr habt jetzt nichts mehr gegen mich in der Hand."

„Nicht gegen dich. Nicht dieses Mal." Crow lacht, ein hässliches, heiseres Geräusch. „Das ist für deine kleine Göre."

„Sag es einfach", schnauze ich.

Ich möchte Crow für das, was er getan hat, in Stücke reißen. Alpha kommt von hinten und schlingt seine Arme um mich. Papa hebt eine Augenbraue, sagt aber nichts.

„Komm schon, Mädchen, warum redest du nicht ein bisschen mit deiner besten Freundin?" Crow geht einen Schritt zur Seite, während Shovelhead einen Schritt zur anderen Seite geht.

An einen Stuhl gefesselt vor einer unscheinbaren, grauen Wand sehe ich meine beste Freundin, das Mädchen, das in jedem das Beste sieht, wie sie als Geisel gehalten wird.

24

FAITH

„Faith, lass dich nicht von ihnen verarschen. Mir geht's gut!" Nicky versucht vielleicht, tapfer zu klingen, aber ich höre die Angst in ihrer Stimme durch den blechernen Telefonlautsprecher. Wir sind schon viel zu lange befreundet, als dass sie das vor mir verbergen könnte. „Ich werde…" Shovelhead verpasst ihr einen so kräftigen Tritt, dass der Stuhl fast umkippt.

„Nicky!" Entsetzt zucke ich bei ihrem Schmerzensschrei zusammen.

„Halt die Klappe", sagt Crow. „Sie haben es kapiert."

„Motherfucker", knurrt Ripper, und die anderen Männer knurren sich an, als wären wir in einer Bärenhöhle und jemand hätte gerade ein großes Stück Fleisch hineingeworfen.

Mein Herz rutscht mir in den Magen. Vor ein paar Minuten habe ich noch darüber nachgedacht, wie schön das alles ist, und zur gleichen Zeit hat Nicky wer weiß was durchgemacht.

„So sieht's aus." In Crows Tonfall schwingt selbstgefällige Bosheit mit. Er weiß, dass er uns in die Zange genommen hat. „So entzückend und zierlich die Finger und Zehen deiner Freundin auch sind, werde ich anfangen, sie mir zu nehmen."

Ich kann mein scharfes Keuchen nicht unterdrücken. Nicht Nicky. „Lass sie gehen! Sie hat mit der Sache nichts zu tun."

Er lacht grausam. „Deinem Gesichtsausdruck nach zu urteilen schon. Was? Dachtest du, ich würde nicht alles tun, um das zu bekommen, was ich will?"

„Dein Vater hat genau das verdient, was er bekommen hat", knurrt Papa wie ein Tier. „Er benutzte Weichei-Taktiken wie diesen Scheiß, um zu bekommen, was er wollte, denn die Einzigen, die er zu verletzen wagte, waren Frauen und Kinder. Mein einziger verdammter Fehler war, dass ich Mitleid mit dir hatte, weil du noch jung warst."

„Papa! Mach es nicht noch schlimmer!" Es ist mir egal, wie viel von einem Tier in ihm steckt. Wenn er Crow dazu bringt, Nicky wehzutun, weiß ich nicht, ob ich ihm das verzeihen kann.

„Du Wichser...", unterbricht Crow sich selbst. „Ja, Daddy, mach es nicht noch schlimmer. Hast du gesehen, was er in der Lage ist zu tun, Schlampe? Ich wette, du dachtest, es ist schon so lange her, dass wir uns einen Dreck um den alten Deal scheren, aber solange ich das Sagen habe, vergeben und vergessen wir nicht. Ich habe meinen Vater verdammt noch mal geliebt und du hast ihn mir weggenommen. Wenn deine Tochter also nicht zu mir kommt und das verdammte Videoband mitbringt, werde ich ihrer Freundin Körperteile abschneiden, eins nach dem anderen, bis nichts mehr übrig ist, und ich werde dir jedes einzelne davon separat schicken. Ihr Ende wird so lang und schmerzhaft sein, wie nur möglich. Hast du mich verstanden?" Im Hintergrund wimmert Nicky.

„Tu ihr nicht weh!", schreie ich über das Fluchen und die Empörung der Biker um mich herum. „Ich werde kommen!"

„Nein, das wirst du verdammt noch mal nicht", schnauzt Papa und verzieht sein Gesicht vor Wut. „Ich werde dich nicht an diesen Widerling ausliefern."

„Nicky ist meine Freundin!" Ich reiße mich aus Alphas Umarmung los und zeige mit dem Finger auf Dad. „Ich werde nicht zulassen, dass dieser Verrückte sie Stück für Stück auseinandernimmt!"

„Denk nach", sagt Ripper. „Das würde sie nur durch dich ersetzen und das lassen wir verdammt noch mal nicht zu."

„Ihr lasst das nicht zu? Hörst du dir eigentlich selbst zu?" Ich schreie ins Telefon: „Sag mir, wo und wann. Hauptsache, du lässt Nicky frei."

„Einen Scheiß tust du!"

Crow lacht über das Chaos, aber als er spricht, werden alle still, um nichts zu verpassen. „Du wirst Folgendes tun. Ich werde dir eine verdammte Adresse schicken. Du wirst dort verflucht noch mal allein und unbewaffnet auftauchen, mit dem verdammten Videoband, und wenn du irgendetwas davon versaust, kannst du deine Freundin wie ein verdammtes Puzzle wieder zusammensetzen, wenn ich mit ihr fertig bin. Kapiert? Es ist so einfach, dass sogar ein Screaming Eagle den Scheiß kapieren sollte."

„Okay", sage ich mit einem Atemzug, den ich schon zu lange angehalten habe. Ich will nicht gehen, denn Ripper hat recht. Das würde mich direkt in ihre Hände bringen, nur um es Papa heimzuzahlen.

„Faith!" Papa und Alpha stürmen gleichzeitig auf mich zu, und ihre Wut strahlt in greifbaren Wellen auf mich ab.

„Du kannst keinem Wort trauen, das aus seinem verdammten Mund kommt", fügt Ripper hinzu. Seine Frustration ist groß.

„Das weiß ich, aber welche Wahl habe ich denn?" Ich gebe mir große Mühe, Crows Lachen zu ignorieren.

„Ich überlasse euch eurer Diskussion", sagt Crow. „Aber die Deadline ist wörtlich zu nehmen, vergiss das nicht."

Das Handy geht aus. Einen Moment später meldet er sich mit einer Nachricht. Die Wegbeschreibung.

„Du gehst nicht. Nur über meine verdammte Leiche", knurrt Papa und richtet sich zu seiner vollen Größe auf, um mich zu überragen. „Und ich bin nicht blind. Du denkst vielleicht, du hast sie um den Finger gewickelt, aber Alpha, Ripper und Blade? Die lassen dich auch nicht in diese Scheiße laufen."

„Eagle-eye hat recht", bestätigt Alpha. „Das wird dich nur umbringen."

„Aber das ist dir doch egal, oder?" Blade schaut an Alpha vorbei zu mir, sein Blick ist grimmig.

„Ermutige sie bloß nicht." Ripper blickt zwischen uns hin und her.

Blade ignoriert ihn. Stattdessen spricht er direkt zu mir. „Was würdest du also tun?"

„Ich…" Gott, ich will das wirklich nicht, aber ich habe keine andere Wahl. „Ich weiß es nicht, aber ich kann nicht zulassen, dass sie Nicky festhalten."

Er nickt. „Dann werden sie euch beide haben. Lasst mich gehen."

„Was? Nein! Er will mich."

„Er will, dass Eagle-eye leidet. Du bist nur das Messer, das er ihm in die Seite stechen will." Er sieht meinen Vater an. „Sie werden mich nicht sehen. Nicht, bevor es zu spät ist." Das stählerne Versprechen in seinem dunklen Ton lässt mich erschaudern. Er ist bereit, zu töten.

„Aber wenn sie merken, dass etwas nicht stimmt, werden sie sie töten."

„Das tun sie vielleicht sowieso", sagt Ripper. „Hör auf, so zu tun, als würden sie nach bestimmten Regeln spielen."

Oh Gott! Wenn es um Leben und Tod geht, sind Regeln scheißegal.

„Deine Freundin ist mir scheißegal", sagt Blade mit fester Stimme.

„Wa-was?" Das reißt mich aus meinen Gedanken.

„Ich bin kein Idealist wie Alpha oder ein verdammter Held wie Ripper. Ich bin ein Killer und werde jeden einzelnen verdammten Pit Viper töten, wenn es sein muss, um dich am Leben zu erhalten. Wenn ich die Wahl zwischen ihr und dir habe, werde ich mich jedes Mal für dich entscheiden, aber dieses Arschloch wird nicht aufhören, bis er die beschissene Rache bekommt, die er glaubt zu verdienen, also werde ich gehen. Präs?"

Es ist so still, dass man eine Stecknadel fallen hören könnte. Blade schert sich einen Dreck darum und sieht meinen Vater mit einem so intensiven Blick an, dass es mich fröstelt. Ich muss langsam durchdrehen, denn das klang irgendwie romantisch, wie ein übertriebener Anti-Held.

„Ist es das, was du willst?", fragt Papa Blade leise. „Ich habe dir versprochen, dass es Grenzen gibt, und ich nie von dir verlangen würde, diese zu überschreiten."

„Du fragst nicht, ich melde mich freiwillig."

Papa schaut grimmig. „Faith, geh in mein Quartier."

„Was? Nein. Du kannst mich nicht wie ein kleines Mädchen in mein Zimmer schicken."

Miriam, die sich bis jetzt im Hintergrund gehalten hat, berührt seinen Arm. „Wenn du versuchst, sie zu kontrollieren, wirst du sie verlieren. Lass dir das von jemandem sagen, der es weiß."

„Wenigstens wäre sie noch lebendig genug, um sie zu verlieren." Papa reißt seinen Arm weg. „Wir werden niemanden an Crow verkaufen. Wir haben hier alle Trümpfe in der Hand."

„Meine Freundin ist kein Trumpf!", schreie ich ihn an. „Sie ist ein menschliches Wesen. Hast du das etwa vergessen? Seitdem ihr in mein Haus eingebrochen seid, oder vielleicht seit dieses blöde Video veröffentlicht wurde, habe ich immer nur reagiert. Ich bin weggelaufen, habe mich versteckt, alles, um nicht eine Entscheidung treffen zu müssen." Meine Augen brennen, Tränen drohen sich ihren Weg nach draußen zu bahnen, aber dazu bin ich noch nicht bereit. Noch nicht. „Aber jetzt holt mich alles ein und Nicky wird sterben, wenn ich nichts unternehme. Ist das dumm? Vielleicht. Ist es gefährlich? Auf jeden Fall. Aber ich lasse keinen von meinen Leuten zurück und ich glaube nicht, dass du das tun würdest. Alpha? Ripper? Blade? Was würdet ihr tun, um einen eurer Brüder zu retten?"

„Es reicht!", schreit Papa, zieht die Aufmerksamkeit aller auf sich und verschränkt seine massiven Arme vor der Brust. „Ich mache einen verdammten Plan und ich werde mein Bestes tun, um dein Mädchen zu retten, aber ich werde dich nicht für sie ausliefern. Das kannst du nicht verlangen und ich werde es auch nicht zulassen." Er sieht sich in der Menge um. „Snark! Finde mit deiner Magie heraus, woher das Signal kommt, damit wir keine Überraschungen erleben. Viking, mach die Aufräumtruppe bereit zum Abmarsch. Sobald wir es wissen, legen wir los."

„Verdammt, ja!" Viking schlägt sich mit einer Faust auf die Brust.

„King, fang an, Trupps zusammenzustellen. Zieh jeden verdammten Einzelnen hinzu. Die Pit Vipers werden lernen, wie verdammt gefährlich die Screaming Eagles sein können."

King nickt. „Bin schon dabei."

„Und Alpha, Ripper und Blade? Ohne euch geht sie nirgendwo hin, verstanden? Ich lasse nicht zu, dass sie sich in Gefahr begibt, und wenn ihr etwas zustößt, mache ich euch drei dafür verantwortlich."

Alpha nickt knapp. „Strike Team Motherfucking Alpha, meldet sich zum Dienst. Du kannst deine Eier darauf verwetten, dass wir sie beschützen werden."

Mit einem warnenden Blick in meine Richtung nickt Papa zurück. „Gut, denn ich sehe, wie ihr drei sie anseht, und ich werde euch eure Eier abreißen, wenn ihr es nicht tut."

25

RIPPER

Auf dem Gelände herrscht ein reges Treiben. Waffen werden überprüft und gereinigt, Motoren getrimmt und der Gemeinschaftsraum füllt sich, da die Mitglieder von überall her zur Basis zurückgerufen werden. Es erinnert mich an meinen Einsatz in Übersee, an diesen Moment, in dem sich Vorfreude und Angst zu etwas mischen, das fast schon Spaß macht. Auf eine beschissene Art und Weise wünschte ich, wir würden mit ihnen gehen.

Faith ist nicht glücklich, das merke ich, aber ihr einziger Plan war es, dorthin zu fahren und sich Crow zu ergeben, und das wird verdammt noch mal nie passieren. Nicht, solange wir noch atmen. Sie setzt sich auf einen Stuhl und lässt den Kopf hängen.

Ich knie neben ihr nieder und schaue in Augen, die ausdruckslos in die Ferne starren. „Atme. Es wird alles vorbei sein, bevor du es merkst."

„Bist du okay?" Alpha taucht hinter uns auf und legt seine Hände auf Faiths Schultern. „Ach, scheiß drauf. Kommt schon."

Mit einer Geste fordert er uns auf, ihm zu folgen, dann verlässt er den Gemeinschaftsbereich und geht in sein eigenes Zimmer. Auf der anderen Seite der Tür verstummen das Chaos und der Lärm.

Faith wirft sich auf Alphas Bett und streckt sich aus. „Mir geht es gut. Ich brauche nur eine Pause von dem Chaos." Sie macht einen langen, langsamen Atemzug und ich kann nicht umhin, zu beobachten, wie ihre Brüste unter dem T-Shirt anschwellen.

„Dir geht es nicht gut. Wie könnte es das?", frage ich. „Diese Scheiße bringt dich um."

„Meine beste Freundin wird gerade von einem Psychopathen verprügelt und meine Aufgabe ist es, hier zu sitzen und in Sicherheit zu bleiben."

Ich setze mich neben sie auf die Matratze und ziehe Faiths Kopf in meinen Schoß. „Du bist eine verdammte Buchladenbesitzerin, keine Kommandantin. Was glaubst du, was du tun kannst, was dein Vater und seine Männer nicht können?"

Faith schließt die Augen und dreht sich zu mir um. „Ich sorge mich um Nicky. Aber das macht mich dumm. Schätze ich. Tut mir leid."

Alpha knurrt tief in seiner Kehle. „Entschuldige dich niemals dafür, dass du loyal bist. Ich liebe es, dass du mutig und verrückt genug bist, alles für deine Freundin zu tun, aber du bist nicht allein. Es mag dich ankotzen, aber in dieser Welt? Reden ist billig, wenn man es nicht belegen kann. Wir würden die verdammte Welt für dich zerstören, also kannst du nicht verlangen, dass wir dich wie ein Tauschobjekt eintauschen."

„Er hat recht", sagt Blade mit seiner eisigen Ruhe.

Faith schaut zu mir auf, mit den stahlgrauen Augen ihres Vaters. „Ich hasse es, mich hilflos zu fühlen. Soll ich einfach hier sitzen und warten, bis ich erfahre, ob meine Freundin stirbt? Oder Papa?"

„Scheiße nein. Du nimmst dieses Gefühl und drückst es zu einem Ball zusammen und formst es zu einem Messer, das du Crow schließlich ins Gesicht stoßen wirst. Du bist nicht allein."

„Es fühlt sich so an", flüstert sie.

„Dann machen wir unseren Job nicht gut", sagt Alpha und hebt eine Augenbraue.

„Glaubst du, sie ist bereit, es mit dem ganzen Team aufzunehmen?" Ich grinse Alpha und Blade an. „Wir haben Mittel und Wege, dich zu entspannen."

„Wie kannst du in so einem Moment an Sex denken?" Faith setzt sich gerade noch rechtzeitig auf, um zu sehen, wie Alpha seine Kutte über einen Stuhl hängt und sein Shirt auszieht. Trotz ihres Protests färben sich ihre Wangen rosa und ihre Augen folgen ihm aufmerksam.

Ich lasse mich nicht unterkriegen und ziehe meine ebenfalls aus. Faith leckt sich über die Lippen. „Jungs, ihr müsst nicht jedes Mal Sex mit mir haben, wenn ich mich nicht gut fühle."

„Machst du dir Sorgen, weil wir zu dritt sind?" Blade legt seine Hände auf seinen Gürtel. „Nicht doch. Du hast das Sagen in dieser Sache. Wenn du willst, dass ich gehe…"

Faith schüttelt den Kopf. „Nein, ich … ich weiß nicht, wie ich das machen soll, aber ich werde mich nicht zwischen euch entscheiden."

Ich atmete erleichtert aus. Wir drei? Wir sind ein Gesamtpaket. Ein Teil von mir hat es gewusst, seit ich gesehen habe, wie die anderen Jungs es mit Emily und Alessa treiben, aber nichts hat sich je richtig angefühlt, nicht bis wir Faith gefunden haben. Wenn sie nur einen oder zwei von uns gewollt hätte? Scheiße, ich weiß nicht, was dann passiert wäre.

Ich ziehe meine Jeans aus und lasse mich neben Faith auf das Bett gleiten. Sie ist so verdammt schön. Es erscheint mir unvorstellbar, dass sie einen Haufen kaputter Versager wie uns haben will. Sie wirft einen schüchternen Blick auf meinen Schwanz, der bereits aufgerichtet ist und nach Aufmerksamkeit lechzt. Ich lege meine Hände auf ihre Taille, genau auf den heißen Streifen nackter Haut zwischen ihrer Jeans und ihrem Shirt. Ich dränge noch nicht, sondern streichle sie in kleinen Kreisen.

„Vertraust du uns?", fragt Blade.

Faith nickt und windet sich bereits ein wenig. Verdammt, ich liebe es, wie schnell sie reagiert.

Alpha zieht seine Hose am Fußende des Bettes aus und Blade lässt auf der anderen Seite seine Klamotten auf den Boden fallen. Faith schaut ihnen zu und ich schaue ihr zu. Sie fährt mit ihren Fingern über meinen Arm und zuckt nicht einmal, als sie auf die raue Hautstelle an meinem amputierten Handgelenk stößt. Selbst in diesem Lebensstil, in dem die Mädchen ein paar Narben zu mögen scheinen, akzeptiert nicht jede das Fehlen einer ganzen verdammten Hand.

Ich mache Witze darüber, denn was soll man sonst tun? Sie kommt nicht mehr zurück und sie ist schon so lange weg, dass es mich nicht mehr interessiert.

Aber jemanden vögeln, der meinen Stumpf nicht einmal anschaut? Oder der vor dieser Seite zurückschreckt, damit er ihn nicht spüren muss? Nein, danke. Ihre Hand wandert weiter an meinem Arm hinunter und ihre neugierigen Finger schließen sich schließlich um meinen Schwanz.

„Es gibt keine Garantien", sagt Blade, während er eine Hand unter Faiths Shirt schiebt. „Es könnte total beschissen werden."

Alpha spreizt Faiths Beine und kniet sich zwischen sie. „Also sollten wir die Zeit, die wir haben, auch genießen. Meinst du nicht?"

Faith schaut zwischen uns hin und her. „Lasst es uns tun."

26

FAITH

Sobald die Worte meinen Mund verlassen, stürzen sie sich auf mich. Und vorher waren sie nicht gerade schüchtern.

Ich muss Ripper loslassen, als sie mir mein Shirt über den Kopf ziehen und dann meine Hüften anheben, damit Alpha meine Jeans herunterreißen kann. Mein Höschen wird mitgenommen, als Blade eine Hand unter meinen Rücken schiebt, um meinen BH-Verschluss zu lösen. Offensichtlich hat er das schon mal gemacht, denn ehe ich mich versehe, bin ich völlig nackt und sie können ihre hungrigen Blicke über mich schweifen lassen. Das Letzte, wonach ich greife, ist meine Brille.

„Lass sie an", sagt Alpha grinsend, während sein Blick über meine nackte Gestalt streift wie der eines Raubtiers, das sich entscheidet, wo es seine Mahlzeit beginnen soll. Er legt seine großen Hände auf die Außenseiten meiner

Oberschenkel, seine starken Finger graben sich in mein Fleisch. „Kurvenreich. Weich. So perfekt fickbar."

„Das ist sie", stimmt Ripper zu. Er umfasst meine eine Brust und beugt sich dann vor, um meine Brustwarze zu küssen. Sie kräuselt sich bei seiner Berührung und ein winziges Kribbeln wandert direkt in mein sich schnell erwärmendes Inneres. Blade packt meine andere Brust, seine Berührung ist viel rauer und er drückt sie, während er sein Gesicht an meinem Hals vergräbt und sich küssend und knabbernd bis zu meinem Kiefer vorarbeitet.

„Ich weiß nicht, was ich tun soll", gebe ich zu. Ich fühle mich überfordert und weiß nicht einmal, wo ich anfangen soll.

Alpha schiebt meine Oberschenkel nach oben und spreizt sie, während er sich dazwischen legt. „Überlass das Sorgen machen uns. Ich werde dich vernaschen, bis du explodierst, und es dann noch einmal tun."

„Du bist dir deiner Sache so sicher, Großer", scherze ich. Nicht, dass ich Zweifel hätte, dass er es ernst meint.

Blade packt meinen Kiefer und dreht mich zu sich, sodass unsere Lippen kaum einen Zentimeter voneinander entfernt sind. Seine stürmischen blauen Augen fixieren mich mit einem finsteren Blick, dem ich mich nicht entziehen kann. „Willst du uns verarschen?"

Ripper nutzt diesen Moment, um zur Betonung an meiner Brustwarze zu saugen. Statt einer schnippischen Antwort stöhne ich nur und drücke meine Brust gegen ihn. „N-nein", stottere ich im Flüsterton.

„Das ist verdammt richtig", knurrt Blade und beansprucht meinen Mund mit seinem für sich. Gott, ich liebe es, wenn er so die Kontrolle übernimmt.

Eine breite Zunge gleitet durch meine glitschigen Falten, dann streicht sie über meine angeschwollene Klitoris und lässt einen Lustschrei durch mich fahren. Eine zweite Zunge umspielt meine Brustwarze und reizt sie, bis sie steinhart ist. Ich stöhne in Blades Mund, wo sich seine Zunge mit meiner duelliert, während er mich um den Verstand küsst. Ich hätte nie gedacht, dass ich drei Zungen auf einmal brauche, aber jetzt fühlt es sich genau richtig an.

Ich greife nach ihren Schwänzen und finde zwei, stolz und begierig, um die ich meine Finger wickeln kann. Ripper und Blade stöhnen auf, als ich ihre Längen mit meinen Händen streichle und erkunde. Sie fühlen sich so schön an, glatt und hart unter meiner Berührung, ihre Spitzen glitschig, von heißem Sperma, das über meine Finger tropft.

„Scheiße", stöhnt Ripper. „Das ist so gut. Streichle mich fester."

Er ist so verdammt hart in meiner Hand. Das sind sie beide. Ich streichle sie, bis ihre Hüften zucken und sie keuchend und stöhnend nach mehr verlangen. Ich will, dass sie sich alle so gut fühlen wie ich. Und Alpha? Ich muss mir immer wieder vor Augen halten, dass ich nicht aufhören und mich in der Art und Weise verlieren darf, wie er mich da unten anbetet, wie sein gekonntes Lecken meine Muskeln zucken und meinen Atem stocken lässt. Ich rolle meine Hüften gegen seinen Mund und ficke sein Gesicht.

Ich brauche jemanden in mir.

Ich ziehe meinen Mund gerade lange genug von Blades Mund weg, um zu betteln: „Bitte fick mich."

Alpha lacht und sein Atem kitzelt meine empfindlichsten Stellen. „Alles zu seiner Zeit, Schatz. Alles zu seiner Zeit."

„Nein, jetzt!"

Auch Ripper lacht und zupft an meiner Brustwarze. „Dann bringen wir dich mal in eine bessere Position, Babe. Hier, dreht sie um."

Wenn drei starke Männer mich umdrehen wollen, kann ich nicht viel dagegen tun. Ich quieke überrascht auf, als sie mich in die Luft heben, mich umdrehen und auf allen vieren zurück auf dem Bett absetzen. Meine Brille rutscht runter, aber Alpha schiebt sie mir mit einem Zwinkern wieder auf die Nase.

„Kondome?", fragt Blade.

Alpha gestikuliert mit seinem Kopf. „Nachttisch."

Blade zieht einen ganzen Streifen Päckchen heraus und wirft sie auf das Bett.

Oh Gott, sie haben wirklich vor, mich zu zerstören, oder?

Ich kann es kaum erwarten.

Nur einen Moment später steht Alpha auf und packt meinen Arsch mit einer seiner großen Hände, während er mit der anderen seinen dicken Schwanz in mich hineinführt. Er ist so dick und dehnt mich langsam, aber sicher auf. Ich versuche, mich um seinen Umfang herum zu entspannen, aber mein Herz klopft doppelt so schnell und es ist fast unmöglich, ihn nicht fest zusammenzudrücken.

Er stöhnt. „So verdammt gut."

„Hier." Blades schroffe Stimme erregt meine Aufmerksamkeit, als er vor mir auf die Knie geht und sich meinem Mund präsentiert.

Ich lecke mir über die Lippen, weil ich mich immer noch daran gewöhne, dass Alpha in mich eindringt, aber als Blade gegen meinen Mund stößt und seine tropfende Spitze meine Lippen glitschig macht, öffne ich mich für ihn. Mit einem tiefen Seufzer vergräbt er seine Finger in meinem Haar und schiebt sich in mich hinein. Sein Duft steigt mir in die Nase, und seine Haut schmeckt salzig auf meiner Zunge. Ich beginne zu saugen.

Mit einem großen Kerl an jedem Ende tue ich mein Bestes, um es beiden recht zu machen. Alpha arbeitet sich mit jedem Stoß ein bisschen tiefer in mich hinein und drängt mich dazu, mehr von Blades Schwanz in meinen Mund zu nehmen, bis er gegen den Eingang meiner Kehle stößt. Ich verkrampfe mich und würge ein wenig, aber sie geben mir eine Sekunde Zeit, mich darauf einzustellen. Ich glaube nicht, dass ich dieses Monster jemals in meinen Rachen aufnehmen kann, aber vielleicht eines Tages? Dafür bräuchte ich zumindest eine Menge Übung.

Blade zischt mir zu, während ich ihn lutsche. „Gutes Mädchen, du machst das verdammt gut. Du bringst mich noch zum Kommen." Das schmutzige Lob steht in krassem Gegensatz zu seinem rauen Griff in meinen Haaren, der so fest ist, dass es in meiner Kopfhaut sticht.

Ripper rutscht unter mich, wo meine Brüste herunterhängen, damit er an ihnen saugen kann. Er hält meine Brustwarze mit seinen Zähnen fest, sodass ich zwischen Alpha und Blade hin und her geschaukelt werde.

„So verdammt eng", stöhnt Alpha und zieht sich dann aus mir heraus. Ich stöhne auf, als ich ihn verliere, was Blade zum Grunzen bringt, weil sein Schwanz durch das Geräusch vibriert. „Verdammt, fast wäre ich schon gekommen."

„Tauschen?", fragt Ripper.

Und dann ist Blade hinter mir und stößt tief zu, Alpha ist unter mir, seine breiten Schultern sind so groß, dass ich praktisch über ihn drapiert bin, während Ripper seinen langen Schwanz in meinen Mund hinein- und wieder herausgleiten lässt. Wie gut geölte Maschinen rotieren sie, sodass ich kaum merke, dass es eine Pause beim Ficken gibt.

Sie verschmelzen miteinander und heben sich doch gleichzeitig ab. Ihr Geschmack und ihre Gerüche und sogar die Art, wie sie mich berühren und halten, sind alle unterschiedlich. Die eine Hand mag rau sein, die andere sanft, und alles zusammen ergibt mehr als die Summe ihrer Teile, aber was sie alle gemeinsam haben, ist, dass sie sich darauf konzentrieren, mir zu gefallen.

Uns allen Lust zu verschaffen.

Blades Schwanz streichelt Stellen tief in mir, die mich zum Zittern bringen, während Ripper meinen Mund fickt und mir das Gefühl gibt, hilflos und unterwürfig zu sein, auf eine Art und Weise, von der ich nicht wusste, dass ich sie so sehr liebe.

Als ein glitschiger Finger meinen Arsch berührt, zucke ich zusammen. „Ganz ruhig", beruhigt mich Blade und macht es dann noch einmal. Das hat noch nie jemand mit mir gemacht, aber so lange er nur sanft reibt, fühlt es sich gut an. Ein sexy, verbotenes Kribbeln strömt von der Spitze seines Daumens in mein Inneres und löst einen Strom der Lust aus. „Gut, gut, stoße weiter so gegen mich an. Fick mich mit deinen sexy Hüften, Babygirl. Zeig uns, wie gut du dich dabei fühlst."

Das tue ich und pumpe gegen ihn, während er fast stillhält. Wenn ich meine Hüften genau richtig bewege, kann ich ihn perfekt einfangen. Aber er bewegt seinen Daumen nicht. Wenn ich also seinen ganzen Schwanz benutzen will, muss ich auch einen Finger in meinem Arsch akzeptieren. Zuerst bin ich ein bisschen vorsichtig und benutze nur seine Spitze, damit er mich nur von hinten anstupst, aber ich bin gierig. Ich will mehr von ihm und als ich mich an seinen Daumen gewöhne, vermischt sich das verbotene Kribbeln so stark mit dem Feuer in meiner Muschi, dass ich schon bald beide so tief wie möglich in mich aufnehme und bei jedem Stoß um Ripper herum stöhne.

„Neue Position", sagt Ripper und schlägt Alpha auf den Arm.

Alpha schiebt sich unter mir hervor und Ripper zieht sich aus meinem Mund zurück. Sein schöner Schwanz glänzt von meiner Spucke, während er auf dem Bett nach unten rutscht, bis er mit dem Rücken an das Kopfteil stößt. Alpha wirft ihm ein Kondom zu und sobald er es über seinen dicken Schwanz gerollt hat, streichelt er sich ein paar Mal, bevor er in meine Richtung grinst. „Komm schon. Steig auf. Reite mich."

Blade packt meine Hüften und drängt mich nach vorn, sodass ich die Entscheidung nicht mehr in der Hand habe. Gemeinsam drücken er und Ripper mich auf seinen steinharten Schaft. Ich stemme meine Hände gegen Rippers Schultern, aber selbst, wenn ich wollte, wäre ich nicht stark genug, um mich wieder abzustoßen.

Als ich so auf ihm sitze, nehme ich seinen Schwanz in voller Länge und es fühlt sich so gut an. Alpha setzt sich auf das Kopfteil und richtet seinen Schwanz auf meinen Mund. Ich muss mich nur ein wenig nach vorn lehnen, um ihn zu schlucken. Als ich das tue, findet Rippers Hand meine eine Brust und fängt an, mit der Brustwarze zu spielen, während Alpha seine Hände in mein Haar schlingt, um mich festzuhalten.

Ich nehme nur vage wahr, wie Blade sich im Raum bewegt, um etwas aus einer Schublade zu holen, und dann ist er wieder hinter mir. Etwas Kühles und sehr Glitschiges ergießt sich über meinen Hintern und er beginnt, es mit seinen Fingern zu verreiben. Diesmal gleitet sein Daumen mit einer überraschenden Leichtigkeit in meinen Arsch. Ich stöhne um Alpha herum, weil ich das Gefühl habe, einen der Jungs in jedem Loch zu haben.

„Scheiße", stöhnt Ripper. Fühlt er es auch?

Blades glatter Finger verwandelt sich in zwei und dehnt mich. Oh, Gott, das ist ein bisschen seltsam, aber schön. Das macht es schwer, mich auf Alphas Schwanz zu konzentrieren, aber ich lutsche, wenn ich mich daran erinnere und den Rest der Zeit führt er meinen Kopf hin und her, um sein eigenes Vergnügen zu genießen.

Mit ölverschmierten Fingern fickt Blade meinen Arsch, während Ripper meine Muschi nimmt, aber nur kurz, bevor er sich wieder herauszieht. Gott, was kommt als Nächstes? Drei? Ich weiß nicht, ob ich drei ertragen kann. Ripper hört auf, sich zu bewegen, als ob er auf etwas warten würde.

Als Blade wieder gegen mich stößt, merke ich ziemlich schnell, dass es gar kein Finger ist. Ich stöhne und kralle meine Nägel in Rippers Schultern, als Blade meine anale Jungfräulichkeit nimmt. Ich keuche und stöhne und Alpha weicht ein wenig zurück, um mir die Chance zu geben, durch das seltsame neue Gefühl zu atmen.

„Das ist so verdammt sexy", keucht er und legt eine Hand auf seinen Schwanz. „Sieh zu mir hoch, kleine Bibliothekarin."

Manche Dinge kann man nur mit drei Kerlen auf einmal machen, stelle ich fest, und es ist schmutzig, heiß, übertrieben und zu erstaunlich für Worte. Wenn du mich jemals gefragt hättest, ob ein schüchterner kleiner Bücherwurm wie ich jemals in einem Biker-Sandwich wie diesem mit riesigen Schwänzen enden würde, hätte ich dich für verrückt erklärt, aber hier bin ich.

Blade träufelt noch mehr Gleitmittel auf, als er sich zurückzieht, und drückt sich dann wieder hinein. Ich schließe die Augen und lasse mich wieder auf Ripper sinken, während ich mich an das Brennen gewöhne, wenn beide vollständig in mir sind. Das ist so intensiv, aber als Alpha seinen Schwanz wieder gegen meine Lippen stößt, öffne ich mich, um ihn einzulassen und zum ersten Mal ficke ich alle drei zusammen.

Wir fallen schnell in einen Rhythmus, sanft, meinen Orgasmus langsam aufbauend, aber als ich anfange, durch meinen herzklopfenden Orgasmus zu zittern und um Alpha herum stöhne, erhöhen sie das Tempo. Ripper und Blade stoßen wie Tanzpartner in mich, manchmal gleichzeitig, manchmal abwechselnd, sodass ihre wechselnden Muster mich in den Wahnsinn treiben. Ich hätte nie gedacht, dass ich kommen könnte, wenn ich so ausgefüllt werde, aber bald werde ich keine Wahl mehr haben. Gott, diese Jungs verstehen es, mich wie ein Instrument zu spielen.

Ich komme zum Höhepunkt, gerade als Ripper und Blade sich bis zum Anschlag in mir vergraben. Meine Muskeln verkrampfen so fest, ich schwöre, dass ich jede pulsierende Ader an ihren harten Schwänzen spüren kann. Mein Orgasmus überschwemmt mich wie eine Flutwelle und reißt einen Schrei aus meinem wohl genutzten Mund. Meine Nägel graben sich in Rippers Haut und Blut fließt, nachdem ich mich von ihm und den anderen losreiße. Vor meinen Augen wird alles weiß und ich fühle mich, als würde ich zwischen den dreien schweben, als würde die Schwerkraft für mich nicht mehr gelten.

„Oh, fuck", stöhnt Ripper und schwillt dann tief in meiner Muschi an. Ich weiß, dass er ein Kondom übergestreift hat, aber ich wünschte, er hätte es nicht. Wie viel besser wäre es, wenn wir alle Haut an Haut wären?

Alpha zischt. „Schluck." Ich tue es instinktiv und werde mit einer Flut von salziger Flüssigkeit belohnt, die über meine Lippen läuft und mein Kinn hinuntertropft.

Blade ist der Letzte, der kommt, nur einen Moment später als wir anderen. Er stößt tief zu und stöhnt wie ein Tier, als er in meinem Arsch kommt, seine Hände halten meine Schultern fest, damit ich mich nicht bewege. „Fuuuuck."

Für einige lange Momente sind wir still, wie eine vierköpfige Statue, gefangen in der Art von Situation, die einem Politiker die Karriere kosten könnte. Dann gleiten wir auseinander. Ich zittere zwischen den Jungs, zum einen, weil ich den stärksten Orgasmus meines Lebens hatte, und zum anderen, weil ich mich nicht mehr bewegen kann. Blade zieht sich sanft aus mir zurück und Alpha schlüpft zwischen meinen Lippen hervor. Dann rollen mich die drei von Ripper auf das Bett, wo ich erschöpft liegen bleibe.

„Heilige Scheiße."

„Ohne Scheiß", stöhnt Ripper. „Als du gekommen bist, dachte ich, du würdest mir den Schwanz zerquetschen. Das war verdammt geil."

„Ja. Scheiße", flüstert Blade.

„Geht's dir gut?", fragt Alpha, während er neben mir aufs Bett rutscht, um mich in eine sanfte Umarmung zu ziehen. „Das war ziemlich heftig."

Ich muss darüber nachdenken. „Ja. Gott, ja, mir geht es gut, aber jetzt brauche ich wirklich etwas mehr als nur einen von Papas Joghurtbechern. Ihr werdet noch mein Tod sein."

„Aber wir haben dir gerade ein Sandwich gemacht." Ripper lacht und rückt näher, sodass ich zwischen ihm und Alpha eingeklemmt bin. Es ist nicht mehr so füllend wie eben, aber es ist tröstlich und warm, und im Moment ist das sogar noch besser.

27

FAITH

Am nächsten Morgen beobachte ich, wie Papa und die meisten Screaming Eagles sich auf den Weg zum Pit Viper-Gelände machen, um sich um Crow zu kümmern. Es ist ein wunderschöner rosa-oranger Sonnenaufgang, aber ich kann keine Minute davon genießen. Selbst mit Alpha und den anderen im Rücken fühle ich mich hilflos, wenn ich meine eigene beste Freundin nicht retten kann.

Ich denke eine Stunde später im Gemeinschaftsraum immer noch darüber nach.

„Stopp", befiehlt Blade, während ich mein bestimmt hundertstes Break auf dem Billardtisch aufbaue.

„Womit aufhören?"

„Darüber nachzudenken, etwas Dummes zu tun."

Ripper und Alpha nicken und ich fühle mich wie ein kleines Kind, zu dem immer wieder Nein gesagt wird. Es spielt keine Rolle, zu wissen, dass sie recht haben.

„Ich fühle mich, als würde ich sie sterben lassen."

„Genau so würden wir uns fühlen, wenn du versuchen würdest, es mit ihrem gesamten Lager aufzunehmen", knurrt Alpha. „Ganz genau so."

Mein Handy summt und als ich auf den Bildschirm schaue, fließt mir Eis durch die Adern. „Die Nachricht ist von Nicky!"

Das erregt ihre volle Aufmerksamkeit. Wenn sie irgendwie entkommen ist, können wir vielleicht Papa zurückrufen und niemand muss verletzt werden. Ich öffne die Nachricht und mein Herz sinkt sofort. Ich schüttele den Kopf. „Nein, nein, nein."

„Was?" Alpha ist direkt hinter mir, dann Blade und Ripper.

„Es ist nicht Nicky. Es ist Crow. Er benutzt nur ihr Handy." Ich versuche, meine Nerven zu beruhigen. Crow kommuniziert jetzt direkt mit mir? Selbst wenn er es nicht ist, ist es wahrscheinlich jemand, der ihm unterstellt ist, und das ist nicht gut.

„Neue Zeit und neuer Ort? Was ist das für ein Schwachsinn?" Ripper schnappt sich das Telefon von mir, um es zu lesen. „Scheiße, das ist die falsche Richtung. Selbst wenn wir jetzt anriefen, würden sie es nicht mehr rechtzeitig schaffen."

„Es ist eine Falle", knurrt Blade.

„Das wissen wir. Das wussten wir schon von Anfang an." Alpha sieht Blade verständnislos an.

„Nein. Fuck. Eine Falle innerhalb einer verdammten Falle. Eagle-eye und die Jungs sind auf dem Weg zu ihrem

Clubhaus, und wie viel willst du darauf wetten, dass es dort einen Hinterhalt gibt?" Er zeigt auf das Telefon. „In der Zwischenzeit müssen wir uns beeilen, weil er die Zeit und den Ort geändert hat und das direkt an Faith schickt."

„Fuck", sagen Ripper und Alpha gleichzeitig.

„Wir müssen Papa warnen!" Ich nehme das Telefon zurück und lese die Nachricht noch einmal durch. Während ich lese, kommt eine weitere herein.

Bestätige, dass du das verstanden hast, oder wir fangen an zu schneiden.

Es wurde ein Bild angehängt, auf dem Shovelhead eine Machete auf Nickys Finger stützt und dabei hässlich grinst. Und Nicky sieht aus, als würde sie schreien.

Scheiße, scheiße, scheiße.

„Können *wir* es schaffen?"

„Der neue Standort?" Ripper sieht mich an. „Ja, das können wir, aber wahrscheinlich nicht dein Vater."

„Woher wissen sie, dass wir nicht bei den anderen sind?", fragt Alpha.

„Sie wetten wahrscheinlich darauf, dass Eagle-eye sich weigert, Faith mitzunehmen. Sie wissen vielleicht nicht, dass wir bei ihr sind, aber es ist ziemlich wahrscheinlich, dass sie nicht beim Präs ist." Blade zuckt mit den Schultern. „Das ist nicht so wichtig, aber es bedeutet, dass sie etwas planen und der Kriegstrupp nicht an den neuen Ort kommen kann."

„Ich glaube, ich muss mich übergeben. Ich kann Nicky nicht zum Sterben zurücklassen. Es tut mir leid. Ich habe versucht, das zu tun, worum alle gebeten haben, aber das ist zu viel."

„Fuck", knurrt Alpha.

„Wir müssen es sein. Wir müssen es wenigstens versuchen. Jetzt!"

„Faith…"

„Nein! Ich lass nicht zu, dass Nicky getötet wird, wenn ich es verhindern kann."

Die Jungs schauen sich an und nicken dann. Blade holt sein eigenes Handy heraus. „Ich werde Eagle-eye informieren. Vielleicht nimmt er es mir nicht so übel."

Selbst aus drei Metern Entfernung, als wir auf dem Weg zur Garage sind, hören wir fast jedes einzelne wütende Wort, das Papa ihm zuruft. Wenn Crow uns nicht umbringt, wird Papa es vielleicht tun. Schließlich legt Blade einfach auf und steckt das Telefon zurück in seine Tasche. „Wir fahren."

Alpha nickt. „Wir fahren."

Ripper startet sein Motorrad und lässt es aufheulen. Einen Moment später rasen wir vom Gelände, ich klammere mich an Rippers Arm und bete, dass wir nicht zu spät kommen.

Etwa anderthalb Stunden später steht die Sonne hoch am Himmel und brennt uns auf den Rücken, während wir uns durch den leichten Verkehr schlängeln. Wir halten an einer alten Tankstelle, die noch nicht geöffnet hat. Die Jungs stellen die Motorräder aus, damit wir uns unterhalten können.

„Wir sind fast da", sagt Ripper. „Zehn Minuten Fahrt, das gibt uns zwanzig Minuten Spielraum. Wie sollen wir das machen? Wenn jemand eine gute Idee hat, dann jetzt."

Alpha schüttelt den Kopf. „Wir brauchen mehr Zeit, verdammt. Ich werde sie nicht einfach an diesen Scheißkerl ausliefern."

„Das wird keiner von uns tun", knurrt Ripper und schlägt auf den Lenker.

Blade ignoriert den Rest von uns und schaut sich um, als ob er etwas gespürt hätte.

Ich errege seine Aufmerksamkeit. „Wonach suchst du?"

„Irgendetwas ist ... Fuck! Runter!"

Gerade als Blade sich in meine Richtung wirft und mich von Rippers Motorrad stößt, gibt es einen scharfen Knall in der Luft. Er zieht mit einem hohen Heulen vorbei und schlägt mit einem Krachen eines der Tankstellenfenster ein. Glassplitter spritzen in die Luft und ich schütze meinen Kopf mit meinen Armen, während Blade mit mir über den Bürgersteig rollt.

Ob ich schreie? Ich glaube, ich schreie.

„Da oben!" Alpha wirft sich hinter die Luftdruckmaschine, die seine Masse nur schlecht verbergen kann, und schießt auf jemanden in den Bäumen auf dem Hügel hinter der Tankstelle.

Ripper reißt seinen Stumpf aus der Vorrichtung an seinem Bike, während er seine massive Pistole aus seinem Gürtel zieht. Es knallt und ein großer Holzbrocken und Splitter brechen aus einem der Baumstämme, gefolgt von einem schmerzerfüllten Schrei.

„Wie haben sie uns nur gefunden?", schreie ich, als Blade mich vor sich her schiebt, damit wir um die Ecke des Tankstellengebäudes kommen.

„Halt die Klappe und lauf!" Er schiebt mich in Deckung, gerade als die Kugeln vom metallenen Eckschutz abprallen. Sie klingen wie tödliche Glocken.

Aus der Umgebung des Gebäudes dröhnt das Geräusch von Motorrädern. Ich nehme an, wir haben nicht so viel Glück, dass Papa und der Rest des Clubs uns auf magische Weise eingeholt haben.

„Scheiße", zischt Blade. Er hat Messer in beiden Händen und drückt mich gegen die Wand, um mich mit seinem Körper zu schützen.

Ich kann nicht mehr sehen, was hinter der Tankstelle vor sich geht, aber der Knall von Rippers Waffe ist deutlich genug zu hören. Jemand schreit, aber ich erkenne die Stimme nicht.

„Warum schießen sie? Ich dachte, sie wollen mich lebend!", schreie ich, um gehört zu werden.

„Sie schießen nicht auf dich, Babygirl."

Ein kräftiger Biker kommt um die Ecke des Bahnhofs und taumelt sofort zurück, wobei ihm ein Messergriff aus der Kehle ragt. Er gurgelt und schlägt auf den Boden.

Oh Gott. Ich habe wahrscheinlich gerade jemanden sterben sehen. Schon wieder.

Ein Fenster zerspringt um die Ecke und ich wünschte wirklich, ich könnte sehen, was los ist. Sind Alpha und Ripper okay? Die Vorstellung, dass einer von ihnen meinetwegen hinter einer Tankstelle mitten im Nirgendwo verblutet, ist schrecklich.

„Wir gehen rein und suchen Deckung!" Alphas Stimme dröhnt über das Gewehrfeuer.

„Verstanden!", schreit Blade zurück, gerade als eine weitere Kugel vorbeizischt. Mir gefällt der Gedanke nicht, um die Ecke in den Kugelregen zu rennen, aber hier können wir auch nicht bleiben.

Was keiner von uns erwartet, sind die Jungs, die über das Dach kommen.

Sie schweigen, bis sie buchstäblich aus dem Himmel fallen, zwei von ihnen auf jede von Blades Schultern. Sie werfen ihn in einem schreienden Haufen auf den Boden.

Eines von Blades Messern schlittert über den Bürgersteig in meine Richtung. Ich hebe es auf und bin entschlossen, nicht so leicht unterzugehen, aber es ist schwer, eine Gelegenheit zu finden, Blade zu helfen, ohne dass ich mir Sorgen machen muss, ihn stattdessen abzustechen. Endlich finde ich eine Gelegenheit und treffe einen der Typen, die mit ihm kämpfen, ins Bein. Die scharfe Klinge bohrt sich direkt in seine Wade, und zwar so sanft, dass es ein bisschen eklig ist.

Der Kerl schreit, rollt sich ab und greift nach dem Messer, um es wieder herauszuholen. Ich habe meine Waffe verloren, also bin ich jetzt wieder wehrlos, aber vielleicht ist Blade…

Eine riesige Hand packt mich am Kragen und reißt mich nach hinten.

„Blade!"

Die massive Hand ist mit einem noch massiveren Arm verbunden, der meinen Hals packt. Ich trete wild um mich und versuche, alles zu treffen, was ich kann, aber der Kerl lacht nur und drückt noch fester zu, sodass mir die Luft wegbleibt.

„Hör auf zu kämpfen", sagt eine ölige Stimme, die ich nur zu gut kenne, „sonst würgt er das Leben aus dir heraus und wir legen deine Leiche vor der Haustür deines Vaters ab."

Es gibt keine Möglichkeit, mich zu befreien, also höre ich trotz all meiner Instinkte auf, zu treten. Ich muss auch atmen. Der Griff lockert sich, aber nicht viel.

Blade wirft den anderen Kerl von sich herunter. Die Wunde des Vipers ist rot vor Blut und er schlägt leblos auf dem Boden auf. Gott, das ist so wahnsinnig.

„Lass sie los", knurrt Blade, während er auf die Füße springt und dann erstarrt.

„Weißt du, Blade, ich glaube eher nicht." Crow richtet eine schwer aussehende Waffe auf ihn, und als zwei weitere Typen mit auf unsere Köpfe gerichteten Pistolen auftauchen, muss sogar Blade zugeben, dass er geschlagen ist.

So ein Mist.

Hinter der Tankstelle fallen immer noch Schüsse. Alpha und Ripper sind noch nicht außer Gefecht, also gibt es vielleicht noch Hoffnung.

Crow gestikuliert schnell mit einem grausamen Grinsen. „Nimm ihn mit. Eagle-eye schert sich um ihn. Dann kippt Benzin aus und zündet den Laden an. Erschießt jeden, der herauskommt."

„Nein!" Ich schaue Crow mit großen, panischen Augen an. „Nimm mich einfach mit. Du musst sie nicht töten."

Sein Grinsen wird breiter. „Ich weiß. Aber ich will es. Wenn ich du wäre, würde ich mir um meine eigene Haut Sorgen machen." Sein unheimlicher Blick wandert zu dem Mann, der mich festhält. „Bring sie zum Wagen. Ich bin gleich da."

Als ich mich wehre, werde ich nur wieder gewürgt. Dann werde ich herumgedreht, gerade rechtzeitig, um zu sehen, wie Shovelhead anfängt, Seile um Blades Unterarme zu wickeln und seine Arme hinter seinem Rücken zu fesseln. Blade steht stolz da, sein harter Kiefer arbeitet vor Frustration, aber er lässt es geschehen.

Ich wette, er würde bis zum letzten Atemzug kämpfen, wenn es nicht um mich ginge.

Gott, ohne mich wäre er gar nicht in dieser Situation.

Ich werde auf den Rücksitz eines Lieferwagens geworfen, und der große Schläger folgt mir. Er knallt die Tür zu, setzt sich hin und starrt mich an, während er mit den Fingerknöcheln knackt. Denkt er, ich würde versuchen, ihn zu schlagen? Das wäre Selbstmord.

Der Lieferwagen hat keine Fenster, nur ein kleines, das von einem Metallgitter in der Hintertür verdeckt wird, aber es reicht aus, um zu sehen, wie ein orangefarbener Schein die Wände der Tankstelle zu beleuchten beginnt.

Ich kann es nicht länger zurückhalten. Meine Augen brennen, als ich in Tränen ausbreche. Alle hatten recht. Ich habe versucht, eine Heldin zu sein, und stattdessen habe ich uns vielleicht alle umgebracht. Anstatt Nicky zu retten, haben sie uns alle.

Als sich die schwarzen Punkte zum ersten Mal in mein Blickfeld drängen, heiße ich sie willkommen.

28

EAGLE-EYE

Ich werde ihnen die Eier durch den Mund rausreißen. Dafür sollte ich ihnen ihre verdammten Kutten abnehmen, wenn sie überhaupt noch am Leben sind. Und wenn Faith verletzt ist, werden verdammt noch mal Köpfe rollen.

Der Club ist auf dem Weg, meine persönliche Armee ist gekommen, um den Pit Vipers eine ganze Welt voller Scheiße auf den Kopf regnen zu lassen. Für Crow ist ein besonderer Platz in der Hölle reserviert, aber wenn ich mit ihm fertig bin, wird es ihm wie ein verdammter Urlaub vorkommen. Aber zuerst müssen wir Faith und drei meiner Jungs finden, die Lust auf eine Runde Arschtritte haben. Sie hatten verdammte direkte Befehle.

King, der direkt rechts vor mir auf seinem schwarz-lila Eisenross reitet, hebt einen Arm und zeigt auf mich. Vor uns steigt eine tiefschwarze Rauchfahne in den Himmel, genau auf dem Weg zum neuen Treffpunkt. Das kann auf keinen Fall etwas damit zu tun haben. Ich winke mit dem Arm ab, um zu signalisieren, dass wir uns das ansehen wollen. Wir haben es verdammt eilig, aber wir können es uns nicht leisten, es nicht zu tun. Wenn Faith dort ist, während wir vorbeifahren, sind wir am Arsch.

Es stellt sich heraus, dass das Feuer eine Tankstelle ist, die in voller Ausdehnung brennt. Und draußen stehen eine Handvoll Pit Vipers mit erhobenen Waffen und schießen auf das Gebäude.

Plötzlich sehe ich Faith da drin, wie sie verbrennt, während die verdammten Pit Vipers sie mit Kugeln jagen.

Ohne auch nur innezuhalten, ziehe ich meine Waffe und schieße dem Nächsten in den Hinterkopf. Er schleudert nach vorn und kracht auf den Asphalt, wo er regungslos liegen bleibt.

Das erregt ihre Aufmerksamkeit.

Zuerst denke ich, dass sie kämpfen werden, aber dann sehen sie, wie viele Männer ich bei mir habe. Ein paar rennen zu ihren Motorrädern, aber King dirigiert meine Truppen wie ein General und im Handumdrehen sind sie umzingelt und es sind genug Gewehre auf sie gerichtet, um sie zehnmal zu töten.

„Ist meine Tochter in diesem verdammten Gebäude?" Ich fahre direkt auf den nächsten Viper zu und stoße meinen Lauf gegen seine Schläfe. „Antworte mir!"

Er schüttelt verzweifelt den Kopf und macht große Augen vor Angst. „Nein!"

Mein Finger zuckt am Abzug, weil ich diesen Wichser unbedingt von seinem Elend befreien will, aber ... Fuck. Diese Scheißkerle legen sich mit meinem kleinen Mädchen an, aber dieses Kind hier vor mir, ist vielleicht nicht einmal so alt wie Faith.

„Wer ist dann da drin?"

„Zw-zwei Eagles."

Wie als Reaktion darauf bricht die brennende Haustür auf und fällt aus den Angeln. Alpha und Ripper kommen damit herausgerollt, ihre Kutten haben Feuer gefangen.

„Decken! Wasser! Irgendwas! Was auch immer ihr habt, benutzt es! Jetzt!" Wenn irgendjemand diese beiden Wichser umbringt, dann bin ich das.

Alpha reißt sich seine Kutte ab und wirft sie beiseite, während Ripper sich auf dem Boden wälzt, um seine zu löschen. Animal kommt mit einer dicken Decke angerannt, die er über Ripper wirft, bevor er anfängt, ihn abzuschlagen, um die Flammen zu ersticken. Alpha trampelt auf seiner Kutte herum, bis die Flammen erlöschen. Dann erblickt er mich und sieht aus, als würde er überlegen, wieder ins Feuer zu springen.

„Präs!", schreit er, während er sich aufrichtet sein Bart und seine Augenbrauen sind versengt.

Einen Moment später ist auch Ripper wieder auf den Beinen, sein Gesicht ist schwarz vor Rauch, aber ansonsten sieht er unverletzt aus. „Scheiße, gib Gas." Er fängt an zu husten und kippt fast um. „Da lang." Er deutet die Straße hinunter. „Sie haben nur ein paar Minuten Vorsprung. Sie haben Faith und Blade."

„So ein verdammtes Arschloch. King! Nimm die Truppe und verfolge sie. So schnell du kannst."

Das Dröhnen von fast fünfzig Motorrädern, die auf einmal anspringen, ist laut genug, um sogar das Feuer der Tankstelle zu übertönen. Ein paar der Jungs bleiben zur Unterstützung zurück. „Der Rest von uns, lasst uns zurückfahren. Wenn die Tankstelle in die Luft fliegt, sind wir am Arsch."

Ich will auf der Straße sein und Crow und seine Schläger jagen, aber ich muss das ganze verdammte Bild sehen. Manchmal ist es echt scheiße, das Sagen zu haben.

Sobald wir weit genug weg sind, dass uns die Tankstelle nicht mehr schaden kann, stürze ich mich auf Jungs. „Sagt mir, was passiert ist, und ihr gebt euch besser Mühe." Irgendjemand wird das Feuer bald bemerken, aber ich kann nicht länger warten.

„Wir hielten an, um uns einen Plan zu überlegen, und sie überfielen uns aus dem Hinterhalt. Wir haben ihn verdammt unterschätzt." Alpha hält seine Kutte in der Hand, hat sie aber noch nicht wieder angezogen. Stattdessen wirft er sie vor mir auf den Boden. „Wir haben es versaut. Nimm meine Kutte, aber ich bitte dich – nein, weißt du was, ich flehe dich verdammt noch mal an – dass du uns helfen lässt, sie zurückzuholen. Danach kannst du tun, was du willst. Richte mich hin, egal was. Ich will nur sicherstellen, dass Faith und Blade in Sicherheit sind. Und wenn Crow sie verletzt hat, dann lass mich wenigstens zusehen, wie du ihn in Stücke reißt."

Daraufhin sieht auch Ripper auf und nickt. „Alles, was du willst, aber wir wollen es wiedergut machen. Wir müssen sie zurückholen."

Ich will sauer auf sie sein, weil sie sich offensichtlich in mein Mädchen verliebt haben, aber sie machen es mir schwer, weil sie so verdammt loyal ihr gegenüber sind. Sich so zu erniedrigen – Herrgott noch mal! Offensichtlich hat sie etwas in ihnen gesehen, was ich in diesem verdammten Moment nur schwer begreifen kann, und sie hat sie so sehr um den Finger gewickelt, dass sogar Blade bei diesem dämlichen Wahnsinn mitgemacht hat. Und er ist normalerweise der Logische von ihnen.

„Heb deine verdammte Kutte auf. Wenn ich dich noch einmal sehe, wie du sie auf den Boden wirfst, sorge ich dafür, dass du noch am selben Tag damit begraben wirst." Ich warte darauf, dass er das tut, und in dem Moment, in dem er wieder zu mir aufsieht, starre ich ihn an. „Weißt du, wohin diese Mistkerle sie bringen?"

„Nein." Er schüttelt den Kopf und sieht genauso angewidert von sich selbst aus, wie ich es bin.

„Nur, dass sie in diese Richtung gefahren sind", fügt Ripper mit einer Geste hinzu. „In einem Lieferwagen."

„Fuck." Die Straße ist Hunderte von Meilen lang und sie könnten schon auf dem Highway sein. Ich habe viel Vertrauen in King, aber wenn sie von hier abhauen, könnten sie jetzt schon fast überall sein. So sehr ich auch hoffnungsvoll sein möchte, ich sollte mich auf das Schlimmste vorbereiten.

Ripper sieht zu mir auf, sein Gesicht ist eine Maske der Entschlossenheit. Es gibt nichts Eifrigeres als einen Mann, der auf Erlösung aus ist. „Bitte um Erlaubnis, an der Jagd teilnehmen zu dürfen."

„Abgelehnt. Entweder findet King sie und bringt sie zurück, oder wir müssen planen. Wir werden die Pit Vipers auslöschen und dein Überleben hängt unmittelbar davon ab, ob Faith das hier unbeschadet übersteht. Kapiert?"

„Kristallklar, Präs."

Alpha nickt auch. Mist. Sie sind gute Jungs. Ich hasse es verflixt noch mal, aber wenn sie dafür gesorgt haben, dass Faith zu Schaden kommt – nun, ein Vater hat seine verdammten Grenzen.

29

RIPPER

Ich fühle mich beschissen.

Verdammte Scheiße, haben wir das vermasselt. Ich kann Faith auch keinen Vorwurf machen. Wir wussten alle, dass der Plan scheiße war, sogar sie, aber wir konnten einfach nicht Nein sagen. Wir hätten sie in Alphas Zimmer einsperren und nicht rauslassen sollen, bis Eagle-eye uns grünes Licht gibt.

Aber wir werden sie zurückholen oder bei dem Versuch sterben. Sie *und* Blade.

Selbstmitleid ist etwas für Schwächlinge, und Taten sprechen lauter als Worte. Das hebe ich mir für später auf, wenn wir wissen, dass etwas passiert ist. Jetzt müssen wir erst einmal wissen, wo sie ist, und wir brauchen einen neuen verdammten Plan.

Wir rollen wie Hunde mit eingezogenem Schwanz durch die Tore des Geländes und die Motoren sind das einzige Geräusch, das wir hören, wenn wir anhalten und parken.

Miriam, Alessa und Emily sowie die wenigen Jungs, die zurückgeblieben sind, um das Hauptquartier zu sichern, warten auf der Treppe vor dem Clubhaus auf uns. Sobald sie uns sehen, verfinstern sich ihre Mienen. „Kein Glück gehabt?", fragt Miriam und kommt zu Eagle-eye herunter.

Er schüttelt den Kopf und sie schlingt ihre Arme um seine Taille. Er sagt zwar immer wieder, dass er zu alt für eine neue Beziehung ist, aber wenn er das wirklich glaubt, dann ist er der Einzige. Sogar Faith hat es bemerkt, und sie sieht ihn kaum.

Ich steige von meinem Bike und stütze es auf dem Ständer ab, bevor ich etwas Dummes mache. In meinem Quartier steht ein Sandsack, und den werde ich in Stücke schlagen. Ich war noch nie gut im Warten.

Viele Augen folgen mir, als ich zum Clubhaus gehe, und kein einziger von ihnen schaut freundlich. Alle werfen mir im Stillen vor, dass ich es versaut habe. Die meisten dieser Wichser würden Faith nicht einmal von einer der Bitches unterscheiden können, aber sie alle wissen, dass das Strike Team Motherfucking Alpha heute verdammt viel Mist gebaut hat.

Scheiße, ich weiß es, und das ist das Schlimmste daran.

Alpha stellt sich neben mir auf. „Wie konnte das so schnell schiefgehen?"

Ich schüttle den Kopf. Keine verdammten Worte.

„Hey, ihr Versager!" Eagle-Eye versperrt uns den Weg. „Was ist das für ein Scheiß? Du hast mich angefleht – verdammt angefleht –, das in Ordnung zu bringen. Geh dich vorbereiten. Sobald wir wissen, wo sie ist, machen wir uns auf den Weg, und ich zähle auf euch beide. Ihr seid die Arschlöcher, die heute etwas zu beweisen haben."

Er hat recht und ich weiß es verdammt noch mal. Das macht mich aber nicht weniger frustriert. „Natürlich haben wir etwas zu beweisen, aber was vorbereiten? Meine Waffe reinigen? Mein Öl wechseln? Nichts davon wird Faith zurückbringen." Ich versuche, mich an ihm vorbeizudrängen, aber er schiebt mich so, dass ich nicht durch die Tür komme. „Was zum Teufel?"

„Konzentriere dich auf das Spiel, Ripper. Sobald die Nachricht eintrifft, machen wir uns auf den Weg, und du solltest besser bereit sein. Das gilt auch für dich, Alpha. Du hast es versaut, aber ich erwarte von euch beiden, dass ihr mir genau zeigt, warum ich euch überhaupt zum Strike Team gemacht habe." Dann tritt er endlich zur Seite. „Ist das klar?"

„Kristallklar", sagt Alpha.

„Ja. Klar." Ich beneide Viking und die Jungs. Die Aufräum-Crew hat ein Ziel, und sie rasen darauf zu, während wir hier festsitzen und Däumchen drehen.

„Lass mich verdammt noch mal rein. Ich muss mit Eagle-eye sprechen." Wir wenden uns alle dem neuen Sprecher am Eingangstor zu, der über den Hof brüllt.

Scheiße, es ist Razor, der Pit Viper, der uns gehen ließ. Was zum Teufel macht er hier?

Der Chief hat heute Tordienst und ist verdammt unzufrieden mit dem, was er sieht. „Verpiss dich, Viper. Willst du erschossen werden?" Im Nu hat er seine Waffe in der Hand und zielt auf Razors Kopf.

„Was zum Teufel soll das?" Eagle-eye geht die Treppe hinunter, seine Hand wandert zu seinem Gürtel, bevor er näher joggt. „Razor? Verdammte Scheiße, bist du alt geworden."

„Kennst du diesen Wichser?" Der Chief hat seine Waffe immer noch im Anschlag.

Früher mal." Eagle-eye ignoriert die Hand, die Razor ausstreckt. „Die Frage ist, was zum Teufel machst du hier? Du solltest wissen, dass die Pit Vipers nicht gerade willkommen sind."

Ich kann es verdammt noch mal nicht mehr zurückhalten. Ich nehme zwei Treppen auf einmal und ziehe schon meine Waffe. „Wo ist Faith? Weißt du das, verdammt?" Ich richte den Lauf direkt auf seinen Kopf, meine Hand zittert vor Wut. „Weißt. Du. Es. Verdammt. Noch. Mal?"

„Ripper." Alpha legt mir eine Hand auf die Schulter, aber er versucht auch nicht, mich wegzuziehen. „Mach keine Dummheiten."

„Ich werde niemanden erschießen. Es sei denn, er gibt mir einen Grund dazu. Aber du beantwortest besser meine Frage."

„Er hat uns verdammt noch mal gerettet. Weißt du noch?"

Eagle-eye beäugt meine Waffe, aber er zwingt mich nicht, sie wegzulegen. „Ripper hat recht. Ich habe kein Interesse an weinerlichen Wiedersehensfeiern, bis ich Faith zurückhabe. Weißt du, wo zum Teufel sie ist?"

Razor nickt. „Das tue ich." Dann tut er etwas, das ich nie von einem Vollblutmitglied eines Clubs erwartet hätte. Er zieht langsam und bedächtig seine Kutte aus und wirft sie auf den Boden. „Aber bevor ich rede, brauche ich etwas im Gegenzug. Ich will Asyl."

30

FAITH

Ich kann nichts sehen.

Ich trage eine Augenbinde und bin an einen Stuhl gefesselt. Sie haben mich nicht geknebelt, also denke ich, dass es keinen Sinn hat, zu schreien. Ich werde meine Energie für den richtigen Moment aufsparen. Man könnte meinen, sie hätten sich auch nicht die Mühe gemacht, mir die Augen zu verbinden. Vielleicht wollen sie uns damit nur einschüchtern.

Es funktioniert.

„Verdammte, beschissene Seile", brummt Blade hinter mir. Mehr hat er nicht gesagt, seit wir uns vergewissert haben, dass es uns beiden gut geht und dass keiner von uns weiß, wo wir sind. Seine Worte sind nicht gerade beruhigend, aber seine Anwesenheit schon. Wenigstens sind wir hier zu zweit. Wäre ich allein gewesen, wäre ich jetzt ein heulendes Wrack.

„Immer noch kein Glück?" Ich habe auch versucht, an meinen zu zupfen, aber ich habe keine Ahnung, wie ich sie lösen soll. Selbst wenn ich an die Knoten rankäme, glaube ich nicht, dass ich die Fingerkraft oder die Koordination hätte, sie hinter meinem Rücken zu lösen. Ich meine, wenn Blade auch nicht an sie herankommt...

„Gottverdammte, beschissene..."

Ich lasse ihn einfach sein Ding machen.

Es erklingen vier Pieptöne in schneller Folge, gefolgt von einem Klicken und dem Geräusch einer sich öffnenden Tür. Schritte auf Metall. Wo sind wir hier eigentlich?

Noch wichtiger ist, wer ist das?

Blade hört auf zu fluchen, was den Raum unangenehm ruhig macht.

„Nun, wir haben zwei zum Preis von einem, nicht wahr?" Shovelhead. Seine raue Stimme ist leicht zu erkennen. Die werde ich so schnell nicht vergessen. „Einer ist uns wichtig, zumindest im Moment, aber der andere? Nur ein Bonuspreis."

Es gibt einen harten Aufprall, gefolgt von Blades Grunzen. Einen Moment später höre ich ihn fluchen. „Fick dich!"

„Oh, das war die falsche Antwort."

Blade grunzt wieder.

Ich bin mir ziemlich sicher, dass es keine richtige Antwort gab. „Tu ihm nicht weh", flehe ich und hoffe, dass Shovelhead nicht hier ist, um Blade zu töten, denn ich fange an, alle drei Jungs als meine zu betrachten, und ihn auf diese Weise zu verlieren? Das könnte mich zerstören, selbst wenn ich hier sterbe.

„Du hast Crank umgebracht", knurrt Shovelhead. „Weißt du das? Du und deine verdammten Messer in dieser Nacht. Er ist verblutet, bevor wir ihn retten konnten. Was soll mich davon abhalten, das Gleiche mit dir zu tun?"

Ein weiterer Schlag und ein Grunzen. Und noch einer. Oh Gott.

Abgesehen von den Grunzlauten gibt Blade keinen Ton von sich. Er steckt die Schläge einfach ein, und das alles nur meinetwegen. Ich versuche, nicht zu weinen, denn das hilft nicht weiter und ich will nicht, dass Shovelhead die Genugtuung bekommt.

Ich weiß nicht, wie lange es dauert, aber irgendwann wird Shovelhead es leid, keine Antwort von Blade zu bekommen. „Scheiße, bist du langweilig. Vielleicht sollte ich stattdessen dein Mädchen verprügeln, hm? Crow hat gesagt, ich soll sie am Leben lassen. Er hat nichts davon gesagt, dass sie sich wohlfühlen soll."

„Bist du so ein verdammtes Weichei? Sind deine Knöchel wund oder so? Fühlst du dich wie ein richtiger Mann, wenn du ein Mädchen schlägst?", spuckt Blade aus, und ich höre, wie er zuschlägt.

„Du Stück Scheiße!"

Und dann fängt er wieder an zu prügeln und lässt mich damit kämpfen, nicht zu weinen oder zu betteln, während Shovelhead seine Wut an Blade auslässt. So schrecklich es auch ist, sich das anzuhören, ich kann mir gar nicht vorstellen, wie es für Blade ist, der all diese Misshandlungen ertragen muss.

„Lass ihn in Ruhe!", schreie ich, weil ich es nicht mehr aushalte.

„Faith, halt die Klappe!", schnauzt Blade, aber seine Worte klingen undeutlich.

Shovelhead lacht, als seine Schritte auf dem hohlen Metallboden in meine Richtung kommen. „Ich dachte mir schon, dass du die Erste bist, die einknickt. Was, gefällt es dir nicht, dass ich deinen Freund verprügle? Willst du auch mal?"

„Du kleiner Pisser, komm zurück und beende, was du angefangen hast", schreit Blade. „Du schlägst wie ein kleines Mädchen."

„Oh, wirklich? Wenn es nur Mädchenschläge sind, die ich verteile, dann macht es dir doch nichts aus, wenn ich ein paar davon deinem Mädchen verpasse, oder? Sie war verdammt unartig."

Dann ohrfeigt er mich. Da ich die Augen verbunden habe, kann ich die Ohrfeige nicht kommen sehen und sie reißt meinen Kopf mit einem Knall zur Seite, der in meinem Kopf so laut ist wie ein Donner. Einen Moment später breitet sich der Schmerz von meiner Wange aus wie Wellen auf einem Teich, bis ich schwöre, dass ich ihn bis in die Zehen spüre. Ich bewege meinen Kiefer, um sicherzugehen, dass er nicht gebrochen ist.

Selbst in der Dunkelheit macht der Druck der Angst alles lauter und unkonzentrierter. Das ist viel zu nah an dieser Nacht. Niemand kann erwarten, dass ich mich hier zusammenreißen kann. Keiner.

Das Handy von Shovelhead klingelt. Er macht eine Pause, als er abhebt. „Fuck. Und ich hatte gerade Spaß. Ja? Bin gleich da." Als er auflegt, lacht er schallend. „Die Pflicht ruft. Aber ich komme später wieder."

Das Geräusch seiner schweren Stiefel, die sich entfernen, ist das Beste, was ich heute gehört habe, und wird nur noch vom Geräusch der sich hinter ihm schließenden Tür übertroffen. Ich bin zwar nicht begeistert von dem Piepen einer Art Code-Tastatur und dem Klicken des Schlosses, aber ich nehme, was ich bekommen kann. Wenigstens kann ich jetzt in Panik geraten, ohne dass er mich beobachtet.

Ich springe fast aus meiner Haut, als Blades Hände meine finden. Ich wusste nicht, dass unsere Rücken so nah beieinander sind, aber er war so sehr mit den Seilen beschäftigt. „Bist du okay?"

Ich überlege, ob ich lügen soll, aber ich schüttle den Kopf. „Nein. Mir geht es überhaupt nicht gut."

Er drückt meine Finger zusammen. „Du schaffst das, Faith. Wir werden von hier verschwinden und ich werde persönlich dafür sorgen, dass Shovelhead es bereut, dich jemals angefasst zu haben, bevor ich Crow die Leber herausschneide und sie an ihn verfüttere."

Ich bin wahrscheinlich verrückt, aber im Moment ist das so ziemlich die romantischste Erklärung, die ich bekommen konnte. Ich hoffe, ich bin dabei, um es zu sehen.

„Außerdem sind Ripper und Alpha wahrscheinlich schon fast hier."

Die brennende Tankstelle kommt mir in den Sinn und ich versuche, mir eine Welt vorzustellen, in der sie es geschafft hätten, ohne zu verbrennen oder erschossen zu werden. Ich bin nicht gerade hoffnungsvoll.

„Du glaubst mir nicht", knurrt Blade, „aber glaub mir. Diese Wichser sterben nicht so leicht."

Ich nicke, während ich versuche, mich auf seine warmen Finger zu konzentrieren und sie zu erkunden, während ich versuche, mich von der anschwellenden Panik abzulenken.

31

ALPHA

„Was zum Teufel?" Ich sehe Razor an, als ob er verrückt wäre. Es gibt natürlich keine Regeln, die besagen, dass man einen Club nicht verlassen darf. Sowohl Eagle-eye als auch Blade haben es getan. Aber wenn du damit genug Aufsehen erregst, werden sie hinter dir her sein. Ich habe keine Ahnung, welche Rolle Razor bei den Vipers spielt, aber er ist schon lange genug dabei, um ganz oben zu sein, und wenn er um Asyl bittet, ist das eine verdammt große Sache. Seinen Anteil einfach so wegzuwerfen, ist eine klare Absicht. Er ist fertig mit den Pit Vipers – es sei denn, das hier ist eine weitere verdammte Falle. Aber warum hätte er uns dann helfen sollen?

„Es ist Jahre her", sagt Eagle-eye und verengt seine Augen misstrauisch. „Das Leben meiner Tochter steht hier auf dem Spiel. Woher soll ich wissen, dass ich dir vertrauen kann?"

„Kannst du nicht", bestätigt Razor. „Kannst du nicht, ganz offensichtlich. Aber denk doch mal nach. Bin ich wirklich in Crows verdammter Tasche? Oder spiele für Diesel die verdammte Bitch? Ich war in dieser Nacht bei dir. Was glaubst du, wer deine Sachen vor der Haustür deiner Tochter abgestellt hat?" Razor verschränkt seine dicken Arme mit den verblassten Tattoos über seiner tonnenförmigen Brust.

„Du hast was verdammt?" Eagle-eye hat seine Wut kaum unter Kontrolle. „Es ist deine Schuld, dass Crow Gott weiß was, mit Faith anstellt! Ich sollte dich hier und jetzt erschießen."

War er in dieser Nacht da? Verdammt, ist Razor der andere Kerl auf dem Videoband?

Razors Lippen verziehen sich zu einem kleinen Lächeln, obwohl auch Traurigkeit dabei ist. „Deshalb habe ich dir auch noch nicht gesagt, wo sie verdammt noch mal ist. Hast du die Zeit, es selbst herauszufinden? Denn wenn du schnell bist, kannst du sie retten, aber Crow hat das Video und dein Mädchen, und er freut sich darauf, dir mit beidem das Leben schwer zu machen. Ich bin überrascht, dass er nicht schon längst angerufen hat."

„Sag uns einfach, was wir wissen müssen", knurrt Ripper. „Denn du hast verdammt recht. Wir haben keine Zeit für diesen Scheiß."

Razor nickt mit dem Kopf zu mir und Ripper. „Ich habe diese Typen rausgelassen, zusammen mit Blade und Faith. Das hätte dazu führen können, dass man mich auf der Stelle ausweidet und erschießt. Glaubst du wirklich, Crow ist schlau genug, dich so zu hintergehen?"

„Fuck." Eagle-eye fährt sich mit der Hand durch sein zerzaustes Haar und sein Kiefer arbeitet, als würde er auf Razors Worten regelrecht herumkauen. „Na gut. Du bekommst Asyl, aber ich schwöre dir, beim kleinsten Anzeichen von Täuschung oder Verrat, werde ich dir mit Vergnügen den Arsch kielholen. Wir waren bei den Vipers eng befreundet, aber es ist über zehn Jahre her und ich habe schon Leute gesehen, die sich in weniger Zeit verändert haben."

Razor nickt. „Das habe ich auch nicht anders erwartet. Es gibt einen Unterschlupf der Pit Viper in Stockdown, etwa auf halbem Weg von hier zum Clubhaus. Crow nutzt ihn, wenn er sich abkapseln und heimlich etwas tun will. Es ist ein verlassenes Einkaufszentrum. Jemand hatte große Träume, aber jetzt ist der Ort fast leer und Crow hat die Gelegenheit genutzt." Er hält seine Hände hoch. „Ich kann mir nicht hundertprozentig sicher sein, denn Crow traut mir ohnehin nicht. Ich bin schon zu lange dort, als dass er mich verraten würde, aber er weiß, dass du und ich uns gut verstanden haben. Ich kann mir nicht vorstellen, dass er sie irgendwo anders hinbringen würde. Es ist nah genug, weshalb es praktisch zu sein scheint, er hat es zur Verteidigung eingerichtet und außerhalb des Clubs weiß niemand, dass es uns gehört – ihnen. Das ist das Beste, was ich habe, aber ich hoffe, dass sie dort ist. Sie hat das nicht verdient, und wenn es etwas wert ist, tut es mir leid, dass ich es nicht kommen sah. Ich dachte, in der Kiste wäre irgendein alter sentimentaler Scheiß, nicht das."

„Wenn sie Faith deinetwegen getötet oder verletzt haben, scheiß auf das Asyl. Nur damit das klar ist", knurrt Eagle-eye. „Ich schlitze dich auf und übergebe dich dann an die beiden." Er nickt mit dem Kopf in unsere Richtung.

„Und die werden mindestens genauso wütend sein wie ich. Verstanden?"

Razor schaut zwischen Eagle-eye, Ripper und mir hin und her und es gefällt mir verdammt gut, wie selbst ein altgedienter Biker, wie er, nervös schluckt, als wäre er sich nicht sicher, ob er wirklich einen guten Deal gemacht hat. Aber er nickt. „Verstanden."

Eagle-eye holt sein Handy heraus, um King anzurufen. Er nickt mir zu. „Wir fahren in fünfzehn Minuten. Macht euren Kram fertig."

„Wir werden auf euch warten." Ich habe nichts zu packen. Ripper anscheinend auch nicht, denn wir gehen gemeinsam zu unseren Bikes und steigen auf.

Zehn Minuten später machen sich ich, Ripper, Eagle-eye und die anderen Jungs, die nicht mit King unterwegs sind, voller Mordgedanken auf den Weg.

32

BLADE

Ich habe es fast geschafft. So verdammt nah dran.

Faith ist völlig still. Das ist sie schon seit mehreren Stunden, und das macht mir mehr Sorgen als die Tränen, zumal ich immer wütender werde, weil ich noch keinen Weg hier rausgefunden habe. Ich habe nie behauptet, dass ich ein verdammter Held bin, aber ich muss verdammt eingerostet sein. Gefesselt zu sein, hat mich früher kaum gebremst.

Aber diese Wichser machten den üblichen Fehler und dachten, ihre Knoten seien unerreichbar. Und sie haben mir beim Festziehen des Seils keinen guten Schlag verpasst, um sicherzugehen, dass ich mich nicht verbiegen kann. Ich habe also ein bisschen Spielraum, und wenn ich meine Finger ein wenig strecke – verdammt.

„Wir werden es schaffen", versichere ich, mehr, damit sie meine Stimme hören kann, als dass die Worte etwas bedeuten. Ich weiß, dass sie mir zu diesem Zeitpunkt keinen Glauben schenkt. Ich würde es auch nicht tun.

Sie antwortet nicht, was es bestätigt.

Nun, ich werde es ihr verdammt noch mal beweisen. Ich habe noch nicht vor, unterzugehen. Also versuche ich es noch einmal.

Da ... nur ein bisschen ...

Verdammt, ja!

Ich habe es. Noch nicht locker, aber es gibt jetzt eine kleine Schlaufe. Gerade rechtzeitig, um Schritte im Flur zu hören. Ist es wieder Shovelhead? Crow? Warum zum Teufel ist Crow noch nicht hier gewesen? Man sollte meinen, er würde wenigstens kommen und damit prahlen, wie verdammt toll er ist und wie viel Kummer er Eagle-eye bereiten wird.

Verdammt, Präs muss wütend sein.

Ich muss ihm nur beweisen, dass ich seine Tochter sicher hier rausbringen kann und mich danach um die Auswirkungen kümmern.

Das Tastenfeld piept, als ein Code eingegeben wird. Werden wir ihn brauchen, um hier rauszukommen? Ich arbeite fester mit meinen Fingern und versuche, den verdammten Knoten zu lösen, bevor er hier reinkommt. Wenn er sieht, was ich tue, werde ich keine zweite Chance bekommen.

Die Tür klickt und wird aufgestoßen. Die Tür muss vor mir sein, sodass derjenige, der es ist, noch nicht sieht, was ich tue. Ich muss ihn ablenken. „Willst du noch mehr, du Arschgesicht?", schreie ich.

Das heisere Lachen von Shovelhead hallt von den Wänden wider. Wo zum Teufel sind wir hier? In einer Art Container? Die Böden sind aus Metall, und dem Geräusch nach zu urteilen, sind es wohl auch die Wände.

„Du hast eine verdammt große Klappe für jemanden, der bald all seine verdammten Zähne verlieren wird." Schwere Schritte kommen näher.

„Fick dich. Mach mich los und sag das noch mal. Du hast nicht den Mumm dazu."

„Netter Versuch, du *Spork*. Für wie blöd hältst du mich eigentlich? Warum sollte ich dich losbinden, wenn ich den verdammten Sandsack meiner Träume genau hier habe?" Er unterstreicht es, indem er mir eine Faust in den Bauch rammt.

„Hast du mich gerade ‚Spork' genannt? Das hat sich doch jemand anderes ausgedacht, oder? Das ist fast lustig." Ich wünschte, er würde wirklich wie ein verdammtes Mädchen zuschlagen, aber selbst ich muss zugeben, dass sein kräftiger Körper einen soliden Haken vorzuweisen hat. Das heißt aber nicht, dass ich es ihn wissen lasse. Schon härtere Kerle als er haben versucht, mich zu brechen.

Einer der Knoten löst sich. Ich ziehe daran und bekomme ihn auf, kurz bevor Shovelhead mir seine Faust in den Kiefer rammt. Scheiße! Ich würde gerne mit allen Zähnen aus der Sache herauskommen, aber er macht es mir nicht leicht. Ich grinse und ertrage es, denn ich werde nur eine Chance bekommen.

„Wie ist das, du Arsch?" Shovelhead beugt sich vor, so nah, dass ich seinen stinkenden Atem riechen kann. Ich spucke, und hoffe, dass er im Weg ist. Ich werde mit einem „Motherfucker!" und einer weiteren Faust in die

Eingeweide belohnt. Verdammt, das ist hart. Aber der erste Knoten war der schwerste, und während ich einen Hustenanfall vortäusche, löse ich zwei weitere. Das Seil um meine Handgelenke beginnt sich bereits zu lockern.

„Ich nehme mir stattdessen deine verdammte Freundin vor. Ihre Lippen sehen aus, als wären sie für etwas Besseres als Spucken gut, Arschgesicht."

„Komm noch mal her", knurre ich. „Ich fordere dich verdammt noch mal heraus. Willst du deine verdammten Küsse nicht?"

„Was zum Teufel war das?" Shovelhead hatte eine viel zu kurze Zündschnur, als er jung war, nur ein paar Jahre länger im Club als ich. Er war auch verdammt dumm, was dazu führte, dass er Crows Stellvertreter werden würde. Er wusste genug, um die Stiefel derjenigen zu küssen, die etwas für ihn tun konnten. Zum Glück ist er immer noch genauso dumm und seine Zündschnur scheint noch kürzer geworden zu sein.

Als er mich dieses Mal schlägt, warte ich auf ihn. Der Schlag gegen meinen Kiefer zeigt mir genau, wo er ist, und da meine Beine an den Stuhl gefesselt sind, ist er in Reichweite meiner Arme. Ich stürze mich aus den lockeren Seilen, greife nach seinem Arm und bringe ihn aus dem Gleichgewicht.

„Was zum Teufel?"

Wir landen beide auf dem Boden, aber da ich immer noch am Stuhl klebe, wäre ich erledigt, wenn er wieder aufsteht. Also klammere ich mich an ihn, als wäre er das Einzige, was mich vor dem Ertrinken bewahren kann.

„Blade!", schreit Faith. „Was ist los?"

Mit einem tödlichen Griff um Shovelheads Arm rolle ich wie ein verdammtes Krokodil und biege ihn in eine

Richtung, die so nie gedacht war. Er schreit vor Schmerz auf, also mache ich es noch einmal und genieße das laute Knacken der Knochen. Jetzt schreit er wirklich verdammt laut.

„Blade!" Faith gerät in Panik, aber ich kann mich noch nicht um sie kümmern. Bald.

Ich reiße mir die Augenbinde ab. Die helle, nackte Glühbirne, die von der Decke hängt, blendet mich, aber ich blinzle und rolle mich auf Shovelhead. Er schreit immer noch wegen seines gebrochenen Arms, als ich auf ihn draufsteige, seinen Kopf an den Ohren packe und ihn auf den harten Boden knalle.

„Das ist für mich", knurre ich und schlage wieder zu. Anstatt, dass es ihn noch mehr schreien lässt, verstummt er. Ist er schon ohnmächtig? Ich hatte fast gehofft, er würde noch ein bisschen länger durchhalten. „Und das hier ist für Faith." Er stöhnt, das ist doch schon mal was. Ich hoffe nur, es tut verdammt weh. Beim dritten Mal ist er schon ganz schlaff. „Und das hier ist nur zum Spaß."

Ich lasse los und er liegt still. Ich könnte den ganzen Tag damit verbringen, diesen Wichser auseinanderzunehmen, aber wir haben keine Zeit zu verlieren.

„Blade?" Faiths Stimme ist nur noch ein Wimmern.

„Mir geht's gut, Babygirl. Eine Sekunde, und ich mach dich los." Meine Finger sind wund, aber ich löse schnell die Knoten um meine Beine. Jetzt, wo ich sehen kann und meine Arme frei sind, ist die Welt eine ganz andere. Ich trete den Stuhl zur Seite. Verdammt, es fühlt sich gut an, meine Beine wiederzuhaben.

„Geht es dir gut? Ich dachte, er würde dich umbringen", sagt Faith, während ich sie losbinde. Sobald ihre Arme frei sind, reißt sie ihre Augenbinde ab und als ich zu ihr aufschaue, keucht sie. „Oh Gott, dein Gesicht!" Sie streckt die Hand aus, um es sanft zu berühren, und obwohl es brennt, lasse ich sie gewähren. „Das muss so wehtun. Es tut mir so leid. Das ist alles meine Schuld. Ich hätte nicht…"

„Faith, hör auf. Das war Shovelhead's Schuld. Crows Schuld. Vielleicht sogar meine verdammte Schuld, weil ich dich nicht aufgehalten habe, aber ich weigere mich, dass du dir die Schuld dafür gibst. Ich habe es so gewollt. Ripper hat es so gewollt. Alpha hat es so gewollt. Und jetzt werden wir dich von hier wegbringen."

Gerade als ich Faith auf wackeligen Beinen aufhelfe, stöhnt Shovelhead. Ein Teil von mir ärgert sich, dass er noch nicht tot ist, der andere Teil ist froh, dass er noch da ist und ich ihn töten kann. Ich stehle das große Messer aus seinem Gürtel, packe ihn an den Haaren und setze es ihm an die Kehle.

„Okay, Arschloch, wie lautet der Code für die Tür? Du hast genau eine verdammte Chance."

Er stöhnt wieder, umklammert immer noch seinen Arm, antwortet aber schläfrig: „Sechs, zwei, neun, neun. Scheiße! Töte mich nicht. Bitte. Bitte, verdammt."

Er hält die Klappe, als ich ihm die Kehle aufschlitze.

33

RIPPER

Das Einkaufszentrum fällt auseinander, genau wie Razor gesagt hat. Ich kann mir nicht vorstellen, dass dieser Ort seit mindestens zehn bis fünfzehn Jahren in Betrieb ist. Sieht aus wie Scheiße, und wenn Razor die Wahrheit gesagt hat, ist er auch voll davon. Und wir sind hier, um den Ort zu säubern.

Sie müssen daran gewöhnt sein, hier allein gelassen zu werden. Vor einem der Ladedocks sind ein Haufen Bikes geparkt, die die Mistkerle verraten. Ich lege eine Hand auf den Griff meiner Pistole und vergewissere mich, dass sie locker sitzt. Diese Wichser werden schon noch lernen, was es bedeutet, sich mit dem Screaming Eagles MC anzulegen.

Noch wichtiger ist, dass sie lernen, was passiert, wenn sie sich an unserem Mädchen vergreifen.

King teilt Eagle-eyes Armee in Bereiche auf und weist ihnen verschiedene Angriffswinkel zu. Aber Alpha und mich kennt er gut genug, um uns die Speerspitze zuzuteilen.

Bei uns sind Animal, Badass und Quickshot, die in letzter Zeit als Einheit an der Grenze zwischen South Side und Blackworth gearbeitet haben, und natürlich Eagle-eye, der keine Gelegenheit versäumen will, Crow das anzutun, was er seinem verdammten alten Herrn angetan hat.

Diese Arschlöcher werden nicht wissen, wie ihnen geschieht.

Quickshot holt das Gewehr heraus, das er in einem Holster hinten an seinem Motorrad befestigt hat. Es hat einen Schalldämpfer an der Spitze. Wir benutzen ein paar alte Müllcontainer als Deckung, während wir uns nähern. Alpha hebt eine Hand, um uns zu befehlen, anzuhalten, und zeigt dann auf uns.

Ich nicke. Zwei Wachen stehen direkt vor den Toren am oberen Ende des Docks. Sie sehen gelangweilt aus. Ich bin sicher, Crow wäre sauer, wenn er das sehen würde, aber ich begrüße es.

Eagle-eye macht eine Handbewegung. „Quickshot."

Ich halte ihn immer noch für ein verdammtes Kind, aber ich schätze, er ist jetzt in seinen Zwanzigern. Vor ein paar Jahren wurde auf ihn geschossen, und anstatt ihn abzuschrecken, hat ihm das geholfen, sich zu fokussieren. Er war schon immer ein guter Schütze, aber das Gewehr ist mittlerweile zu einer Verlängerung seines eigenen Körpers geworden. Er grinst überheblich, während er sich in Position bringt. Wenn er sie von hier aus ausschaltet, würde mich das beeindrucken. Vor allem mit dem angebrachten Schalldämpfer. Wenn er bei der Armee wäre, würde er sich als Scharfschütze gut machen.

Er verlagert sein Gewicht auf den Container und benutzt einen der Lkw-Anschlüsse als Armlehne, dann geht er in Schussposition und zielt. Einen Moment später drückt er den Abzug zweimal hintereinander. Unten an der Laderampe fallen beide Pit Vipers leblos zu Boden.

Heilige Scheiße!

Verdeckt zu agieren ist nicht unsere übliche Vorgehensweise, aber je länger es dauert, bis wir entdeckt werden, desto besser stehen Faiths Chancen.

Niemand sonst bewegt sich und kein Geräusch kommt von der Laderampe, also sieht es so aus, als wäre alles in Ordnung. Alpha signalisiert uns vorzurücken und wir rennen los. Unterwegs ziehe ich meine Waffe, der Griff liegt gut in meiner Hand. Ich habe schon viel mit diesem Ding erlebt, sowohl im Dienst als auch später, und sie ist mittlerweile wie ein alter Freund. Ein alter Freund, der mir helfen wird, meine Frau zu retten.

Unsere Frau.

Den Wachen wurde beiden in den Kopf geschossen. Mein Gott. Und Quickshot wirkt immer so verdammt fröhlich und unbeschwert. Naiv. Beurteile ein Buch nie nach seinem verdammten Umschlag. Er könnte Schießunterricht geben.

Niemand sonst ist hier.

„Wo ist der verdammte rote Teppich?" Ich mache eine Show daraus, mich umzusehen. „Man könnte meinen, sie wüssten nicht einmal, dass wir kommen."

Animal lacht, aber Alpha starrt ihn an und legt einen Finger auf seinen Mund. Genau. Ich bin zu sehr an dieses Spiel gewöhnt, um Nerven zu haben, aber sie sind trotzdem da. Ich weiß noch, wie es vor Feuergefechten war, als ich im Einsatz war, zumindest am Anfang, aber das ist schon lange her. Wenn Faiths Leben auf dem Spiel steht, macht das einen großen Unterschied.

Der Gang hinter der Laderampe führt in einen Lagerbereich des Einkaufszentrums. Das muss mal ein Kaufhaus oder so etwas gewesen sein. Jetzt gibt es nur noch leere und rostige Metallregale an den Wänden, rissige Fußböden und ein paar verrottete Vorhänge, die schief von kaputten Stangen hängen. Die Vipers stellen ihre Motorräder zwar an der Laderampe ab, aber es ist ein anderer Ort, den sie als Unterschlupf nutzen.

Animal und Badass nehmen die linke Seite, während Alpha und ich die rechte Seite übernehmen, wobei wir vorsichtig vorgehen und nach Problemen Ausschau halten. Wenn wir den Widerstand leise niederschlagen können, werden wir das tun, aber es ist nur eine Frage der Zeit, bis wir bemerkt werden. Es sind zu viele von ihnen und zu viele von uns. Die Heimlichkeit ist eher Blades Gebiet. Ich hoffe, er hat sich bereits den Weg nach draußen erkämpft und Faith mitgenommen, denn die Alternativen sehen immer schlechter aus.

Es gibt nur einen Weg für uns: Wir müssen uns einen Weg in das verfallende Einkaufszentrum bahnen und beten, dass wir nicht zu spät kommen.

34

FAITH

Oh mein Gott!

„Du hast ihn umgebracht!", bringe ich gerade noch heraus, bevor ich mir mit der Hand den Mund zuhalte. Entweder, damit mein Schrei nicht zu laut wird, oder damit ich mich nicht übergeben muss, aber ich weiß noch nicht, was davon.

Ich habe in den letzten Tagen so viele Tote gesehen, aber die Lache aus leuchtend rotem Blut, die sich wie ein grässlicher Heiligenschein um Shovelhead bildet, ist etwas ganz anderes. Das Messer von Blade hat die gleiche Farbe und tropft auf den Boden.

Er wirft Shovelhead noch einen verächtlichen Blick zu und nickt dann. „Das habe ich. Und ich würde es wieder tun und dann auf sein verdammtes Grab spucken. Du hast schon genug Scheiße durchgemacht. Ich werde nicht zulassen, dass er noch mehr dazu beiträgt."

„Hättest du ihn nicht bewusstlos schlagen können?" Eine Kehle aufzuschlitzen ist einfach so ... barbarisch. Schon zu wissen, was hinter mir ist, verpasst mir eine Gänsehaut, ganz zu schweigen davon, es tatsächlich zu sehen. So ähnlich habe ich mich gefühlt, als ich das Video von Papa gesehen habe.

„Vielleicht, aber es ist nicht wie bei Razor. Wir haben ihn nicht getötet, weil er kein Interesse daran hatte, uns zu verfolgen, es war nur eine Tarnung. Dieses Arschloch hätte uns eine Kugel in den Hinterkopf gejagt, wenn er aufgewacht wäre. Außerdem war er mehr als nur kurz weg, er wäre wahrscheinlich sowieso gestorben. Es hieß er oder wir. Das war der einzige Weg, um sicher zu wissen, dass er aus dem Spiel ist." Er wischt das Messer an der Kleidung von Shovelhead ab. „Und der Wichser hat es verdient."

„Mein Gott", flüstere ich. Er hat nicht unrecht, aber es ist eine so kalte Art, das Leben von jemandem zu betrachten.

„Wir werden hier rauskommen, aber du musst mich tun lassen, was ich am besten kann. Wenn wir es vermasseln, werden uns diese Wichser umbringen. Du musst dich lange genug zusammenreißen, damit wir es schaffen können. Kannst du das tun?" Sein Ton ist rau und seine Augen sind stumpf. Als ob der Mann, mit dem ich geschlafen habe, sich verschlossen hätte. Das ist nicht normal, und das weiß er.

Ich nicke, denn welche Wahl habe ich schon? „Blade, was hast du gemacht, bevor du zu den Screaming Eagles gekommen bist?"

„Das ist nicht der richtige Zeitpunkt."

„Ich muss es wissen, glaube ich."

Er schüttelt den Kopf. „Das. Ich habe das getan. Ich habe den Tod gegessen und geatmet, weil es in dieser Welt Menschen gibt, die man nicht auf der Straße lassen kann, und ich war mehr als glücklich, das für Geld zu tun. Jetzt wollen wir mal sehen, ob der Wichser gelogen hat." Er nähert sich dem Tastenfeld neben der Tür und tippt den Code ein. Das Schloss klickt.

„Warum?", flüstere ich, als er die Tür öffnet und in den Flur hinausschaut. „Du warst bei den Vipers, als du jünger warst. Was ist passiert?"

Er seufzt. „Du willst die Wahrheit?"

Nein. „Ja."

„Sie merkten, dass ich gut im Töten war und ich bekam immer mehr solcher Jobs. Selbst an einem Ort wie diesem hat nicht jeder den Mut dazu."

„Du bist also gegangen, weil du nicht mehr töten wolltest?"

Blade lacht, aber es ist kein Humor darin. „Nein, ich bin gegangen, weil die Aufträge, auf die sie mich schicken wollten, nicht ehrenhaft waren. Es war willkürlicher, unbedeutender Scheiß. Es dauerte nicht lange, bis ich merkte, dass es als Freiberufler mehr Geld und weniger Scheiß gibt."

Die sachliche Art und Weise, wie er seine Entscheidung beschreibt, als wäre es eine bessere Karrierechance, lässt mich erschaudern. Hätte er mir das gesagt, als wir uns das erste Mal trafen, wäre ich weggelaufen, aber dieser Mann hatte seine Hände auf mir, er war *in mir*. Ich habe gesehen, dass das, was hinter seinen Augen lauert, dunkel ist, aber er ist kein Monster.

„Aber du bist ausgestiegen."

„Es ist wie ein verdammtes Labyrinth hier draußen. Leise", flüstert er und zieht mich hinter sich her. „Dein Vater hat mich da rausgeholt. Ich hatte ihn als verdammtes Ziel. Jemand aus der Mafia, den er auf dem falschen Fuß erwischt hatte, aber ich kannte ihn von den Pit Vipers. Dadurch wurde ich nachlässig und er hat mich erwischt. Wir hatten einen verdammten Moment."

„Du hattest einen Moment?" Ich sollte mir wahrscheinlich Sorgen machen, wenn das die aufgehübschte Version ist.

„Er hat mir in den Arsch getreten. Ich war erst zweiundzwanzig und lag innerlich schon im Sterben. Als ich wegen Eagle-eye kam, schien es fast passend, dass er mich ausschalten würde. Der Kreis schließt sich, verstehst du? Aber er sah mir in die verdammten Augen und fragte, wie es meiner Mutter geht. Ich weiß nicht, wie er sich daran erinnern konnte, dass ich ihr damals Geld geschickt hatte, aber das hat mich vollkommen fertiggemacht. Zwei Tage später war ich am Tor. Ich stand am Abgrund und war kurz davor, loszulassen, und er warf mir ein verdammtes Seil zu."

Ich habe keine Ahnung, wie ich das verarbeiten soll. Es liegt so weit außerhalb meiner Erfahrung, dass ich nicht weiß, wo ich anfangen soll. Hasse ich Blade für das, was er ist, oder war? Hasse ich Papa? Macht es das, was sie getan haben, irgendwie wieder gut, dass er Blade da rausgeholt hat?

„Du kannst mich später hassen, aber können wir jetzt gehen? Jede verdammte Sekunde, die wir hierbleiben, ist eine Chance für sie, uns zu finden." Er winkt mir, ihm aus dem Zimmer zu folgen.

Erst jetzt wird mir klar, dass wir in einer Art begehbarem Gefrierschrank waren, der zum Glück nicht eingeschaltet ist. Das erklärt die Metallwände und den Boden, denke ich. An was für einen Ort haben uns die Pit Vipers gebracht?

Blade hatte recht. Wir befinden uns in einem Labyrinth aus Gängen, die in verschiedene Lagerräume und ein paar weitere Gefrierschränke führen. Alles sieht alt und abgenutzt aus, die Farbe blättert ab, das Metall ist verrostet und der Bodenbelag ist verzogen. Das Licht ist an, aber es sind nur Glühbirnen, die an Schnüren hängen. Ein leichter Windhauch lässt sie wackeln und wirft unheimliche Schatten an die Wände. Es ist, als wären wir in einer riesigen Metzgerei aus einem Horrorfilm gelandet.

Ich überlasse Blade gern die Führung, aber ich bleibe so nah an ihm dran, wie ich kann. Wenn dir der Kopf abfallen würde, weil du zu oft über die Schulter schaust, würde meiner schon den Gang entlangrollen.

Wir kommen zu einem offenen Raum. Rostige Metallwaschbecken säumen die Wand und klapprige Tische sind daneben zusammengebrochen. In einer Ecke steht ein Stapel Plastikkisten, in denen man Obst und Gemüse im Supermarkt ausstellen kann. Sie sind verblasst und mit schwarzem Schimmel übersät. Ekelhaft. Auf der rechten Seite führen unheimliche Gänge, die mit Vorhängen aus langen Plastikstreifen verdeckt sind, in die Dunkelheit. Könnten sie ein Ausweg sein? Oder nur voller Spinnen?

Da sind Stimmen, die seltsam von den Wänden widerhallen. Blade bleibt stehen und hört aufmerksam zu, während er seine Hand auf meinen Arm legt, um sicherzugehen, dass ich stehen geblieben bin. Es ist schwer zu sagen, wie weit sie entfernt sind, aber je länger wir lauschen, desto deutlicher wird eine Sache. Sie kommen näher.

„Scheiße", zischt Blade.

„Wir müssen uns verstecken", flüstere ich. Blade ist tödlich, aber ich glaube nicht, dass selbst er einen ganzen Club von Bikern ausschalten kann, und wer weiß, wie viele es sind?

„Hier entlang." Er zerrt mich so plötzlich hinter sich her, dass ich ein paar schnelle Schritte machen muss, um nicht umzufallen. Er zieht mich in den nächsten der unheimlichen, dunklen Gänge, und mir läuft es kalt den Rücken hinunter.

Die Plastikstreifen, die den Eingang abdecken, sind so alt, dass sie brüchig sind. Wir quetschen uns vorbei und ich hoffe, dass einer von ihnen nicht einfach reißt und auf den Boden fällt. Drinnen sind noch mehr schimmelige Kisten gestapelt.

Der Flur ist rundherum aus Metall, Wände, Boden und Decke, und es ist viel heißer als der Raum, den wir gerade verlassen haben. Es stinkt, als ob hier noch altes Essen drin wäre oder so. Wahrscheinlich der Schimmel. Die Luft hier drin kann nicht gut für uns sein, aber besser Atemwegsprobleme in der Zukunft als eine Kugel im Gehirn, denke ich. Ich kauere mich hinter den Kisten zusammen, zwischen Blade und der Wand, und bete, dass die Viper nicht hierherkommen. Ich bezweifle es. Ich glaube, in diesen Gängen hat sich seit zehn Jahren niemand mehr aufgehalten.

„Shovelhead!", schreit eine Stimme. „Verdammte Scheiße, was zum Teufel hat er vor?"

Eine zweite Stimme antwortet, die für einen Mann sehr hoch ist. „Wahrscheinlich ist er zu sehr damit beschäftigt, die Schlampe zu ficken, die wir gefangen haben. Er denkt, dass er als zweiter Befehlshaber alle Rechte hat."

Der erste Kerl lacht, woraufhin ich zusammenzucke und mich noch kleiner zusammenrolle. „Wenn er das tut, wird Crow ihn verdammt noch mal kaltstellen. Die Tochter von Eagle-eye ist tabu. Crow will die Ehre haben, ein Wrack aus ihr zu machen, am besten, während ihr alter Herr gezwungen ist, dabei zuzusehen. Crow hat einen Ständer für Rache, der verdammt noch mal drei Meter lang ist."

„Ohne Mist. Ich bin froh, wenn wir mit dem Scheiß fertig sind. Das ist schlecht fürs Geschäft."

„Wirst du ihm das verdammt noch mal sagen?"

„Scheiße nein. Der Wichser ist ein Barbar."

Sie lachen beide. „Aber im Ernst. Was hat es mit Shovelhead auf sich? Müssen wir reingehen und ihn holen? Er ist vielleicht so dumm, dass er mit dem Mädchen rummacht, aber in jedem Fall sollte er an sein verdammtes Handy gehen."

So ein Mist. Wenn sie die Leiche finden, gibt es einen Vollalarm. Ich will Blade gerade anstupsen, als ich merke, dass er bereits verschwunden ist. Gott, er bewegt sich lautlos.

Der erste Typ geht sofort zu Boden. Blade taucht direkt hinter ihm auf, bevor einer von ihnen es bemerkt, und stößt ihm sein Messer in die Kehle. Das einzige Geräusch, das er von sich gibt, ist ein ekelhaftes Glucksen, das mich zum Würgen bringt. Ich hätte wirklich nicht hinsehen sollen, und die Hitze und der modrige Geruch sind auch nicht gerade hilfreich.

„Was zum Teufel?" Und das war alles, was der zweite Kerl sagen konnte, bevor er ebenfalls zu Boden ging. Blade stand über ihnen und beobachtete die Gänge, um sicherzugehen, dass nicht noch mehr kommen, während ich im Dunkeln kauere und wimmere. Ich bin für so etwas nicht geschaffen. Keiner sollte für so etwas geschaffen sein.

Er muss etwas an mir bemerken, als ich auftauche, denn er wendet mich sofort von dem Gemetzel ab. „Es tut mir leid, Faith. Ich werde tun, was ich kann, aber wenn sie es schaffen, den Rest des Clubs auf uns zu hetzen, weiß ich nicht, ob ich dich in Sicherheit bringen kann."

Ich nicke und wende meinen Blick von den Leichen auf dem Boden ab, um mich von Blade leiten zu lassen. Ja, er ist ein Killer, und ja, das macht mir Angst, aber es gibt niemand anderen als ihn, dem ich im Moment vertraue, mich zu beschützen. Und ob ich Angst habe oder nicht, ich weiß, dass er bis zum bitteren Ende für mich kämpfen wird.

Und das erfordert heute einen Killer.

„Komm."

Je weiter wir uns von den Körpern entfernen, desto besser fühle ich mich.

Wir gehen weiter und versuchen, uns einen Reim auf diesen Ort zu machen. Viele der alten Mauern wurden herausgerissen und führen uns durch Schaufenster, die wie alte Ladengeschäfte aussehen, obwohl die Fenster alle vernagelt sind. Die Verkaufstheken und Auslagen sind immer noch da, obwohl sie jetzt leer sind und offensichtlich schon vor langer Zeit aufgegeben wurden. Einige wurden als behelfsmäßige Schlafkojen umfunktioniert, aber zum Glück ist niemand hier.

Wir betreten einen Raum, der wahrscheinlich ein Pausenraum war, mit ein paar Plastikstühlen und -tischen und einem leeren Verkaufsautomaten, dessen Glas zerbrochen wurde. Zerknüllte Zigarettenschachteln und leere Bierdosen liegen auf dem Boden verstreut, aber immer noch keine Menschen. Der Gestank aus den Toiletten, an denen wir vorbeikommen, ist jedoch ekelerregend, was darauf hindeutet, dass es hier Menschen gibt. Allem Anschein nach müssen wir in einer Art Einkaufszentrum feststecken, aber es gibt offensichtlich keine Putzkolonne mehr.

„Wo sind die anderen?", flüstere ich. Die zwei Typen, die wir getroffen haben, machen Sinn, aber man sollte meinen, dass es an einem Ort wie diesem mehr gibt.

„Keine Ahnung, und es gefällt mir nicht", flüstert Blade zurück.

Das nächste Loch in der Wand führt uns in ein Gebäude, das wahrscheinlich ein Bekleidungsgeschäft war. Es ist zweistöckig und hat in der Mitte eine Rolltreppe, die aussieht, als hätte sie sich seit den Neunzigern nicht mehr bewegt. Aber ausnahmsweise sind die Türen nicht zugenagelt. Ich zeige auf sie und Blade nickt, wahrscheinlich denkt er das Gleiche, denn er steuert sie an und zieht mich mit sich.

Er will die Tür vorsichtig öffnen, aber in dem Moment, in dem er es tut, wird sie so plötzlich aufgerissen, dass sie ihn fast mitreißt.

Wir haben die vermissten Pit Vipers gefunden. Oder vielleicht haben sie uns gefunden, denn sie scheinen mit gezückten Waffen auf uns zu warten.

Stiefel klappern auf Metall hinter uns, als noch mehr von ihnen die Rolltreppe herunterkommen. Einer gestikuliert mit seiner Waffe auf uns zu. „Macht, dass ihr da rauskommt!"

Ich schaue Blade an, aber er schüttelt den Kopf. Verdammt.

Wir treten in den Food Court hinaus. Was normalerweise der gemütlichste Teil des Einkaufszentrums ist, sieht kalt und abweisend aus, wenn alle Läden leer und heruntergekommen sind. An einem Ende ist das Karussell umgekippt, das Dach ist eingestürzt und ein paar der Holzpferde sind abgebrochen und liegen auf einem Haufen.

Wir sind von Barrikaden umgeben, die uns vom Rest des Einkaufszentrums abschirmen, aber auf einem Podium in der Mitte, wo ich mir Autos zum Verkauf oder einheimische Musiker oder etwas anderes Typisches für ein Einkaufszentrum vorstellen kann, ist ein hölzerner Thron aufgestellt. Und genau in der Mitte davon sitzt Crow.

„Motherfucker", knurrt Blade. „Was glaubst du, wer du bist? Der Weihnachtsmann? Ich verrate dir ein Geheimnis: Alles, was ich zu Weihnachten will, bist du … *tot*."

„Dachtest du, wir haben keine Sicherheitskameras?" Crows Grinsen ist verdammt hässlich. „Ich wollte dich eigentlich holen, aber du hast mir die Mühe erspart. Lass das Messer fallen."

Für einen Moment sieht es so aus, als wollte Blade es stattdessen werfen, aber es sind zu viele. Sein Kiefer ist so angespannt, dass ich glaube, seine Zähne knirschen zu hören, aber dann lässt er los. Das blutige Messer von Shovelhead klappert auf den Boden.

„Gut. Aber ganz ehrlich, ich brauche dich nicht mehr und du bereitest mehr Ärger, als du wert bist."

Was? Nein, er kann nicht meinen…

Crow drückt ab und der Knall seiner Waffe lässt meine Ohren klingeln. Blade taumelt mit einem schmerzhaften Grunzen zurück. Seine Hände pressen sich auf seinen Bauch, als er gegen einen Pfosten knallt und zu Boden geht.

„Blade!"

Ich versuche, mich auf ihn zu werfen, um sicherzugehen, dass ich mich geirrt habe und ihm nicht einfach in den Bauch geschossen wurde, aber zwei von Crows Tieren packen mich unter den Armen und heben mich weg, obwohl meine Beine strampeln.

Crow hat seine Waffe bereits weggelegt und lässt Blade neben dem Pfosten verbluten. Ein paar der Schläger sehen zu, aber offensichtlich bewegt sich keiner von ihnen, um zu helfen.

„Nun, Faith", sagt Crow. „Es ist längst an der Zeit, dass wir uns darüber unterhalten, wie du deinem Scheißkerl von Vater am besten wehtun kannst. Was denkst du? Soll ich ihn damit erst ins Gefängnis bringen" – er tätschelt das Videoband auf dem Tisch neben seinem Stuhl – „und dich dann töten, damit er es im Gefängnis erfährt, oder soll ich ihm erst das Herz brechen und dann das Band veröffentlichen? Da ich weiß, was er getan hat, glaube ich ohnehin nicht, dass er lange überleben wird."

Ich stehe wie betäubt da und weiß nicht, was ich sagen oder tun soll.

Blade liegt im Sterben, wenn er nicht schon tot ist. Ich sterbe, es dauert nur noch ein bisschen länger, bis Crow beschließt, mich hinzurichten.

Wenn Blade oder Papa etwas zustößt, werden sie denken, ich hasse sie für das, was sie getan haben, aber sie würden sich irren. Ich hasse, *was* sie getan haben, aber ich habe eine harte Lektion über den Unterschied zwischen ihnen und Monstern wie Crow gelernt.

Dafür könnte es jetzt allerdings etwas zu spät sein.

35

ALPHA

Es ist ein Schuss, der uns in die richtige Richtung lenkt. Er hallt durch das alte Einkaufszentrum und prallt an Glasscherben und staubigen Böden ab.

Die Frage ist, warum? Die einzigen Antworten, die ich habe, sind schlecht. Wir müssen Faith und Blade sofort finden.

„Hier entlang!" Ich renne los, Ripper ist mir dicht auf den Fersen und hält seine Handkanone bereit. Dann kommt Eagle-eye, der mit seinem scharfen Auge nach Gefahren Ausschau hält. Animal hat in jeder Hand eine Pistole – ein verdammter Overkill, wie immer –, dann Badass und dann Quickshot, der sein Gewehr zurückgelassen und seine Pistole im Holster hat, aber er hat seinen Namen nicht umsonst.

Wir sind verdammt noch mal bereit, aber wofür zum Teufel sind wir bereit?

Wir biegen um eine Ecke und rasen an einem alten Juweliergeschäft vorbei, an dem das Schild zwar noch hängt, aber abgeplatzt und verblasst ist. Vor uns steht eine riesige Barrikade ohne sichtbaren Eingang. An der Decke hängt ein großes Schild, das den Weg zum Food Court weist. Ich glaube, die daneben gezeichneten Motive sollten festlich und golden aussehen, aber jetzt sehen sie einfach nur traurig und sterbend aus.

Der Schuss kam definitiv aus dieser Richtung.

Leider haben sie auch uns gehört.

„Pass auf!" Ripper schreit nur einen Moment, bevor seine Waffe noch lauter ertönt, gefolgt von einem Schrei aus dem Juweliergeschäft. Scheiße, ich wollte nicht schießen, zumindest nicht, bis wir Faith gefunden haben, aber jetzt hatte ich keine Wahl. Nicht, dass er die falsche Entscheidung getroffen hätte. Der Typ, der am Eingang zusammengesackt ist, hat seine Waffe fallen lassen, aber sie raucht.

Ich hoffe, Faith ist gesund und munter, sonst reiße ich diesen Wichsern das Rückgrat raus und schlage sie damit zu Tode, ohne nur eine Minute zu zögern.

Wir stürmen den Laden und gehen hinter Pfosten und alten Verkaufstheken in Deckung. Jetzt, wo wir hier sind, sehe ich, wie ein Durchgang durch die Wand in den nächsten Laden geschlagen wurde.

Einer der Wichser macht den Fehler, durchzuschauen, als wir gerade ankommen, und ich packe ihn an der Kehle. Verdammt, es fühlt sich gut an, wie er sich in meinem Griff windet, während ich ihn vom Boden hochhebe und gegen die Wand knalle. Er fällt um wie ein Sack

Kartoffeln. Ich denke, er ist bewusstlos, aber ich ramme ihm die Spitze meines Stiefels in die Seite und kicke seine Waffe quer durch den Raum.

Und dann sind wir drin.

Der Ort ist ein verdammtes Labyrinth. Die Kunden sind schon lange weg, aber es ist so viel Scheiße zurückgeblieben, die blockiert und zu Verteidigungsbarrieren umgebaut wurde. Wenn wir nicht aufpassen, schalten sie uns aus, bevor wir auch nur in die Nähe des Durchgangs kommen.

„Wo lang?" Animal schaut überall gleichzeitig hin, begierig, sich zu beweisen.

„Sie könnten überall sein", sagt Eagle-eye. „Das gefällt mir gar nicht."

„Wir haben keine andere Wahl, oder?" Quickshot macht die Schultern locker, als ob er sich auf einen Faustkampf einlassen würde.

„Crow weiß verdammt noch mal, dass wir kommen. Er ist vorbereitet, kein Zweifel." Da es nur kleine Lücken in den Wänden gibt, wird jeder Laden, durch den wir drängen, zu einer weiteren Gelegenheit für einen Hinterhalt. Aber wir müssen zu Faith. „Wir gehen vorwärts, aber passt auf."

Ich übernehme die Führung. Wenn wir den Weg hindurchfinden, will ich der Wichser sein, der Crow den Hals umdreht, also werde ich nicht zulassen, dass mir jemand zuvorkommt.

Das Labyrinth führt uns hin und her, aber wir sehen sonst niemanden. Ich werde das Gefühl nicht los, dass hier alles zu ruhig ist.

„Hast du das gerade gehört?" Badass spitzt ein Ohr. „Ein klickendes Geräusch?"

„Ein Klicken? Scheiße! Runter!", schreit Ripper und wirft sich auf uns.

Kaum sind die Worte ausgesprochen, explodiert die Wand und überschüttet uns mit Glas, Metall und Holz.

36

FAITH

„Was zum Teufel?" Crow vergisst mich für einen Moment, als er sich in Richtung der Explosion dreht.

Eine riesige schwarz-graue Rauchwolke steigt über der Barrikade auf wie ein böser Traum. Irgendetwas ist explodiert, aber ich habe keine Ahnung, was. Ich weiß nur, dass die Vipers abgelenkt sind. Gott, wenn es tatsächlich Ripper und Alpha sind und sie nicht verbrannt oder an der Tankstelle erschossen wurden, dann hoffe ich, dass sie jetzt nicht in die Luft geflogen sind. Ich werde ihre Geister finden und sie heimsuchen, verdammt noch mal!

Während die Pit Vipers nicht hinsehen, husche ich hinüber und knie mich neben Blade. Seine Hand zittert, als ob er krank wäre, aber er lebt noch. Er stöhnt und umklammert fest seinen Bauch. Ich wollte das Messer aufheben, aber es ist weg. Einer von Crows Männern muss es mitgenommen haben.

Crow lacht amüsiert. „Die Ratten sind früher da, als ich erwartet habe. Und ich hatte gehofft, dass ich ein paar Schurkenreden halten kann, aber wenn Eagle-eye sich einfach selbst in die Luft jagt und mir den Ärger erspart, kann ich wohl auch damit leben. Löst du gerne Rätsel mit Papa, Faith? Vielleicht gibt es ein neues."

Was? Papa? Oh Gott! Die schwarze Wolke bekommt jetzt eine ganz neue Bedeutung, und ich kann meinen Blick nicht von ihr abwenden. Ich gebe mir wirklich Mühe, nicht zu verzweifeln, aber sie machen es mir nicht leicht.

„Damit kommst du nicht durch", schnauze ich Crow an.

„Ich glaube, das bin ich schon. Ich muss nur noch herausfinden, wie viele Vögel wir mit einer Klappe geschlagen haben, und dann nun, ich kann dir eins versprechen: Du wirst meine hässliche Visage danach nicht mehr sehen müssen." Die dunkle Drohung in seiner Stimme lässt mich bis ins Mark erschauern. Offensichtlich wird er mich nach all dem nicht am Leben lassen. Nicht, dass ich das jemals von ihm erwartet hätte.

„Bitte stirb nicht", flüstere ich Blade zu.

Seine blauen Augen sind leicht glasig, wenn er zu mir aufschaut und das macht mir Angst. „Warum?"

„Weil wir noch nicht mit dem Streiten fertig sind."

Er lacht und es wird zu einem feuchten Husten. „Es spielt keine Rolle. Du warst das Erste seit langer Zeit, das mich mich aufs Leben freuen ließ, und ich schätze, ich habe es nicht verdient. Ich liebe dich, Faith, und es tut mir leid, dass ich dich nicht rausholen konnte."

Ich beuge mich zu ihm hinunter, Nase an Nase mit ihm. „Du wirst verdammt noch mal *nicht* sterben. Hast du mich verstanden? Ich habe in letzter Zeit bereits zu viel verloren, und ich habe nicht die Absicht, auch nur einen von euch zu verlieren."

Ich weigere mich zu glauben, dass sie alle weg sind, nicht bevor ich den Beweis mit meinen eigenen Augen sehe. Ich ziehe mein T-Shirt aus, knülle es zusammen und drücke es Blade in die Hand, damit er es sich auf die Schusswunde drückt.

Ich erwarte, dass ich eine Panikattacke bekomme, aber ich weigere mich. Wir haben keine Zeit dafür. Nicht jetzt. Wenn ich mich aus dieser Situation befreien will, wenn ich Blade in ein Krankenhaus bringen will, wenn ich am Leben bleiben will, nur für den Fall, dass Alpha, Ripper und Papa nicht tot sind, muss ich die Kontrolle behalten. Ich muss Crow austricksen.

Aber wie?

Er zieht die Augenbrauen hoch, als er mich in meinem BH sieht. „Wo zum Teufel ist Shovelhead? Er soll die Jungs rausbringen, um aufzuräumen. Das können nur noch verdammte Stücke sein."

Das kann ich nicht glauben. Ich kann es nicht.

„Er ist tot", sage ich ihm. „Du wirst verlieren und du bist einfach zu dumm, um das zu verstehen."

„Oh, Faith", erwidert Crow in einem sirupartig süßen Ton, der so giftig ist wie eine Kobra. „Du kannst dir so viel vormachen, wie du willst, aber hier werden sie dich nie erreichen. Selbst wenn sie die Explosion überlebt haben, sind sie da draußen leichte Beute. Meine Jungs werden sie alle abmurksen. Sie haben einen Fehler gemacht, hierherzukommen."

Ein lauter Aufprall lenkt unsere Aufmerksamkeit auf die nächstgelegene Barrikadenwand. Sie wackelt tatsächlich einen Moment, bevor sie zur Ruhe kommt.

Was zum Teufel?

Ein weiterer Aufprall und dieses Mal löst sich etwas und das Wackeln oben wird stärker.

„Was zur Hölle ist hier los?" Crow winkt ein paar seiner Leute nach vorn. „Seht euch das verdammt noch mal an."

Plötzlich gibt es ein Geräusch von splitterndem Holz. Crow und ich springen instinktiv zurück, als die Barrikade nicht nur wackelt, sondern umkippt und auf uns zustürzt.

„Verdammte Scheiße!"

Sie fällt mit einem donnernden Aufprall und wirbelt eine Staubwolke vom Boden auf, die es unmöglich macht, etwas zu sehen. Dann, als ich hindurch blinzle, tauchen große Formen auf, Formen, die sich in die Menschen auflösen, die meine ganze Welt sind.

„Alpha", flüstere ich mehr zu mir selbst, als dass ich es wirklich sage. Mein Herz krampft sich zusammen und ich kann nicht glauben, was ich gerade sehe.

„Motherfuckers!", grölt er. „Es ist Zeit für eine verdammte Abrechnung!"

„Schnappt sie euch!", brüllt Crow, und dann ist der Food Court voll mit Pit Vipers. „Zehn Riesen für jedes Teil von Eagle-eye, das ihr mir bringt!"

Auf einen lauten Knall folgt ein Lichtblitz. Ripper. Einer der Pit Vipers wird von der Wucht eines Geschosses zurückgeworfen, das ihn mit einem fürchterlichen Quietschen mitten im Gesicht trifft. Ich schaue weg und versuche, nicht zu kotzen. Meinem neuen Verständnis sind Grenzen gesetzt…

Der Raum füllt sich mit Screaming Eagles und der Kampf verwandelt sich schnell in einen Kampf mit Fäusten und Messern. Aus der Nähe ist es genauso wahrscheinlich, dass du einen Freund wie einen Feind erschießt.

„Faith!" Alpha schleudert einen der Pit Vipers quer durch mein Blickfeld und reißt einen weiteren mit sich, als sie zusammenstoßen und Papa sich mit Schlagringen an jeder Hand durch die Vipers schlägt.

Alpha und Ripper entdecken mich und fangen an, sich einen Weg durch die Männer zwischen uns zu bahnen. Ich weiß nicht, wie viele Männer Crow hier hat, aber im Moment sieht es so aus, als hätte er einen unendlichen Vorrat.

Ich will zu ihnen rennen, aber ich bleibe stehen und versuche, Blade zu decken, der immer noch an den Pfosten gelehnt dasitzt. Gott, ich hoffe, er ist noch am Leben.

Zum ersten Mal, seit wir uns befreit haben, spüre ich Hoffnung. Dann legt sich ein starker Arm um meine Kehle und reißt mich so stark zurück, dass mir der Atem stockt.

Ich wehre mich und trete, aber dann wird der harte Stahl eines Gewehrlaufs gegen meinen Kopf gedrückt. „Halt verdammt noch mal still, Faith, wenn du nicht willst, dass ich dir hier vor den Augen deines alten Herrn das Hirn wegblase. Langsam habe ich die Schnauze voll." Crow zieht seinen Griff um meine Kehle noch fester, während er mich auf das Podium manövriert, damit ich gesehen werde. „Hey! Ihr Wichser! Wenn ihr nicht wollt, dass euer Babygirl verreckt, dann ergebt euch auf der Stelle."

Es dauert einen Moment, bis sich alle wieder gefangen haben, aber der brutale Kampf verlangsamt sich und hört dann auf. Der Boden ist blutverschmiert und viele Jungs stehen nicht mehr auf. Zum Glück stehen alle, die ich erkenne, noch, auch wenn Alpha aus einer hässlichen Wunde am Kopf blutet und Ripper aussieht, als würde er ein Bein gegenüber dem anderen bevorzugen. Papa sieht erschöpft aus, obwohl er immer noch aufrecht steht. Vielleicht liegt es daran, dass ich seine Mimik besser kenne als alle anderen.

„Wenn du ihr verdammt noch mal wehtust", sagt Ripper mit einer stählernen Stimme, die so scharf ist, dass sie einen Felsen durchschneiden könnte, „werde ich dir deinen verdammten Kopf wegblasen und in den Stumpf scheißen."

Ich kann Crows Gesicht so nicht sehen, aber es ist, als könnte ich sein hässliches Grinsen trotzdem spüren.

„Wenn sich jemand mit Stümpfen auskennt, dann ist es der Krüppel."

„Ihr könnt das nicht gewinnen", sagt Alpha. „Wir haben mehr Männer im Anmarsch, und eure kleinen Scheißer können es nicht mal zu dritt mit einem von uns aufnehmen. Wollt ihr das wirklich auf euch sitzen lassen?"

„Hört auf mit eurem verdammten Blödsinn. Wir alle wissen, dass keiner von euch etwas tun wird, solange ich eure kleine Freundin habe. Ihr Leben liegt in meinen Händen." Er fährt mit einem Finger über meine blutbespritzte Brust.

Wenn Blicke töten könnten, würden Ripper und Alphas Blicke Crow um ein Vielfaches töten. Die Crew der Screaming Eagles hinter ihnen sieht tödlich aus, aber Ripper, Alpha und Papa sind der leibhaftige Tod.

Ich trete mit aller Kraft, die ich habe, auf Crows Spann.

Mein Fuß prallt harmlos an seinem Biker-Stiefel ab.

„Was zur Hölle glaubst du, was du da tust, du kleine Schlampe? Ich werde dich verdammt noch mal erschießen!"

„Nein, das wirst du verdammt noch mal nicht. Wenn du das tust, bist du ein toter Mann."

„Das wird es verdammt noch mal wert sein, zu wissen, dass ich Eagle-eyes Tochter getötet habe." Er drückt mir die Waffe so fest gegen die Schläfe, dass es verdammt wehtut. „Also sei keine dumme Schlampe und bleib verdammt noch mal genau da stehen. Hast du vergessen, dass ich deine kleine Freundin noch habe? Ein Wort von mir, und sie stirbt, ein kleines Körperteil nach dem anderen."

Wie auf ein Signal klingelt ein Telefon und durchbricht die Stille.

Es klingelt weiter, während die Leute sich umschauen, bis Papa sein Handy aus der Tasche zieht. Er schaut kurz auf den Bildschirm, dann tippt er auf das Telefon und hält es an sein Ohr, während er seinen wütenden Blick wieder auf Crow richtet.

Crow lacht. „Klar. Mach nur. Nimm den Anruf an. Wir haben alle Zeit der Welt, wie es aussieht."

„Status", sagt Papa. Ein paar Augenblicke vergehen, und er nickt ein paar Mal. „Gute Arbeit." Er steckt das Telefon zurück in seine Tasche. „Die Aufräumcrew hat Nicky. Sie ist in Sicherheit."

Er kommt nur bis zu „Nicky", bevor ich mit meinem Absatz nach hinten aushole. Vielleicht ist es Glück, aber er bleibt mir treu und trifft direkt in Crows Nüsse.

„Motherfuck-", grunzt er und für einen kurzen Moment wackelt seine Waffe. Das ist meine Chance, und ich werfe mich gegen seinen Arm, um mich zu befreien.

Er ist zu stark. Sein Griff um meinen Hals ist wie ein Schloss aus Stahl, und ich komme nicht weiter.

Erst als Crow sich plötzlich versteift und sein Griff um mich nachlässt. Der ganze Raum ist still. Es sind keine Schüsse gefallen, aber er rutscht von mir weg. Ich stoße nach vorn und drehe mich um. Er lässt mich ohne Widerstand los, und als ich mich ein paar Schritte von ihm wegdrehe, sehe ich warum.

Ein langes Messer - Shovelheads Messer - ragt aus seinem Hals, sein Blut rinnt an der Klinge herunter, während er zusammenbricht. Ein tiefes Gurgeln oder Röcheln ertönt aus seiner Kehle und dann sackt er in einem Haufen zusammen.

„Verdammtes Arschloch", zischt Blade. Er sitzt immer noch da und hält sich mein T-Shirt an den Bauch, wo viel, viel zu viel Blut ist, aber sein Kopf ist aufgerichtet und sein Gesicht ist eine Maske aus Schmerz und Entschlossenheit. „Ich wusste, dass er irgendwann die Waffe wegnehmen würde."

„Blade!" Ich renne zu ihm, falle auf die Knie und nehme seinen Kopf in meine Hände. „Du lebst."

„Fürs Erste", grunzt er und es ist offensichtlich, wie schwach er ist, weil er meine Hand so stark belastet. Er kann seinen Kopf kaum noch hochhalten.

„Hilfe!", rufe ich, aber Alpha ist schon da. „Ich habe dich. Du wirst mir jetzt nicht wegsterben, du schrulliger, alter Wichser."

„Halt die Fresse", zischt Blade.

„Doc!" Papa gibt ein Zeichen und ein stämmiger Mann in Papas Alter mit kurzen, weißen Haaren kommt angerannt.

„Schon dabei."

Und dann herrscht wieder Chaos, aber auf eine ganz andere Art und Weise. Ohne ihren Anführer fliehen die Pit Vipers wie Ratten. Unsere Jungs jagen sie und sorgen dafür, dass sie nicht noch mehr Ärger machen. Das gibt Alpha, Ripper und Papa die Gelegenheit, darüber zu streiten, wer mich zuerst umarmen darf.

Am Ende ist es Ripper. Er zieht mich von den Füßen und drückt mich so fest an sich, dass ich denke, mein Magen kommt mir aus den Ohren raus, aber ich drücke ihn auch so fest wie möglich zurück. Und dann findet sein Mund meinen und wir küssen uns wie geile Teenager.

„Oh mein Gott", stöhnt Papa hinter uns, aber ich kann mich nicht dazu überwinden, mir Sorgen zu machen. Er wird damit leben müssen.

Alpha reißt mich von Ripper weg, damit er mich selbst umarmen und küssen kann, was meinen Körper bis in die Zehenspitzen kribbeln lässt. Er ist voller Sorge, Leidenschaft und Wut und gibt mir ein klares Versprechen, wie er die Tatsache feiern will, dass wir alle noch am Leben sind. Ich schlinge meine Arme um seinen dicken Hals und klammere mich an ihn, als ginge es um mein Leben. Und dann ist Ripper hinter mir und ich bin die Mitte in einem liebevollen Biker-Sandwich, in dem ein Typ fehlt.

Ich drücke mich lange genug von Alpha weg, um zu fragen: „Blade?"

„Er ist schon auf dem Weg ins Krankenhaus, mit dem Doc an seiner Seite", sagt Papa, der ungeduldig neben uns wartet und mir sein eigenes Shirt hinhält, damit ich es anziehe. Ich lache und lasse es über meinen Kopf und fast bis zu meinen Knien fallen. „Wenn er zusammengeflickt werden kann, dann wird er verdammt noch mal zusammengeflickt. Bist du dir zu fein für eine Umarmung von deinem alten Herrn?"

Die Jungs lassen mich gehen, damit ich mich in Papas Arme werfen kann. Es spielt keine Rolle, ob ich sauer auf ihn bin oder nicht, ich bin so verdammt froh, dass er in Sicherheit ist. „Ich liebe dich, Papa."

„Ich dich auch, Schatz", flüstert er mir ins Ohr.

„Zurück zum Clubhaus?", fragt Alpha.

„Scheiße, ja." Papa weigert sich, mich den ganzen Weg zurück zu den Bikes mich wieder auf die Füße zu stellen, und es macht mir nichts aus.

37

FAITH

„Wie geht's, Faulpelz?" Ripper grinst Blade an und stößt ihn in die Seite, wo er angeschossen wurde.

Ihn so zu nennen, macht eigentlich keinen Sinn mehr, denn Blade ist aufgestanden und läuft jetzt ganz gut. Er sagt, dass er ein wenig Schmerzen in der Seite hat, was alles sein könnte, von einem Ärgernis bis hin zu blendender Qual, da wir wissen, wie er ist, aber er steht auf und läuft herum und das ist viel mehr, als wir erwartet haben, als wir ihn fast sterben sahen.

„Verpiss dich." Blade zeigt ihm mit beiden Händen den Finger.

„Oh, ich sehe schon, was du da gemacht hast, du Arschloch", sagt Ripper lachend, während er sich neben ihn auf die Couch fallen lässt und ihm eines der Biere reicht, die er zwischen den Fingern seiner guten Hand eingeklemmt hat.

Wir sind im Gemeinschaftsraum, in einer der Sitzecken im hinteren Teil, wo die bequemsten Sessel und Sofas stehen, während auf dem riesigen Beamer ein Spiel läuft. Blade und Ripper sitzen auf der Couch, und ich sitze bequem auf Alphas riesigem Schoß, kuschle mich an seinen breiten Oberkörper und fühle mich seltsam glücklich. An dieses Gefühl muss ich mich erst noch gewöhnen, nach allem, was passiert ist.

„Warum nehmt ihr zwei Wichser euch nicht ein Zimmer?", sagt Alpha.

Ripper macht Kussgeräusche. „Soll ich mich auf deinen Schoß setzen?"

„Verpiss dich", erwidert er gutmütig und zieht mich näher an sich, wobei ich fast mein Bier verschütte.

„Ruhig!"

„Gott, ich kann nicht glauben, dass du hier wohnst", schwärmt Nicky von ihrem Stuhl aus.

Sie kommt für ein paar Tage zu Besuch. Sie war sehr enttäuscht, als sie erfuhr, dass die Aufräumcrew nach ihrer Rettungsaktion, bei der sie anscheinend einige beeindruckende Prügeleien und andere übertriebene Machosprüche einstecken musste, was bei den Bikern in der Gegend an der Tagesordnung zu sein scheint, schon ziemlich glücklich an Alessa vergeben war.

Sie hat ein Auge auf die anderen Biker geworfen und ein bisschen geflirtet, in der Hoffnung, dass sie bemerkt wird, aber die alten naiven Neckereien sind verschwunden. Ihre rosarote Brille wurde ihr nun wirklich heruntergerissen, aber sie ist nicht komplett gegen die Idee. Ich denke nur, dass es eine Weile dauern könnte.

Wenn ich eine Biker-Braut werde, kann das schließlich jeder werden.

Aber das Leben ist nicht nur Sonnenschein und Rosen. Trotz der drei Männer, in die ich mich verliebt habe, vermisse ich meinen Laden. Eine Beziehung mit drei Männern gleichzeitig zu führen, nimmt viel Zeit in Anspruch, aber ich vermisse die Arbeit.

Ganz zu schweigen davon, dass es schön wäre, mehr rauszukommen. Ich mag es, Papa wieder besser kennenzulernen, aber für ihn ist es genauso seltsam, mich mit dem Strike Team zu sehen, wie für mich, ihn und Miriam zu beobachten.

Im Fernsehen pfeift der Schiedsrichter das Spiel ab, und sowohl Ripper als auch Alpha jubeln. Jedes Mal, wenn ihre Teams gewinnen, ist es so. Mein Lieblingsteil ist der Teil, der danach kommt.

„Zeit zum Feiern, Schatz", sagt Alpha so nah an meinem Ohr, dass ich eine Gänsehaut bekomme.

„Leute, Nicky ist noch hier", protestiere ich nur ein bisschen, weil wir alle beschlossen haben, mit unserer ersten richtigen Feier zu warten, bis es Blade besser geht, damit er nicht zu kurz kommt, und obwohl ich ihre Kameradschaft und Brüderlichkeit und all das schätze, bin ich genauso geil wie der Rest von ihnen.

„Oh, lasst euch nicht stören", meint Nicky mit einem breiten Grinsen. „Möchte jemand Billard spielen?"

Ein paar Jungs treiben sich bei ihr herum und schauen sie vorsichtig an. Sie alle wissen, wer sie ist und dass sie nicht tabu, aber auch nicht ganz frei ist.

Ich springe von Alphas Schoß und rutsche rüber, um mich auf Blades zu setzen.

„Was soll der Scheiß?", fragt er, aber seine Hände gehen zu meinen Hüften und ziehen meinen Hintern direkt in seinen Schoß, wo er zweifelsohne mehr als bereit ist, zu feiern. Ich merke es sogar durch seine Jeans.

„Geht ihr schon mal vor. Wir sind gleich da", sage ich zu Ripper und Alpha.

Sie sehen sich gegenseitig an, dann wieder mich. „Okay", sagt Ripper, „aber ihr solltet euch verdammt noch mal beeilen. Wir fangen nicht ohne dich an."

„Worum geht's?", fragt Blade. Er mustert mich neugierig.

Ich befeuchte meine Lippen und überlege, wie ich das erklären soll. Am Ende wähle ich den einfachsten Weg. „Weißt du noch, worüber wir gesprochen haben, als wir fliehen wollten?"

„Wir haben über vieles geredet, Babe. Worüber genau?" Er sieht mich verwirrt an.

„Du ... du hast mir gesagt, dass du mich liebst", sage ich leise. „Aber ich habe es nicht erwidert. Ich war ... dieser Tag war viel, und zu hören, was du getan hast. Es *zu sehen*? Ich wusste nicht, was ich denken sollte."

Seine Augen weiten sich, als er versteht, was ich meine, aber dann schüttelt er sanft den Kopf. „Babygirl, die Tatsache, dass du all diesen Scheiß gesehen und gehört hast und immer noch hier bist? Das ist alles, was ich in diesem Leben brauche. Das ist mehr, als ich je für möglich gehalten hätte. Wenn du also nicht so für mich empfindest wie für jemanden wie Alpha, der mehr..."

Ich lege einen Finger auf seine Lippen. „Das ist es nicht. Ich verstehe dich. Ich bin kein Priester oder so, um dir die Absolution zu erteilen, aber ich würde es tun, wenn ich könnte."

Seine Arme legen sich fest um mich. „Fuck, Faith. Warum sollte es mich kümmern, was irgendein Kirchenmensch denkt? Du und meine Brüder hier? Ihr seid die einzigen Menschen, die zählen. Ich habe gelernt, mit meiner Dunkelheit zu leben, Baby. Sie wird immer da sein."

„Und das ist mir egal. Wir alle haben Dunkelheit in uns, mehr oder weniger, aber wir sind mehr als das. Und ich war nicht sehr gut darin, das zu erkennen. Ich möchte, dass du weißt, dass ich dich liebe, egal, was du in der Vergangenheit getan hast, denn ich liebe alles, was du bist. Die hellen *und die* dunklen Seiten."

Blade wird still. Er atmet kaum noch. Seine Augen weiten sich und werden zu tiefblauen, unendlich tiefen Pools, und ich schwöre, sie glänzen ein wenig. Ich weiß nicht, ob einer dieser Typen jemals weint, aber er sieht aus, als könnte er es.

„Habe ich etwas Falsches gesagt? Ich wollte nicht…"

Er bringt mich zum Schweigen, indem er mich küsst. Er ist stürmisch, brutal und bösartig und mit seinen Händen, die meinen Kopf umschließen und mich festhalten, kann ich nirgendwo hin, aber das will ich auch gar nicht. Ich erwidere seinen Kuss und genieße ihn, seinen Geruch, seinen Geschmack, einfach alles. Als er sich schließlich von mir löst, lässt er mich nicht los, sondern hält mich fest, damit er mir direkt in die Augen schauen kann.

„Ich liebe dich verdammt noch mal, Faith. Es gibt nichts, aber auch gar nichts, was du tun kannst, um mich zu vergraulen. Ich gehöre verdammt noch mal dir."

Oh.

Wow.

Diese Worte wärmen mich bis ins Innerste. Gott, ich könnte ihn gleich hier bespringen. Viele Männer erzählen dir, was du hören willst, aber wenn ich etwas über Blade gelernt habe, dann, dass er dir die Wahrheit sagt, und zwar nur die Wahrheit. Kein Bullshit. Und er würde so etwas nie sagen, wenn er nicht…

Wow.

„Hast du es den anderen schon gesagt?"

Ich schüttle den Kopf. „Ich wollte, dass du der Erste bist."

„Dann gehen wir jetzt verdammt noch mal zu ihnen."

38

RIPPER

Blade tritt die Tür auf, bevor er mit Faith in den Armen hereinschneit, als gehöre ihm der ganze Laden. Dann stößt er die Tür hinter sich zu.

Ich grinse ihn an. „Solltest du sie so herumtragen?"

„Ach, scheiß drauf!" Er setzt sie ab und schiebt sie zu mir und Alpha. „Sag's ihnen, Kleines."

Was soll der Scheiß?

Faith beginnt mit Alpha, rutscht auf seinen Schoß und wirft ihre Arme um ihn. Sie lächelt, mit einem Funkeln in den Augen, das meinen Schwanz hart werden lässt und meine Hände dazu bringt, sie hierherzuzerren und ihr die verdammten Klamotten vom Leib zu reißen, aber dann lehnt sie sich vor und presst ihre Lippen direkt auf Alphas Ohr.

Ich habe keine verdammte Ahnung, was sie sagt, aber so wie sein Gesicht aufleuchtet, muss es verdammt gut sein. Und Blade lehnt mit einem selbstgefälligen Grinsen an der Wand. Er grinst wie ein Kind an seinem verdammten Geburtstag. Was zum Teufel hat sie uns angetan?

Dann flüstert Alpha ihr etwas zu, und beide lächeln sich an wie verliebte Welpen.

„Mein Gott, wenn mir nicht jemand sagt, was hier los ist, wird mir von der süßen Luft hier drin schlecht. Ihr benehmt euch wie verliebte Mittelschul-Schüler."

Faith rutscht von Alphas Schoß und kommt zu mir rüber, um sich zu setzen. Und sie küsst mich. Okay, ich bin dabei, auch wenn es schnell geht. „Danke."

„Wofür?"

„Dass du mich verstehst. Dass du deine Geschichte mit mir geteilt hast und dass du zurückgekommen bist, um mich zu retten, immer und immer wieder."

„Mein Gott, ist das alles?" Ich fahre mit den Fingern durch ihr Haar. „Ist doch selbstverständlich."

Aber sie schüttelt den Kopf. „Nein, ich meine es ernst. Ohne dich hätte ich das nicht durchgestanden. Ohne jeden von euch. Und deshalb gibt es etwas, das ich dir sagen möchte." Sie streicht mir mit den Fingerspitzen über die Wange und beugt sich vor.

„Ja, klar. Erzähl mir alles."

„Ich liebe dich, Ripper." Ein leises Flüstern, direkt in mein Ohr, flüchtig wie Luft, aber verdammt.

Fuck.

Diese Worte gleiten in mich hinein, wie Wärme an einem verdammt kalten Tag, wickeln sich um meine verdammte Wirbelsäule und dringen in mein Gehirn ein, auf die verdammt beste Weise.

„Das wolltest du mir verdammt noch mal sagen? Uns?"

Sie sieht verwirrt aus, als wäre das nicht die Reaktion, die sie erwartet hat.

Fuck. „Nein, so habe ich es nicht gemeint, Süße. Nichts ist falsch. Aber wir wissen es, verdammt. Und wir lieben dich verdammt noch mal. Ich liebe dich verdammt noch mal. Du gehörst uns, nicht wahr? Jetzt und für immer, Babe."

Dieser Kuss ist schon eher etwas Besonderes. Sie wirft sich mir an den Hals und unsere Zungen duellieren sich, als würden wir darum wetteifern, wer den anderen zuerst verschlingt. Ich ziehe sie mit mir aufs Bett, während wir uns weiter küssen, und fange dann an, ihr Shirt hochzuziehen. Wenn sie sich geliebt fühlen will, werden wir das tun, immer und immer wieder.

Auf die beste Art und Weise, die wir kennen.

Wir ziehen sie gemeinsam aus. Es dauert nicht lange, bis sie splitternackt ist. „Wenn es nach mir ginge, würde ich dich die ganze Zeit so lassen", sage ich grinsend, während ich eine ihrer fantastischen Titten hochhalte.

„Hör auf, herumzualbern. Zieh deine blöden Klamotten aus. Ich warte schon seit Wochen darauf!" Sie fängt an, meinen Hosenstall zu öffnen, und dann reiße ich mir mein Shirt vom Leib. Unsere Klamotten sind in einer verdammt heißen Sekunde ausgezogen und dann fallen wir auf einen Haufen auf dem Bett mit Faith in der Mitte. Genau da, wo wir sie haben wollen. Als Alpha ihre Beine spreizt, um sein Gesicht darin zu vergraben, nimmt Blade ihre Titten in den Mund und ich stürze mich auf diese sexy Blowjob-Lippen.

Sie schmeckt nach Liebe und Sex und nach allem, was ich mir von einer Frau wünsche. Oder einer Frau, die ich ficke.

39

FAITH

Blade saugt an meinen Brüsten, bis meine Brustwarzen kribbeln, während Alphas Mund sich zwischen meinen Beinen vergräbt, wo seine breite Zunge bereits Muster auf mein empfindliches Fleisch zeichnet. Ripper schmiegt sich an mich und seine sexy Küsse wärmen mich am ganzen Körper, während seine geschickten Finger über meine Haut streicheln und eine Gänsehaut auf meinen Armen erzeugen.

Wir hatten seit der Sache in der Pit Viper Mall keinen Sex mehr und im ersten Moment ist es fast so, als wäre es wieder das erste Mal. Überall sind Körper und Gliedmaßen und riesige, harte Schwänze, und ich weiß kaum, was ich mit ihnen allen anfangen soll.

Ich nehme Blade und Ripper in meine Hände, während Alpha meine Klitoris mit seiner flinken Zunge zum

Kribbeln bringt. Es ist, als ob er all meine liebsten und empfindlichsten Stellen kennt und sie wie ein Experte umspielt. Während Blade meine Brüste neckt und Ripper meine Lippen anbetet, schwebe ich zwischen ihnen, umgeben von Liebe.

Und harten Schwänzen.

Die Jungs stöhnen auf, als ich sie streichle, und es dauert nicht lange, bis Ripper sich zurückzieht, um sich meinem Mund zu nähern. Ich nehme ihn gern in mich auf und erforsche die glatte Struktur seines Schwanzes mit meiner Zunge. Er ist glitschig und schmeckt leicht nach dem salzigen Geschmack seines Spermas. Und je mehr ich an ihm sauge, desto mehr ist da.

„Fuck, das kannst du so verdammt gut", stöhnt er und verändert den Winkel, um zwischen meine Lippen zu stoßen. „So verdammt gut."

Je intensiver Alpha und Blade an mir saugen, mich lecken und mich mit ihren Zungen verehren, desto schwieriger fällt es mir, mich zu konzentrieren. Jeder Zentimeter meiner Haut ist lebendig, wenn ich sie spüre, von meinen Brustwarzen über mein Geschlecht bis tief in meinen Bauch und bis zu meinen Zehen. Sie spielen mit mir wie Meistermusiker und treiben mich zum großen Crescendo.

Alpha gleitet mit seiner Zunge tief in mich hinein und fickt mich damit. Dann fährt er zurück und wirbelt sie um meine Klitoris, während seine dicken Finger mich wieder und wieder aufspreizen. Jedes Mal ist es so, als würde er mich noch ein bisschen mehr dehnen. Blade packt eine Brustwarze mit seinen Fingern und drückt zu. Der Schmerz vermischt sich mit dem Vergnügen. Ich schließe meine Augen, atme schwer und lasse mich einfach treiben, folge jedem sexy Stromstoß, der über meine Haut gleitet. Es wird nicht lange dauern.

Nicht nach einer so langen Zeit des Wartens.

„Wirst du für uns kommen?", fragt Ripper und fährt mit den Fingern durch mein Haar, während er mir dabei zusieht, wie ich seinen Schwanz lutsche, als wäre ich ein Engel, der gekommen ist, um die drei zu retten. „Willst du dich von uns in den Wahnsinn treiben lassen?" Er nimmt den anderen Nippel, an dem Blade nicht gerade saugt.

Ich stöhne um ihn herum und nicke. Sie treiben mich in den Wahnsinn.

„Dann tu es", befiehlt Blade. „Komm verdammt noch mal. Das ist das Geilste, was ich kenne."

Alpha sagt nichts mit seiner Stimme, aber seine Zunge stimmt mit den Jungs überein. Nur ein bisschen schneller, nur ein bisschen eindringlicher, nur ein bisschen tiefer mit seinen Fingern, und dann spüre ich, wie es sich aufbaut. Tief in meinem Inneren brennt es, und es breitet sich in meinem ganzen Körper aus. Ich drücke meine Muschi in sein Gesicht, als könnte ich meinen Orgasmus von seinen Fingern und seiner Zunge ficken, wölbe meinen Rücken und stöhne um Rippers dicken Schwanz herum.

Und dann explodiere ich und meine Welt wird blendend weiß, als ich so hart zwischen meinen Jungs komme. Mein Gott, wie soll ich das für den Rest meines Lebens überleben? Ich habe keine Ahnung, aber ich werde es auf jeden Fall versuchen, und wenn ich am Ende vor lauter Lust sterbe, dann ist das eben so.

Als ich wieder runterkomme, grinsen mich die Jungs selbstgefällig an, weil sie wissen, dass sie gute Arbeit geleistet haben.

„Dreht sie um."

Was?

Sie haben mich so schnell auf Händen und Knien, dass ich vor Überraschung aufschreie, als sie mich umdrehen. Ich ertappe mich dabei, wie ich direkt auf Alphas Schwanz starre, während ich Blades harte, fordernde Hände auf meinen Hüften spüre.

Es gibt noch einen anderen Grund, warum ich mich so sehr auf heute Abend gefreut habe ... und zwar, weil ich jetzt die Pille nehme und wir alle froh sind, dass wir diese lästigen Päckchen nicht mehr brauchen. Ich habe schon die ganze Woche die schmutzigsten Träume.

Gut, dass die Jungs mich klatschnass gemacht haben, denn Blade stößt direkt in mich hinein und es gibt eine Menge von ihm, die ich aufnehmen muss. Gott, ist der dick. „Du fühlst dich himmlisch an."

Ich stöhne tief in meiner Kehle, was meine Lippen gerade so weit öffnet, dass Alpha am anderen Ende eindringen kann. Ich nehme ihn begierig in mich auf. Dann nimmt Ripper meine Hand und wickelt sie um seinen Schwanz, und ich befriedige alle drei auf einmal, und sie befriedigen mich, und ich fühle mich so verdammt gut.

„Wechseln!", ruft Ripper, und plötzlich bin ich leer. Ich stöhne auf, als sie mich hochheben und drehen, bevor sie mich wieder auf Hände und Knie fallen lassen. Blades Schwanz starrt mir ins Gesicht, während Ripper in mich eindringt. Ich befinde mich wieder in der gleichen Position, aber alle Jungs haben sich um mich herum bewegt. Ich schmecke mich auf Blade, aber das macht mich nur noch mehr an, weil ich weiß, dass er schon einmal in mir war und dass er wahrscheinlich wieder da sein wird, bevor wir fertig sind.

„Wechseln!"

Oh Gott! Wieder umgedreht, und jetzt ist Ripper wieder in meinem Mund, während Alpha mich mit seinem riesigen Schwanz dehnt. Sie wechseln sich so oft ab, dass ich nicht mehr zählen kann, wie oft ich sie schon alle gelutscht und gefickt habe.

Während Alpha mich fickt, Ripper in meinem Mund und Blade an der Seite ist, wird etwas Kühles und Glitschiges auf meinen Arsch gegossen und eingerieben. Blades fordernder Finger schiebt es in meine Arschritze und stößt dann auch an meinen Hintereingang, während Alpha mit entschlossenen Stößen hinein- und herausgleitet.

Ich stöhne bei diesem seltsamen Gefühl. Es ist auf eine ganz andere Art erstaunlich, etwas, von dem ich nie gedacht hätte, dass es mir gefallen könnte, zumindest nicht, bis ich Alpha, Ripper und Blade kennengelernt habe. Diesmal weiß ich aber irgendwie, was mich erwartet, und während Alpha mich fickt, als wäre ich die einzige Frau auf der ganzen Welt, schiebt Blade einen Finger in mich hinein und macht mich bereit.

Gott, das ist so intensiv.

Die Jungs rollen sich weg, lange genug, damit Alpha seinen Schwanz einschmieren kann, bis er glänzt. Er setzt sich wieder auf das Bett und hält sich aufrecht. „Komm her, Schatz, und setz dich. Nein, nicht so, gib mir deinen Arsch, Baby."

Nervös atme ich ein und stelle mich hin, und schon drückt seine Dicke gegen mein kleines Loch. Ich schließe meine Augen und atme durch die Dehnung, während ich mich auf ihm entspanne und er meine Hüften mit seinen

Händen stützt und darauf achtet, dass ich nicht zu schnell komme.

Als ich endlich auf seinen Hüften sitze, fühle ich mich so voll da hinten, und es sind immer noch zwei Jungs da.

Ripper bewegt sich zwischen meine Beine und richtet seinen Schwanz aus, während Alpha meine Beine zurückzieht und mich offen hält. Obwohl die Jungs so hart sind, ist es erstaunlich, wie sanft sie sein können, wenn sie sich um mich sorgen. Als Ripper seinen Schwanz zwischen meine Falten drückt und langsam in meine Muschi gleitet, bin ich mehr als bereit für ihn und stöhne vor Anstrengung, als ich sie beide zusammen nehme.

„Langsam", flehe ich. „Sonst komme ich zu früh." Es ist so überwältigend, und ich bin so voll von ihrer Liebe.

Als Ripper und Alpha ihren Rhythmus gefunden haben, gibt es für mich kein Halten mehr. Ich fange an, um sie herum zu kommen, und meine Muskeln spannen sich so sehr an, dass sie kurz aufhören müssen, damit ich mich wieder entspannen kann. Ich habe mich noch nie in meinem Leben so voll gefühlt. Und als ich endlich wieder auf der Erde bin und sie träge hinein- und herausgleiten, legt sich Alpha ganz auf das Bett und Blade streichelt meine Brust und präsentiert sich meinem Mund.

Ripper ist der Erste, der Anzeichen von Menschlichkeit zeigt. „Verdammt, dich ohne die verdammte Hülle zu spüren ist unglaublich. Ich werde in dir kommen, Baby. Bist du bereit?"

Ich stöhne um Blades Schwanz herum. Er lacht. „Ich glaube, das ist ein Ja."

Ripper nimmt das Tempo auf und fickt mich mit seinem großen Schwanz durch, bis er tief in mich eindringt und mich immer wieder mit seinen Impulsen ausfüllt.

Allein das Gefühl, so beansprucht zu werden, bringt mich wieder zum Überlaufen und ich explodiere in Alphas Armen. Er stöhnt, ein tiefes Grollen in seiner Brust, und hält meine Hüften an seine gedrückt, als er hart in meinem Arsch kommt.

Das glitschige Sperma füllt sofort meinen Mund und ergießt sich über meine Zunge und ein wenig auf mein Kinn. Blade fällt zurück und spritzt mir das letzte Bisschen auf die Titten. Die Jungs machen mich total schmutzig, beanspruchen mich für sich und ich habe mich noch nie so köstlich beansprucht gefühlt. Geliebt.

Heilige Scheiße.

Dann tragen mich die Jungs in die Dusche, wo sie mich abwechselnd waschen. Ihre Säfte laufen unter dem heißen Wasser von mir ab, aber ich fühle mich dadurch nicht weniger beansprucht. Und als Alpha mir die Haare wäscht, schmelze ich mit ihm zusammen, besonders als er anfängt, meinen Kopf zu massieren.

Er beugt sich vor. „Zweifle nie daran, dass wir dich lieben, Faith. Wir sind vielleicht nicht immer die Besten, wenn es darum geht, es zu sagen, aber wir zeigen es dir jeden verdammten Tag und jede Nacht."

Ich grinse. „Ich weiß, und hier gibt es keine Beschwerden."

„Besser so. Wir werden dich hart rannehmen." Blade grinst und liegt immer noch splitterfasernackt auf dem Bett, und ich liebe jeden vernarbten, tätowierten Zentimeter von ihm.

Ich lasse mich neben ihn aufs Bett fallen, gefolgt von Alpha und Ripper, der sich ein wenig nach unten schiebt, damit er seinen Kopf auf meinen Bauch legen kann. Ich streiche ihm mit den Fingern durch die Haare und genieße den Moment.

„Fuck, alles für unsere Old Lady", sagt Alpha und ich reiße meine Augen auf.

„Old … Lady?" Ich schlucke. Das ist so ziemlich das, was einem Heiratsantrag in diesem Leben am nähesten kommt.

„Natürlich", sagt Blade und fährt mit seinen rauen Fingern durch mein Haar, bis er es im Nacken packen und meinen Kopf zu sich drehen kann. „Es sei denn, du willst es nicht, aber mach dich darauf gefasst, dass dein Papa unsere Schwänze dann im Hof aufspießt. Und du sitzt sowieso mit uns fest."

„Auf jeden Fall", fügt Ripper hinzu. „Wir machen keine halben Sachen, das weißt du. Wir wollen alles mit dir."

Verdammt, ich hätte nicht gedacht, dass diese Jungs mich noch zum Weinen bringen können, aber das ist ein gutes Weinen. Ein großartiges.

„Ich liebe euch, Jungs. Euch alle."

40

FAITH

„Ich kann nicht glauben, dass ich das mache", murrt Papa, als er sich vor dem Screaming Eagles MC-Logo an der Wand im Gemeinschaftsraum aufstellt. „Meine eigene verdammte Tochter."

Alpha, Ripper und Blade schauen sich gegenseitig an und grinsen. Zu diesem Zeitpunkt sind wir uns ziemlich sicher, dass er sich nur verstellt, denn wir treiben es schon seit ein paar Monaten miteinander und ich glaube, sogar er hat sich an die Tatsache gewöhnt, dass ich es geschafft habe, nicht nur eines oder zwei, sondern gleich drei seiner Mitglieder abzuschleppen.

Es hilft, dass ich nicht die Erste im Club bin, die so etwas tut. Ich schaue zu Alessa und Emily hinüber, die genau wie die anderen Mitglieder anwesend sind. Sie haben den gleichen Sprung gemacht wie ich, und ich habe keine

Ahnung, was es mit diesem Club auf sich hat, aber es scheint immer wieder zu passieren. Ich war einfach nur an der Reihe, das ist alles.

Mama hat sich entschieden, nicht zu kommen, als wir sie eingeladen haben. Ich glaube, sie kann es nicht mit ansehen, dass ich in das Clubleben zurückkehre, obwohl sie so hart dafür gearbeitet hat, mich da rauszuholen, und ich glaube, ich verstehe das. Das heißt nicht, dass wir keine Freundinnen oder Mutter und Tochter mehr sind, aber es würde bedeuten, dass sie ihrem neuen Mann eine Menge Dinge offenbaren müsste, für die sie nicht bereit ist. Wir haben telefoniert und sie will sich mit uns an einem neutralen Ort zum Mittagessen treffen.

„Bist du bereit?" Ripper scheint verdächtig aufgeregt zu sein. Als ob mehr dahintersteckt, aber wenn, dann habe ich keine Ahnung, was es ist. „Du siehst verdammt gut aus in diesem Kleid."

„Danke." Ich weiß es zu schätzen, dass es bemerkt wird. Es ist alles andere als ein traditionelles Hochzeitskleid. Es ist eng und schwarz und zeigt viel Bein, aber ich habe eine kleine Brosche mit dem Screaming Eagles MC-Logo bekommen und Alessa hat mich mit einem Friseur zusammengebracht, der mir eine schicke Hochsteckfrisur gemacht hat, vor der ich mich halb fürchte und halb darauf freue, dass die Jungs sie nach der Zeremonie zerstören.

Werden wir das auf die chaotischste Art und Weise vollziehen, die möglich ist? Ich hoffe es.

Gemeinsam gehen wir nach oben und stellen uns vor Papa, ich vorn und die Jungs verteilt hinter mir. Bis eben war ich nicht wirklich nervös, aber jetzt kommt mir alles so unglaublich real vor. Das muss man mir ansehen, denn

Alphas Hand schleicht sich um meine Taille und zieht mich dicht an sich heran, sodass ich seinen massiven Rücken hinter mir habe, an dem ich mich sicher fühle. Dann nicke ich Papa zu. Miriam, die neben Papa steht, legt beruhigend ihren Arm auf seinen.

Wenn ich es nicht besser wüsste, würde ich denken, dass er genauso nervös ist wie ich.

Nicky ist meine Trauzeugin, wenn ich das so nennen kann. Und wenn ich aufgeregt bin, schwöre ich, dass sie zehnmal so aufgeregt ist. „Gott, du siehst so perfekt aus. Ich kann es kaum erwarten", sprudelt es aus ihr heraus, bevor ich überhaupt fragen kann, ob sie bereit ist. Ich schätze, das ist ein Ja. „Du wirst es lieben", fügt sie hinzu.

„Was ist mit euch los?", flüstere ich, bekomme aber keine Antwort.

„Also gut, bringen wir es hinter uns", brüllt Papa und lässt mir keine Zeit, sie weiter auszuquetschen. „Steht auf!"

Das tun wir.

„Wir sind hier versammelt *schon wieder*. Und was zum Teufel hat es mit diesem Club und dem Teilen von Mädchen auf sich? Herrgott noch mal! Und ich soll meine eigene Tochter an euch Wichser verschenken?"

„Schatz", ermahnt Miriam leise und streichelt ihn.

„Präs", sagt Alpha. „Wir werden verdammt gut zu ihr sein. Sie wird die sicherste Frau in der ganzen verdammten Stadt sein, und wir werden sie so behandeln, wie sie es verdient."

Blade und Ripper nicken daraufhin. „Fuck, ja."

„Ich weiß, dass ihr das tun werdet", sagt Papa mit Grabesstimme. „Denn wenn ihr es nicht tut, werde ich euch das Fell vom Leib reißen, die Wunden salzen, sie mit Zitronensaft bespritzen und euch zum Trocknen aufhängen, bis nichts mehr von euch übrig ist, außer verdammtem Dörrfleisch, das ich dann an Straßenhunde verfüttere. Versteht ihr Wichser mich?"

Ich blinzle Papa an. Nicht gerade das Hochzeitsgelübde, das ich mir vorgestellt hatte, aber wem mache ich was vor? Das Bikerleben ist kein normales Leben, egal, wie man es betrachtet.

„Präs", sagt Ripper. „Wir haben das im Griff. Wir schwören es, verdammt."

Blade nickt, während Papa resigniert den Kopf schüttelt.

„Ich weiß, dass ihr es tun werdet." Papa starrt sie an und wendet sich dann mit einem viel sanfteren Blick an mich. „Faith."

Bei meinem Namen fällt mein Blick auf ihn.

„Das ist deine letzte Chance. Willst du alle diese Typen für dich haben? Versprichst du, dass du ihnen in den Arsch trittst, wenn sie dir auch nur das kleinste bisschen Ärger machen, und zu mir kommst, wenn das nicht reicht? Versprichst du, dass du ihnen den Respekt entgegenbringst, den sie verdienen, aber nur, wenn sie ihn auch verdienen? Und versprichst du, dass du dich manchmal zurückhältst, damit ich diese verdammten Kopfhörer nicht in meinem eigenen Haus tragen muss?"

Ich muss eine Sekunde nachdenken. „Ich will, ich will, und ja?"

„Okay. Alpha, Blade und Ripper. Wir hatten bereits unser Gespräch. Versprecht ihr, mein Mädchen immer mit dem Respekt zu behandeln, den sie verdient? Versprecht ihr, sie mit eurem Leben zu beschützen, wenn ihr das müsst? Und versprecht ihr, sie so sehr zu lieben, dass jede verdammte Frau, die sie trifft, vor Neid erblassen wird?"

Sie halten nicht einmal kurz inne. „Verdammt, ja", sagen sie alle auf einmal.

„Dann erkläre ich Faith zu eurer Old Lady. Wenn ihr sie jemals auf irgendeine verdammte Art und Weise misshandelt, möge Gott euch gnädig sein, denn das werde ich ganz sicher nicht."

„Klar." Alpha nimmt mich in seine Arme und küsst mich um den Verstand. Dann werde ich herumgereicht, bis sie es ihm alle nachgemacht haben.

Nicky hüpft förmlich um uns herum, und sobald ich wieder auf den Beinen bin, wirft sie sich mir um den Hals. „Ich kann es nicht fassen!"

„Oder?" Ichauch nicht wirklich.

„Da ist noch etwas", sagt Ripper, und Nicky nickt eifrig. Überall um mich herum nicken die Leute grinsend, als wäre ich die Einzige, die keine Ahnung hat, was hier vor sich geht.

„Was habt ihr gemacht?"

„Komm schon." Und dann zerrt mich Ripper hinter sich her, dicht gefolgt von Blade, Alpha und Nicky, dann Papa und Miriam und dann der ganze Rest des Clubs. Im Hof stehen alle Bikes bereit, um gefahren zu werden. Ganz vorn stehen Alphas und Rippers Motorräder, aber statt Blades üblichem schwarzen Bike steht da ein Motorrad mit Beiwagen.

„Ich wollte dein Kleid nicht ruinieren", erklärt Blade, während er mir hineinhilft. Dann kommt Alpha mit einer Augenbinde, die er mir über die Augen legt.

Wirklich?

Eigentlich sollte ich sehen können, damit ich mich auch im Beiwagen zu den Seiten lehnen kann, aber wir fahren langsam und sie sagten, es sei nicht weit. Ich vermisse es, keinen der Jungs zwischen den Beinen zu haben, aber in dieser Situation ist das sinnvoll.

Wir halten an und bevor ich mich sammeln kann, werde ich aus dem Beiwagen gehoben und auf dem Boden abgesetzt. Vielleicht auf den Bürgersteig?

„Wo sind wir?"

„Nur eine Sekunde", sagt Ripper, und dann wird die Augenbinde abgenommen.

Ich blinzle, damit sich meine Augen anpassen, und starre verwirrt. Ich stehe vor einem Buchladen, der wahrscheinlich genauso groß ist wie mein alter. Es sieht gemütlich aus, aber ich verstehe es nicht. „Kauft ihr mir Bücher?" Es ist ein nettes Geschenk, sicher, aber ich verstehe die Aufregung nicht.

„Schau dir den Namen an", sagt Nicky und stupst mich in die Seite.

Ich schaue auf.

Books & Crannies.

Und das ist der Moment, in dem ich völlig zusammenbreche, weil mir klar wird, was die Jungs getan haben. Nicht in einer Million Jahren hätte ich gedacht, dass ich mir einen weiteren Buchladen leisten könnte, zumindest nicht in den nächsten Jahren. Ich wusste nicht einmal, womit ich Geld verdienen würde. Was macht eine Old Lady beruflich?

Anscheinend betreibt diese einen Buchladen.

„Es ist … es ist meiner?"

„Aber sicher doch", grinst Ripper und gibt mir einen Schlüssel. „Möchtest du reingehen?"

„Gott, ja!"

Nicky kann ihre Aufregung nicht mehr zurückhalten. „Die Jungs haben alle mitgeholfen, den Laden zu kaufen.

Ich habe ihnen geholfen, die Bücher auf der Grundlage unserer alten Einkaufslisten zu sortieren. Ich hatte noch eine Kopie davon auf meinem Laptop. Außerdem wollte einer von Emilys Jungs eine Abteilung für klassischen Schund, also haben wir die hinzugefügt." Sie nickt Wild Child zu, der zurückgrinst. „Er kam mit einem ganzen Haufen Startmaterial für die Gebrauchtabteilung. Und im Obergeschoss gibt es eine Wohnung, genau wie vorher, nur dass sie über zwei Stockwerke geht und fünf Schlafzimmer hat. Sie ist riesig!"

„Fünf Schlafzimmer?" Ich sehe sie an, als ob sie verrückt wäre. „Dann schaue ich über meine Schulter zu den Jungs, die mich anlächeln wie drei Grinsekatzen. Ja, sogar Blade. „Ihr zieht auch ein?"

„Es ist nah genug am Club, dass es funktioniert, und so ist immer jemand da, der auf deine Sicherheit achtet", erklärt Alpha. „Unter dem Gebäude gibt es eine Garage, in der wir die Bikes unterstellen können, und ein Auto, wenn du willst, oder dein eigenes Bike oder was auch immer. Und wenn die Zeit gekommen ist und wir überlegen, ob wir nicht einen kleinen Alpha…"

„Oder Ripper."

„Ich hab's verstanden." Ich hebe die Hand, bevor wir zu weit in diese Richtung gehen, aber der Gedanke daran bringt mich schon zum Lächeln. „Wir werden viel Platz haben."

„Also, was denkst du?" Blade schlingt seine Arme um mich und zieht mich mit dem Rücken an seine Brust. „Haben wir es gut gemacht?"

„Ist die Wohnung schon eingerichtet?"

„Ist sie", bestätigt Blade.

„Und das Bett ist gemacht", fügt Ripper hinzu.

„Und die Zeremonie ist so gut wie vorbei", bemerkt Alpha.

„Warum gehen wir dann nicht hoch und ich zeige euch, wie sehr ich das zu schätzen weiß?"

„Verdammt, rette mich", stöhnt Papa im Hintergrund, aber der Rest des Clubs jubelt und johlt. Nicky gibt mir ein High Five.

Wir schließen die Haustür hinter uns ab und gehen nach oben, um zu feiern, immer und immer wieder.

Ich hätte nie gedacht, dass ich für das Bikerleben geschaffen bin, aber es stellte sich heraus, dass ich nur die richtigen Biker und das richtige Leben finden musste.

Oder vielleicht musste es mich finden.

ÜBER DIE AUTORIN

Stephanie Brother schreibt lebendige Geschichten vor allem über unartige Jungs und Stiefgeschwister. Sie fand das Verbotene schon immer faszinierend und das ist ihre Art, solche komplexen Beziehungen zu erforschen, die sich kaum einer traut, einzugehen. Frau Brother schreibt sich ihren Weg in ihren Traumjob und hofft, dass ihre Leser die emotionalen und romantischen Erfahrungen so sehr genießen werden, wie sie es beim Schreiben getan hat.

Printed in Poland
by Amazon Fulfillment
Poland Sp. z o.o., Wrocław